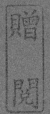

路上之歌

流離

유리

朴範信 著

盧鴻金 譯

目次

導讀

「人間主義」與浮浪的文學

——朴範信與他的最新力作《流離》

崔末順

作家朴範信在韓國文壇有「永遠的青年作家」之稱。他出生於一九四六年，現已年過古稀，理所當然，此稱號無關乎他的實際年齡，而是來自對他文學的一種評價。他的創作，無分時期，讀者一般都認為作品裡必定會具備該時期年輕世代的感性，故事裡也肯定會有為達成目標不斷追尋的青年屬性。作家朴範信如此四十年如一日不間斷地從文學中尋找人生，同時也是他生活的重心，但有人卻說他是「受到天刑的作家」，猶如從天而降的刑罰一般，文學的書寫，成為他一輩子擺脫不掉的業障。文學和書寫對他來說，是提供他確認及完成自我存在的一種管道，也是他無可迴避的全部人生。

一九七三年以短篇〈夏天的殘骸〉入選《中央日報》新春文藝徵文活動，正式登上文壇以來，截至目前為止，朴範信已出版了數十本的小說集，以及多達四十多本的長篇小說，可說是個創作力旺盛的多產作家。期間他曾榮獲「大韓民國文學賞」（一九八七）、「圓光文學賞」（一九九八）、「金東里文學賞」（二〇〇一）、「萬海文學賞」（二〇〇三）等大獎的肯定。他的小說經多國語言翻譯，並在世界各地出版，讓他享有相當程度的國際知名度。不僅如此，朴範信還長期在大學教授小說創作課程，培育出許多年輕作家，即便居齡退休，他仍然透過臉書和推特等社群網站，與讀者大眾保持著密切的交流。想要介紹朴範信長達四十多年的創作生涯，以及他龐大的小說，並非一件易事。儘管如此，本文擬在此將他的創作分成四個階段，概略地敘述朴範信其人以及他的文學世界。

第一個階段可從他出道到一九八〇年代初期算起，此階段他被稱為「問題性作家」。他的第一本小說集《兔子與潛水艇》（一九八七）所刊載的中短篇，主要是以疏離、受到壓抑的人們為題材，刻畫一九七〇年代朴正熙獨裁以及在政府主導下的產業化所帶來的社會問題。當中的短篇小說〈兔子與潛水艇〉（一九七三），描繪兔子被關在密閉的潛水艇裡，不斷掙扎，外頭的人則藉此偵測潛水艇裡的空氣存量和消耗量。一九七〇年代韓國社會就像是那一座潛水艇，而實驗用的兔子宛如生活其中的韓國人民，被拿來測試抗壓程度和忍耐限度。〈疫神的祝祭〉（一九七八）更是全面性地探討國家和政治權力如何壓抑人民的問題，針對權力的無所不在及充滿暴力，提出辛辣的批判。〈他們是那樣地忘掉〉（一九八一）探究的是曾經充滿改革熱情的「四一九革命」世代，成為社會中堅之後，卻又如何忘掉當年所追求的自由和理想，變成一群只知追求世俗價值，圖求安逸生活的那種苦澀又無奈的社會情景。就如作者自己所說，該階段的小說，主要是針對「在急速追求產業化之下，韓國社會普遍出現結構性不平等和階級矛盾嚴重的社會無秩序現象，提出了嚴厲的抨擊」。

第二個階段為享有「人氣作家」稱號的時期。朴範信一九七九年的長篇小說《比死亡更深的睡眠》銷售達二十餘萬本，成為暢銷書，接著又在《中央日報》連載《如草葉般躺下來》（一九八〇），相當受到讀者的喜愛。之後他連續出版了刻畫一九八〇年代首爾上流階層病態欲望的《火之國》（一九八七）和《水之國》（一九八八），而被劃入大眾性濃厚的通俗人氣作家隊伍。這些小說的內容和表現形式，跳脫文壇一向瀰漫的嚴肅主義，在反映世態的同時，也相當迎合大眾的口味，因此他固然在擴大文學讀者層面上做出貢獻，但卻廣受文壇內部的非難和攻擊，批評他為迎合大眾口味而失去了文學的社會批判功能。朴範信回顧該時期的文學時，曾說：「或許可說是為投大眾所好而寫，但我依然是站在受到苦難和壓抑的民眾立場寫作，幫他們說話、帶給他們安慰。」無論是哪個階段的文學，如果說貫穿朴範信文學最為核心的價值為「人間主義」，那麼該階段的長篇小說也毫無疑問可說同樣是聚焦於「人」的身上，只是它所呈現的卻是「人」的情和欲。

不過，在經歷以一九八〇年光州為代表的巨大現實悲劇，朴範信陷入前所未有的「想像力枯竭」困境，因而在一九九三年發出所謂的「封筆宣言」，進入三年的寫作空白期。整個八〇年代朴範信一直與現實保持距離，躲進自己的書房像修行者般地創作。當他認知到屬於自己的空間和現實距離是如此的遙遠之時，他才醒悟到書寫和人生之間的巨大差異，因而對寫作的意義產生懷疑。在精神幾近分裂之際，他只能放下筆桿。如此過了三年之後，帶著「中斷寫作時期痛切自我反省的報告書」《白牛拉的牛車》（一九九七）連作五篇，他又再度回到文壇，進入他第三個階段的文學生涯。連作中的一篇〈燕子蝴蝶的夢〉（一九九七）正如同他自己的故事一般，描繪一個作家成為受到注目的暢銷作家之後，又不得不封筆的心路歷程，小說刻畫的是群體（全體文壇）的集團性暴力和少數人（作家個人）感受的壓抑和恐懼心理的相互關係。即便如此，這篇小說不斷強調「不寫作就無法活下去」的作家宿命和文學的絕對力量，也正是他重回文壇的理由。從此，他標榜「新的敘事」，更加用心於鑽研「人生」。例如《香井的故事》小說集所刊載的諸多短篇，對一九九〇年代韓國文學的後現代傾向提出深刻的批判，這些小說著重在「對話」、「關係」，探究「人的存在」環境，同時也觀照現在和過去、農村和都市，它自由運用傳統寫實手法和魔幻寫實主義技巧，剖析歷史轉換期韓國人民的生活樣貌，自由奔放地施展他特有的說書饗宴。

第四個階段為最近十年間的創作活動，這期間他活力旺盛，仍然不斷推出長篇大作。其中，《那馬斯特》（二〇〇五）討論外籍移住勞工問題；《男人們，寂寞》（二〇〇五）探究身為現代韓國男人要背負的各種義務；《一個燈》（二〇一一）以二戰後韓國現代史作為背景，探討三個人物相互糾結的愛情和宿命；《骯髒的書桌》（二〇〇三）為一本探討有關藝術起源的小說，同時深掘當今社會中文學的存在意義。在如此多元主題和多樣作品當中，最受注目的還是被稱為「渴望三部作」的《喬拉傑峰》（二〇〇八）、《古山子》（二〇〇九）和《銀嬌》（二〇一〇）。作者自稱為「求道三部作」的這些小說，雖然各篇事件、人物、時代和空間背景都不相同，但都同樣是探討「人」所具有的情欲、傷痕、缺損和熱望等灼熱的苦惱問題，並勾畫出經歷苦惱後到達某種境界的整個過程，而此過程通常又會以「流浪和回歸」來完成，也就是說，無論是人物的身體或精神，他們一直都在「路上」努力找尋人生道理。《喬拉傑峰》敘述的是攀登珠穆朗瑪峰西南邊高峰時遭遇山難的兄弟如何化險為夷的故事，同母異父的他們在充滿危險的大自然面前，開始思索彼此之間的關係；《古山子》算是一部歷史小說，講述為了製作朝鮮半島的完整地圖，一輩子在路上奮鬥的歷史人物金正浩的艱難行旅歷程；而《銀嬌》則描述七十歲的老詩人、年輕作家子弟與十七歲高中女生銀嬌之間的情感流動關係，揭示老人對青春的渴望心底和對死亡的思考心境。

最新力作《流離》（二〇一六），可以說是「求道」小說的延續和完成，也是朴範信「浮浪的文學」完結篇。從它的副標題「路上之歌」可知，這本小說主要是描述一個叫「流離」的男人一生在路上流浪行走的故事。時空背景為整個二十世紀的東亞地區，包括水路國（韓國）、火人國（日本）、大地國（中國）和風流國（台灣）歷經殖民、戰爭和分裂的近現代歷史。「流離」是在日本殖民下的韓國人，他殺害了背叛民族、侵犯母親的伯父（父親）後逃亡到中國，在那裡他從北到南、從東到西，流浪整個中國尋找可能成為慰安婦的兒時朋友「紅色髮帶」。期間他經受過中日戰爭、太平洋戰爭、國共內戰、韓戰等無數事件，遇見了不乏遭遇流離失所和帶著悲慘故事的人，他經由如此長久的浪跡生活，不僅閱歷豐富，也逐漸體會出人生的真諦。在遭逢東亞各國不斷上演的對立、紛爭和殺戮的野蠻歷史後，「流離」試圖在中國東北龍井和延吉一帶，組織如「流離乞食團」等有別於國家的共同體社會，提出能夠代替東亞地區既有國家制度和政治組織的烏托邦構想。小說裡出現了許多屬性不同的共同體組織，包括位於故鄉雲至山洞窟裡的「桃源洞」、輾轉流浪全國靠表演過活的「天地馬戲團」、慰安所出身分屬不同國籍卻生活在一起的「武夷山女人村」，以及位於中國西部沙漠，受水雲大夫人照顧的「流沙村」，在這裡每個人都按照自己的能力付出，再各取生活所需，他們過著互相尊重、互相愛惜、和平共存的生活。這種追求平等互惠、權力均分、財產共有、自由保障的群體生活，與早期的互助社會相當類似，在小說中被刻畫為相當理想的社會形態。但是「流離」終究無法待久，總是準備著上路，展開另一趟新的旅程，這似乎透露出作者對歷史的負面認知。即使殺害了象徵既有權力的父親，並且為了終結禽獸時代，重新營造人的世紀而踏上旅途，但總因那些個人和國家勢力為了利益糾葛，而爭鬥不息，他的流浪和探索，終究還是未能得到具體的成果。

小說的結尾，回到故鄉的「流離」對敘述者「我」說出自己一生歷程後死去。這個敘述者為「紅色髮帶」的曾孫女，也是「流離」從流沙村救起帶到台灣去的「沙恩」的孫女，她為了尋找「未來的出路」而來找「流離」。「沙恩」是「紅色髮帶」當慰安婦時所孕，因此，可以說「我」有韓國人、日本人血緣，台灣人祖父（沙恩之夫），並在台灣出生、長大，目前來韓國尋找（實際上無血緣的）曾外公流離等等的混雜性元素。小說安排「流離」死亡、曾孫女開啟人生這樣的結尾，同時設定「我」如此的身世，彷彿是要告訴讀者，東亞地區過去的歷史固然相互連動，它的未來也將緊密地扭結在一起，無可分割。

另外，小說還相當程度地安排幻想情節和場面，如能說話的動物——蟒蛇、銀狐、猴子素狐狸、地鼠武夷，以及能預見自己死亡的泉水等，一方面試圖找出有效交代非人時代的說書方式，另一方面又要為小說建立的文學國度布局。主角人物「流離」有明顯的身體特徵，他擁有比一般人長的舌頭，用此舌頭不僅讓他避開危機也得以藉此謀生，尤其在流沙村時，他用長舌治療大夫人的耳病。而具有大地母形象的大夫人也有比一般人大的耳朵，因此這樣的情節安排，代表的是說話者（作者）和聆聽者（讀者）共存的一種文學國度。如同大夫人和「流離」都會生病一樣，如果說故事的人和聽故事的人中缺少一方，此國度就不能成立，作者在結尾還安排外公「流離」將自己的故事說給孫女聽，並指引她的未來，這透露出作者的此種「敘事烏托邦」將持續承繼到後代子孫的一股內心願望。

（本文作者為政治大學台灣文學研究所副教授）

序幕

流離外公

「三歲的時候，我就已經能讀會寫；五歲的時候，當我聽到各種樂器的聲音，我就能夠用全身心去領會其柔美和悲愁。七歲的時候，我的枕邊置放著十層式的書櫃，我能夠完全正確地讀出並寫下書架上的書；十三歲的時候，我的書櫃增加了數倍之多，我可以自由自在地以我的口才讓人們哭或笑，大家都說我的舌頭特別長。十七歲的時候，我終於清晰地看見，我看見的，正是我的死亡。」

我的外公——「流離」如此說道。

我第一次見到流離外公的時候，只見他獨自躺在位於森林裡的一間小房子裡，可以很近地俯瞰城市。「我的孫女啊！」外公毫不猶豫地認出我來。「妳和當年的妳母親長得真像。」「媽媽也說外公一定會一下子就認出我來。」我如此答道。那是一個滿是窟窿的房間，膝上蓋著蠶絲被的外公看著窗外，林道上滿是皚皚的積雪。「妳雖然是我的孫女，但不要叫我外公，很陌生，而且很不自然。」流離外公笑著說道。「那我應該怎麼稱呼您呢？」「我的名字是流離，叫我流離就行了，或者叫我 Mr. 流離也可以，因為所有人都這麼叫我。」所以我叫外公「流離」或「Mr. 流離」。

「Mr. 流離」又接著說道：

「我在一個月後就會死掉，春天到來的時候，那個時候我會死去。至於我會怎麼死，雖然我在很久以前就已經知道，但我不想告訴妳，因為在死亡到來之前都應該是祕密，如果所有人都事先知道，那閻羅王活著還有什麼意思？他不就是靠這個手段，沉溺在將萬民玩弄於股掌之間的遊戲中。你如果想知道關於我死亡的祕密，在我身邊守著一個月就行了，雖然我不知道妳的耐性有多大。」

聽到這話，我的心情瞬間變得不好。「和人們在一起的時候，我可以一整天不說一句話。」我說道。「那是不夠的。」「我也曾經一整天坐在一個地方，只看著一個地方。」「不錯嘛，可是我曾經一個多月沒有躺下來過。」「可是為什麼我需要耐性？」我的語調愈見鋒利。「因為，」流離外公緩緩啟口，過了好一陣子以後，才與我眼神相對，「我的舌頭正開始僵硬，說話的速度會越來越慢，也許不久以後就沒辦法說話了。」「那和我的耐性有什麼關係？」「搬到這個房子以後，我已經很久沒有說話了，既然妳來了，過去沒能說的話得傾吐出來。妳如果想持續聽我速度越來越慢的話，妳的耐性得與眾不同啊！」「我不認為我一定要聽外公，哦！不，Mr. 流離的話，因為您雖然是我外公，但從來沒照顧過我啊！」我噘著嘴說道。

我為了尋找從未見過面的外公，從遙遠的異國來到此地。「妳去找流離外公吧，如果見到他，你就會看到妳未來的出路的。」臨死之前，母親如此說道。我被「未來的出路」這句話所吸引，當時我正因找不到出路而徬徨，我認為如果因為找不到出路，而必須永無止境地追尋才叫人生的話，那我乾脆立刻死掉算了。外公住的這個國家的名字是「水路國」，都怪流進天池的水路形象迷惑了我。

Mr. 流離立刻點了點頭，「妳說得對，妳有權利現在立刻離去，選擇權在妳的手裡。」「如果您的故事能夠有趣到讓我停留一個小時，那我就留下來。」我提出了條件。「就一個月，妳有沒有耐性能聽我逐漸僵硬的舌頭說一個月的話？」我從袋子裡拿出手冊來，讓 Mr. 流離看其中一頁。「這是我上個月每天數算我掉落的頭髮數字的紀錄，一個月裡，我沒出過房間一步，每天只數算我掉的頭髮，因為我不能忍受頭髮任意離開我。」「哇！」流離外公感歎道。「妳的耐性值得稱讚，那麼妳有資格和我訂立契約。訂了契約以後，直到一個月後春天來臨之前，妳絕對不能離開。」Mr. 流離的眼中倏地閃過光芒。「好啊，可是在故事開始的最初一個小時裡，我是有選擇權的。」「妳想嘗嘗滋味？」「我們把它稱之為預覽。」

我和 Mr. 流離如此訂下契約。

「那麼您開始說故事吧！」我催促道。「蓋上毯子會好一些。」Mr. 流離第一次使用了如同爺爺的語調。「我不冷。」「也對，我在妳這個年紀也不怕冷。」

「您不要想用那些沒有營養的話混過預覽的一個小時。」「我先從舌頭的故事說起。」天色逐漸昏暗，Mr. 流離打開桌上的小檯燈，那是阿拉伯風格的檯燈。「這是遠從沙漠的盡頭——絲路帶回來的。」發音雖偶爾不太清楚，但也沒有到完全聽不懂的程度，而且和我擔心的不同，話語的速度也不是那麼慢。「舌頭怎麼了？」我緊接問道。

我的外公流離接著說道：

「那是西域的終點，在連接著廣袤的山脈和荒涼沙漠的絲路邊境，有一個綠洲城市，在支配整座城市的縣長死去之後，那座城市自然被他逐漸老去的女兒所掌控。她的身軀超越八尺，想要什麼都能得到的她唯一的痛苦是在她罹患的耳疾，雖不知是否應該將其稱為病，但夫人的痛苦是一整天耳朵裡都非常搔癢，其痛苦的程度甚至是在夜深之時，城市的邊境地帶都能聽到夫人的呻吟。雖從山脈彼端召喚了無數術士，但終究無法醫好夫人的耳病，在一百多個下人中，安排有十多個人專門照料夫人的耳朵。有只負責製作棉棒的女人、專門製作耳杓的鐵匠，更有好幾個負責挖耳朵或擦拭耳朵的下人，據說因為沒挖好，導致耳朵裡留下傷口而被趕到沙漠上被太陽曬死的下人更是不計其數。某一天，一個男人越過山脈，來到這座城市，旅人的個子雖然矮小，但舌頭卻異於常人的長。」

Mr. 流離用力說道。流離外公的眼珠裡看來隱約有沙丘的陰影，我深呼吸了一口氣，我出生以後第一次見到的外公 Mr. 流離的臉本身已然是沙漠——靜謐卻深邃，粗獷卻雄渾的故事正如化石一般形成網孔的沙漠。

殺父

很久很久以前，名喚流離的男人誕生。

流離從小就很聰明，他最初發聲讀出的字是「天」，那是在他三歲時站在某個慶典的廣告海報前發出的。母親驚異問道：「那麼這個呢？」「地」——他接著讀出的字，然後是「人」。他讀出了天、地、人。母親大為歎服，跑去向父親說：「孩子會讀字了。」「妳在說什麼……」從小就被譽為秀才的父親半信半疑地說道。

令人驚訝的，還不只有這件事，流離五歲的某一天早晨，母親發現他用腳搔頭，於是便大聲叫父親過來，只見年幼的流離泰然自若地用腳趾撫摸著耳孔，又搔著後腦勺，柔軟性令人咋舌。母親面色潮紅拍手叫好，但父親卻在說完「可以送去馬戲團了！」後轉過身去，他並不稀罕流離如此的才能。

那時流離的名字並不叫流離，而是依據家族的慣例，加入輩分用字的其他名字，那是爺爺給起的，但後來離開故鄉的時候，流離忘記了原來的名字，之後再也想不起來，於是他就叫做流離。

被稱為水的國家的水路國當時受到火的國家——火人國的支配，那已經經歷很長時間了，島國——火人國長久以來抱著經由水路國前進大陸的欲望，而火人國之所以能實現他們的夢想，最重要的是歸功於部分水路國的支配階層，他們追求私欲，將內部已然開始崩潰的自己國家輕易地獻給火人國。流離的爺爺也是其中一人，火人國的天皇肯定其功績，賜給爺爺名為子爵的爵位和許多田地，於是爺爺成了大地主。還有傳聞說總督府施行的「土地調查令」是爺爺最先立案的，純真農民的田產在一夕之間被強奪，主張耕作權的農民被抓到憲兵隊或巡警駐在所去，挨了好幾個板子，甚至還有人被打死。爺爺的土地在這段時期裡愈發增加，附近的鄰里中，沒有任何人的權勢和財物能與流離的爺爺相提並論。

流離的爺爺有兩個兒子，兩個兒子雖都聰明，但大兒子和小兒子生存的方式迥異。大兒子承襲了爺爺的貪欲，他投資新創辦的紡織工廠，獲致豐厚的利潤，他不但繼承了爺爺的爵位，還擔任總督府的顧問；爺爺將原本對半分成經營的佃租提高為六成的元凶正是流離的大伯。六成的佃租扣除種子、會員費、肥料等費用後，耕作的佃農收益僅在兩成左右。大兒子將部分如此強奪豪取積攢的錢獻給總督府，他的財產也因此日益增加。當時火人國本土的糧食嚴重短缺，他從一開始就計畫將從佃農處搜刮而來的優質稻米運往本土，代之以購入原本用作飼料的多油豆餅等，以高價賣給飢餓的農民。

與其相較，爺爺的小兒子可說是個正直的書呆子，他非常憎惡像爺爺那樣賣國、並從中獲得權勢和財富的錦衣玉食之人。他經常喃喃自語道：「這些父親們應該殺掉！」小兒子正是流離的父親。

曾去本土留學的小兒子在每件事情上與爺爺和他的哥哥——大兒子意見相左，並且看不到任何化解的跡象。「那麼你這傢伙滾出去不就行了？」大兒子說道。小兒子深感愧疚，因為他自覺到自己吃、穿、求學的錢全都是經由搜刮佃農所得才能得到。小兒子受內在分裂折磨，事態也愈形惡化。「我要把你從戶籍中刪除！」爺爺終於做出如此宣言。在流離五歲的時候，小兒子全家被趕出家門，搬到離故鄉不遠的郊外草屋。「你不是我的兒子！」爺爺說道。「世上的父親都應該被殺死，國家才有希望。」小兒子在跨出大門時還如此喃喃自語。小兒子用板車拉著妻子和年幼的流離，走了約莫兩個小時，才到了草屋。年輕的新婦——流離的母親做起針線活正是從此時開始。

雖然住在單間房裡，但流離的年幼時期並未過於窮困。父親經常不在家，母親則以針線活維生。母親不僅嫻靜，美貌也十分出眾，只要上街，所有的男人都會凝視著母親。至於父親平時究竟在做什麼，完全不得而知，他經常好多天不回家，好像真的在進行如何殺死爺爺的計畫；他的眼睛裡經常布滿血絲，而母親對父親則是不置可否。

城市在草屋的左邊，右邊則是寬廣的原野，原野的盡頭有一座山，名喚雲至山，山腳下就是父親的老家。夏天的時候，經常能見到巨大的蟒蛇蜷繞在籬笆上曬太陽，現出一種威風凜凜的姿態。「據說蟒蛇住在屋頂上，會守護著我們，沒有什麼好怕的。」母親如此說道。「牠在屋頂上靠吃什麼維生呢？」「大概是吃麻雀的蛋吧！」流離並不懼怕蟒蛇，經常和蟒蛇對視大半天，因為他沒有一個朋友。

母親尤其喜歡牽牛花，將樹枝編紮後，在後籬笆底下種植綿密的牽牛花，讓它們朝上生長也是母親的工作之一，牽牛花開花之時，蟒蛇每天都毫無例外地出現在籬笆上端。「你好！」蟒蛇說道。「你好，陽光真好！」流離也像蟒蛇一樣，吞吐著舌頭回答道。蟒蛇用長舌頭舔舐牽牛花上凝結的露珠時，坐在籬笆底下的流離也用長舌頭舔舐露珠，好像是向蟒蛇學習舌頭的魔術一般。流離的舌頭因此越來越長，「你的舌頭真長，口才一定非常特別。」母親含笑說道。「我還能夠像蟒蛇一樣，把舌頭捲得尖細。」流離覺得舌頭兩側使力，舌尖一直伸長的動作十分有趣。

偶爾故鄉的大伯開車送大米來，都是父親不在的時候。「絕對不能跟爸爸說大伯送米來的事。」母親要流離保密，這點事情流離還是有分寸的。

兩年後爺爺去世。

父親的過世是在爺爺死去後的翌年，死因則是在某個晚上喝得大醉後，在回家的路上失足落下懸崖。爺爺去世後，父親形同每天都泡在酒缸裡，「應該要離開這個地方，到大地國去！」這是父親當時的口頭禪。水路國北端邊境的對面即是大地國，據說是行走幾年也不能到達終點的大國。似乎是因為應該被殺死的爺爺再也不存在，父親因此極度無聊，也許父親是因為無法忍受無聊而自己跳下懸崖也未可知。

流離七歲的時候就已學完千字文，能讀會寫火人國的文字，而即便是靠著針線活過艱苦日子，母親也未曾抱怨過，永遠是一副開朗的神情，唯一一次皺眉頭是在流離拿著針線活材料的時候。

「你不可以做這樣的事情，你應該要做大事。」雖然母親沒有說明「大事」是什麼，但流離那天第一次看到轉過身去的母親眼角裡噙著淚水。母親經常用靠著針線活賺來的錢，去市裡買流離要讀的書，流離幾乎不曾跨出家門一步，蟒蛇是他唯一的朋友，書本則是他唯一的指南。經由蟒蛇，流離學到不說話而說話的方法，經由書本，他能夠了解世界。唯一的問題是他怎麼也長不高。

流離知道為什麼自己長不高的原因。

流離住的草屋只有一個房間，原本雖有兩間，但某一天因為父親踹了上、下房中間的牆壁一腳，導致泥牆的一部分坍塌。父親大概是把那堵牆想成爺爺和大伯吧。父親過世之後，母親立刻讓人把那堵牆拆掉，也許是看到那堵令人厭煩的牆，就會想起父親未曾伸展志向的心病吧，而母親也在變成一個房間的天花板中間吊上一根用竹子做成的掛衣架。

平時緊貼著天花板的掛衣架會不時垂下來，降下掛衣架之後，在上面搭上幾條裙子，房間就自然一分為二。母親依據流離的身高調整掛衣架的高度，「如果睡到一半聽到什麼聲音，不要起來，好好睡吧！」在掛衣架一側鋪好被褥的母親如此囑咐道。在深夜裡，似乎偶爾有人來找母親，在似夢非夢中亦曾聽見過男人的聲音，而隔天清晨，經常會看到未曾見過的米袋和各種生活用品。聰明的流離立刻就能理解那代表什麼，母親年輕貌美，流離能夠理解恢復單身的母親有交往的男人，但理解和接受的差異極大，而好奇心也經常會成為問題。

流離突然醒了，那是在夜半時分，他首先聽到了粗重的喘息聲，並能確定那不是母親發出的，全身的力量不由自主地流入緊握的雙拳中，而因為尿意甚濃，導致下腹部好像要脹裂一般。「妳確定孩子睡著了？」一會兒之後聽到此話，很清楚的是男人的聲音，母親用約莫是安撫男人的語調嘟囔著什麼。「我正在找你們母子活下去的法子，再等等吧！」好像是在哪裡聽過的聲音，流離不由得支起上半身。不知是否因為月光明亮，糊著窗戶紙的門上滲進灰濛濛的光線。

隨著開門的聲音傳來，流離立刻起身。起初並不能看到掛衣架的另一側，但母親似乎未能正確計算流離日益成長的身高。流離踮起腳跟，剛要跨出房門的男人側面霎時進入流離的眼簾，月光正面照射在男人的側面，流離的膝蓋頓時失去力氣。

母親似乎有所察覺，待她撥開搭在掛衣架上的裙子時，流離已經側躺下來閉上眼睛。瞞過母親一點兒都不困難，流離雖假裝睡著，但心裡卻如被撕裂一般疼痛，他痛恨那個踮起腳跟偷窺掛衣架彼側的自己。「別出來了，讓人家看到怎麼辦？」流離最後聽到男人壓低聲音如此說道。很清楚的，那是爺爺的大兒子——大伯的聲音。

流離的個子從那天晚上起，再也沒有長高過。

如果那天母親把掛衣架的高度拉高半拃，或者月光不是那麼明亮，就不會發生那樣的事情。所有的問題都是出自於超過掛衣架高度的個子，也許在踮起腳跟的那一瞬間，任誰用極度的力氣捶打他的頭都不會有感覺。

大伯信守了那天晚上和母親的約定，尋找「你們母子活下去的法子」正是把流離收為自己的養子。母親離開開滿牽牛花的草屋，搬到城市裡的房子，流離則搬進大伯如宮殿般的住家廂房裡的最後一間。這是無論自己如何，也要讓唯一的兒子吃好、穿好、接受教育的母親懇切希望的結果。

即便是身為子爵和大地主的大伯，也有一樣讓他不能滿足的事情，那就是沒有兒孫之福。大伯母從嫁過來以後，身體就非常孱弱，流離作為養子來到這個家的時候，大伯母幾乎已經是不能起身了，膝下雖有一個兒子，但也是極為虛弱。大伯父很早就送他去大城市留學，但染上病回來後，經常吐血。正當子爵家裡要斷後了的流言遍傳之時，流離作為養子，進入這個家門來。「從現在開始，叫我父親吧！」大伯說道。

變成父親的大伯身材魁梧，滿面紅光，頭髮半禿，相對而坐的時候，流離總會憶及打開籬笆纏繞牽牛花的草屋大門，朝外走出去的他的頭頂。頭頂被月光正面照射，因而閃閃發光。許是為了保守當晚的祕密，自己的個子就不再長高一樣，殘酷的祕密也許會成為停止成長的負面因素。

此後流離未曾再見過母親，有傳聞說母親徹底地離開了那座城市，流離努力壓抑對於母親和大伯之間究竟針對自己訂立何種契約的關注。雖然上了城市的學校，但也是經常缺席，因為即便是去了學校，也沒有什麼可學的；代之以書架上的書日益增加，大伯，不，「父親」也承認他的傑出。「去留學吧？」父親問道。「以後吧！」流離答道。流離非常詳盡地接受佃租糾紛的應對方法，並學習紡織工廠的經營，還熟知了來往於火人國本土的大船結構。流離聞一知十，最重要的是他十分順從父親的話。「你真是天才，也真是孝子！」父親以滿足的表情說道，平時話太少是流離唯一受到父親指責的缺點。

可是「父親」並不知道。

流離在學習佃租糾紛的應對方法、紡織工廠、大船結構的同時，也正是清楚地確認父親罪行的時刻。父親曾囚禁前來抗議的佃農，並曾使喚管家或長工毫不留情地毆打他們；還把令他頭痛的從事獨立運動的人交給巡警駐在所，這些人大部分都變成半身不遂。佃租名目上雖是六成，但毫無例外地用各種藉口收到八成以上；在青黃不接的時候，借給佃農米糧，秋收時收取數倍以上更是司空見慣，而且還有將長得很標致的女孩叫到另一間房裡。

父親還與區長、郡守、駐在所長勾結，廣為募集到火人國本土或紡織工廠工作的人，隨時把他們送上火車。騙他們說以後會過得很好，但那只是圈套罷了。承諾要讓全家人過上好日子的青年、少女幾乎都沒能再回到故鄉；被強拉至本土的煤礦坑道或軍備工廠裡，像奴隸一樣工作的青年不計其數，而被賣到私娼寮的少女也非常多。

火人國裡誘拐、販賣人口的組織十分猖獗，火人國把到遙遠的異地賺錢的人稱為からゆき（唐行き）。「這是翻身的好機會啊，一個人去，會讓整個家庭翻身。」父親總是如此強調。父親是からゆき的教父，也是施行該任務組織的頭目，不知道自己將要被販賣為奴隸的單純人們對於提供他們「翻身」機會的父親和郡守、區長反而表示無限感謝。流離曾看過好多次來求見父親管家的農民，拜託他把自己的孩子送去火人國。長工的老大——疙瘩大叔是一個極度殘酷而手腕高強的人，有人說這個耳後長著比栗子還大的肉瘤的「疙瘩」力量比郡守還大，父親正是他的後台老闆。

流離的確認日益加深，主張「這些父親們應該殺掉！」的親生父親的話一點都沒錯，但是流離不過是善良的小人國的少年，而曾為大伯的父親則是邪惡的巨人國的頭目，因為沒有殺掉他的方法，流離不得不選擇「盡孝道」的路。

雲至山的山頂上無論何時都飄浮著雲，那是一座雄渾的山，父親的宅邸就位於數條水道合而為一的山腳下，放眼望去，可以俯瞰肥沃的田野。「你看到的田都是我的，記住了！」父親曾以炫耀的表情如此說道。起源於雲至山的江水滋潤了數百里的田野，最後流入海洋，父親的夙願則是擁有該流域的所有田地。

形成懸崖的岩壁如同屏風一般圍繞著山腰，大家都說只有熟悉山路的採藥人才會踏上山頂。流離偶爾以弧線橫貫半山腰，獨自來到他和母親住過的草屋，那條路並非田間小路，而是只需花一個小時就能到達的捷徑，並且只有流離才知道這條路。

蟒蛇依舊守護著遭廢棄的家屋。夏天的時候，牽牛花攀上籬笆，蟒蛇為了在牽牛花之間曬太陽，會從雜草叢生的屋頂上下來，「你好！」流離打招呼的話，「你來了！」蟒蛇也會吞吐著蛇信回答。「我母親有沒有回來過這裡？」流離也曾如此大聲問道。在父親寬敞的宅邸裡緊閉的雙唇，只要和蟒蛇相見就會自然而然地打開，有時候還曾經一整天不停地和蟒蛇說話。口渴的時候摘食牽牛花的方法也是蟒蛇教他的，有的時候蟒蛇還搖動籬笆上端的牽牛花，讓露珠滴下來，流離就躺在草叢裡用長長的舌頭接住露珠飲用，他還喜歡觀看露珠中間的小彩虹升起、消失的景象。

就在那個地方，他看到了一個少女。

少女穿著白色的棉布上衣和黑色的褲子，那時流離躺在籬笆底下，碎步走在籬笆外小路的褲子下端映入流離眼簾，因為褲子稍短，遂露出細長而結實的小腿。少女的輕快步伐猶如反射的陽光，流離打開柴門向外看，只見背著行囊的少女快速遠離。從籬笆底下往外看的時候，少女因可愛的腳踝而反射陽光，但打開柴門一看，只見少女身後紅色的髮帶末端正反射著陽光，流離瞬間明顯地感到自己的臉變紅。

話雖如此，如果少女沿著路直走，也許流離會立刻打消對她的關注，但少女卻離開小路，朝向右邊的山路走去。那是雲至山北部的邊緣，在野紅花和紅色剪春羅混合的縫隙之間，少女悄然而去，流離如此認為。那是一條只有他走過的祕密之路，像他一樣能輕巧地越過多刺的野紅花田絕非易事，她是野生的少女，高大的橡樹一直延展到茂盛的樹林那邊。

在樹林之間，少女反覆地出現和消失好一陣子，那是只有流離來去的林道，但是少女卻像野獸一般，快速地行走在只有流離才走過的沒有路的路上。流離有種被人發現自己一部分祕密的感覺，他對少女從這條沒有村落的山路走向何處感到好奇，流離之所以與少女維持著一定的距離、跟隨著紅色髮帶而去亦是緣由於此。

瀑布映入眼簾，因為必須通過峭壁的一角才能靠近，所以幾乎不為人所知。少女坐在瀑布上端的石頭上洗臉，流離在櫟樹的樹蔭下偷窺著少女，他和少女的距離不是太遠，她似乎比流離小個一、兩歲，臉色黝黑，額頭突出，略顯機靈，眼中帶有光彩，正如同成熟的大棗一般。少女洗完臉之後起身，如果她要去的地方是山的上邊，則應該迂迴越過水路，攀上岩石之間極度傾斜的部分，但少女卻轉身朝相反方向而去，然後以迅雷不及掩耳的速度消失在瀑布下方，著實令流離無法相信。

流離雖認為少女失足落水，但無論他如何細心地查看瀑布下方，也無法找到少女的痕跡。瀑布的上端山壁傾斜，環繞著水路，雜木極其繁密；探尋了好一會兒之後，才發現一個唯有竭盡全力將身子彎曲才能爬進去的洞窟，巧妙地隱藏在雜木和水流之後的洞窟潮濕而黑暗，好像有什麼流出來一樣，少女似乎就是爬進這個洞窟裡。

流離用膝蓋爬行，洞窟時而寬至能夠直起腰來，時而又再次狹窄，爬了好一陣子之後，才看見流瀉出光線的出口。少女向靠近的流離丟石頭，「不要過來！」少女大叫道，「你不能來這裡，回去，拜託！」聲音猶如尖叫。從少女的肩後望去，可以看到樹林之間有著人家，「有村子啊！」流離喃喃自語，他以前從未看過這個村子，因此無法隱忍住好奇心。

洞窟彼端的村子約有十餘戶人家，尖尖的山峰環繞四周，村子正位於如同水井的盆地中，四方滿是峭壁，而峭壁之間存在蒼鬱的樹林，因此在山上也無法輕易看到。有些人家在天然洞窟裡鋪上草席，以之作為居住的地方，有些草屋則用樹枝蓋住屋頂，作為偽裝。不知是否因為是畲田[1]的緣故，梯田裡種滿蔬菜，四方都有水流，夏天的花隨處可見，隱約還有狗叫、雞鳴的聲音，這似乎是僅存在於夢中的村子。

1 焚火後以草木灰作肥的耕作方式。

大地國的某個地方有名為武陵的村子，這是流離從陶淵明的〈桃花源記〉中得知的，他在十一歲的時候，就已經讀過了這個故事。

這個故事描寫有一個漁夫為了打魚進到溪谷的深處，漸次來到無法分辨位置的地方；經過桃花綻放的水邊和幽長的洞窟之後，出現了一個生活表象雖和外界一樣，但人與人之間、人與動物之間沒有任何分際的美麗村莊。漁夫在該處受到人們誠摯的款待後乘船離開，並沿路留心觀看以後能再次前來的明顯標示，但漁夫日後卻再也找不到這個村落。

「大人們也將我們的村落稱呼為桃源洞。」繫著紅色髮帶的少女說道。人們一窩蜂地擁上前來，「欸，你不是子爵家的養子嗎？」在桃樹下睡著午覺醒來的白鬍鬚老人認出了流離，圍觀的人們的臉色毫無例外地變得陰暗。「我不知道他跟著我。」低著頭的少女以無地自容的聲音說道。「是啊，不是叫妳不要這樣跑來跑去嗎？」一位老婦捶了少女一下。他們是為了逃避外面的世界而進到山裡的人，還有一些人是忍受不了父親的佃租而逃到這裡。人們先將少女和流離關在旁邊的房裡，然後進行了冗長的議論，討論的核心是要將流離放走還是將他抓住；如果讓外界得知村子的存在，則無異於自討苦吃，「那也不能把那孩子一直抓著吧？如果孩子沒回去的話，他們一定會派出大批巡警尋找。」「白鬍鬚」說道；「那孩子回去如果說出有這樣一個地方的話，巡警也一定會立刻前來的，反正都一樣。」老婦回嘴道，討論一直無法得到結論。

流離的口才很好，「別擔心，」流離為了讓他們安心，用盡全身的力氣大叫，讓村人們不要殺死自己已是萬幸。村人們將流離再次叫來聽他的說明，「我到死都會守住這個祕密，反正我已經擁有太多的祕密，再多一件也不會有什麼負擔。」流離甚至還表演自己能夠用腳搔頭和撫摸耳朵的本事，歎服的人們輪流凝視他清澈明亮的眼珠，「這孩子擁有像似白雲飄拂的雙眼，肯定是不會說謊的。」老婦如此說道，白鬍鬚也不住點頭，村人們最終得到了一個結論。

原本少女也應該有自己的名字，但就像記不住自己的名字一樣，流離後來也忘記了少女的名字，流離稱呼少女為「紅色髮帶」，因為紅色的髮帶是少女最具決定性的形象所致。

村人們認為相信流離是上上之策，因為他具有能獲得信任的心志。瀑布下方的洞窟被封閉，少女告訴流離一條雖較遠但相對安全的路，流離之後偶爾循著那條路進到村子來，流離來的時候，村人們都全部聚在一起，傾聽外界的消息，甚至還有人對於流離的口才感到歎服。

「紅色髮帶」的夢想是到遙遠的地方去。「遙遠的地方，哪裡？」流離問道。「就只是遙遠的地方！」她讓流離看自己的手紋，三條粗線各自分離，全未交錯。「父親在我三歲的時候為了賺錢渡海而去，母親在我七歲的時候說要把父親找回來去了城市，那位留著鬍子的老爺爺把我帶來這裡。父親、母親是不會再回來的，這手紋告訴了我一切。」紅色髮帶的後頸有三顆帶著細毛，如同指甲般大小的痣，她也讓流離看了那三顆痣，「大的是父親痣，其餘的是母親和我，這三顆痣也許會生長，甚至合而為一，但在那之前，我確定父親和母親是不會來找我的。」流離雖然認為那是過於誇張的臆測，但他並沒有說什麼。流離也想到遙遠的地方去，「你要去找父親和母親嗎？」流離反問道，紅色髮帶顯露出極為深邃的表情。「我呀，」她的話語似乎有些顫抖，「我知道我的命運，我死去的地方會在陌生、非常遙遠的地方，圍繞著即將死去的我的人無一例外地都穿著奇怪的衣服。男人們戴著扁平的帽子，而女人們都遮掩著臉！」「欸！」流離不禁發笑，那是不可能發生的事情。「自己的死亡從哪裡、怎麼能看到呢？」紅色髮帶正視流離好一會兒，「直到死去的時候」，紅色髮帶緊接著說道，「我相信你，是，不，會，變，的，朋，友的時候，我自然會告訴你能夠看到自己死亡的祕密場所！」此時，似乎從紅色髮帶的眼裡傳出颼颼的風聲。

在桃源洞唯一沒有親人的只有紅色髮帶，她將所有的男人稱呼為父親，將所有的婦人稱呼為母親，「這裡的父親、母親很多，真是太好了！」紅色髮帶燦然而笑。白鬍鬚曾說，紅色髮帶的父親曾經是爺爺的佃農，他因為對爺爺出言不遜，被處以杖刑後逃離故鄉，流離在得知將紅色髮帶弄成不是孤兒的孤兒的原罪是出自於爺爺的那天，整夜輾轉反側難眠。

流離十七歲了。

傳聞戰爭爆發，發生在大地國的北方，火人國以自己管轄的鐵路部分遭到破壞為由，開始攻擊支配該地區的大地國軍閥勢力。該處是大地國東北方的邊境，受張氏一家的軍閥所支配，眾多物資和人力迅速往該處集結；火人國的戰略十分周密，因為師出有名，別的國家也漸次形成支持火人國的局面。父親認為戰爭是一個絕好的機會，他不僅奉獻出戰爭所需的物資，並欺騙許多年輕人，將他們送到軍需工廠或戰爭區域；還有傳聞說以提高對於紡織工廠部分女工的待遇為名義，將她們送至戰爭地區。女人們在該處做了什麼事，沒有任何人知道。父親的忠誠之心極深，他斷言「大地國完全投降的日子即將到來」，為此，他忠實地加以預備。

那是個陽光極好的秋日。

流離從門縫中窺視中門，只見父親陪同從本土來的重要高階人士和郡守，在穿越中門後，正欲進入廂房的院子，後面跟著三、四位西裝裁縫師。位於廂房前蓮花池中央的春陽亭已經擺好他們的中餐，過世的爺爺為了紀念自己接受火人國天皇授予的爵位而興建的這個大宅邸計有行廊、廂房、內堂、別館等，紫薇樹的紅花蔭環繞著中門，花瓣輕飄飄地隨風飛舞。

流離的視線瞬間凝結，他先看到淡粉紅色的陽傘，陽傘經過了紫薇花蔭之間，正如同一朵滿滿綻放的百合花隨著流水悠悠淌下，步履十分靜謐而輕軟，那是一個穿著白色連衣長裙的女子。

不知是否被環繞春陽亭的菊花所吸引，經過中門的女子突然將帽子脫下，流離覺得女子脫掉帽子的情景就如同畫作，一幅以白色的纖纖玉手擋住陽光，如幻影般流瀉的畫作。就在那時，不知是否因為帶子鬆脫，原本在內堂院子裡的小狗飛奔而來，瞬間，小狗已然咬住女子的裙襬。揚起的裙襬之間露出白皙的小腿，與此同時，原本拿在女子手裡的帽子飛向蓮花池裡。正要跨上亭子的父親一行回頭觀望，可是女子非常鎮靜，就好像飛走的帽子不是自己的一般，她蹲下來向著小狗招手，流離像著魔似的看著這個情景，他甚至感覺到好像是在向自己發出信號一般。

「小傢伙，過來！」

女子有沒說話都無關緊要，但是日後流離每當回想起這個場面的時候，經常會聽到女子溫柔的聲音。「小傢伙，過來！」長連身裙的下襬圍繞著蹲坐著的女子，「小傢伙，過來！」清亮的陽光在女子細長的指間溜著滑梯玩耍。就在搖著尾巴靠近的小狗舔著女子的手時，流離的胸腔裡傳出「哐」的鼓聲，「小傢伙，過來！」他想走向那女子，因而內心覺得發熱。戰爭開始的那年，流離十七歲的秋日。

女子從那天起居住在越過內堂院子的別館裡，按照第一印象，流離稱呼該女為「百合」或「白色的百合」，遇到流離的時候，她總是燦然而笑，白色的虎牙如同受陽光照耀的沙金一樣發光，流離每當此時總會感到暈眩。據說她是郡守的侄女輩，從火人國本土渡海而來，以郡守拜託父親收留的形式，讓她住到這個家裡來。看來她原本的身分並不是太高，百合會幫忙廚房裡的事情，有時還會做一些縫縫補補的工作，她縫補的手藝非常好，也許是在本土從事過洋裝的工作，因為生活困難，而來投靠郡守——她的叔叔。流離每當看到在做針線活的百合時，總會想起母親，百合不久後就專門負責父親的衣著，而因為她人緣好，和家裡上下的相處也相安無事；流離還經常看到嚴肅的父親在接受衣服的侍奉時，對她歡然而笑的情景，百合的年紀和流離一樣，都是十七。

長久臥病在床的伯母過世，正是在那個時候。

「都是父親們的問題啊！我們世世代代都會像內地人的奴隸一樣活著的。」道廳的高階幹部——內務局長的兒子如此說道，駐在所長的兒子也在旁邊附和，但是那樣想的兒子們並不多，還有一些人強調：「為了救國，我們青年應該自願到戰場上去。」靠依附於火人國獲取權勢的父親們的兒子就如同流離爺爺的兩個兒子一樣，分裂成兩個派別——想要甜滋滋地分食父親摘回來的果實的寄生蟲兒子，以及相信唯有殺死父親，世界才會重獲光明的戰士兒子。

「應該要簽訂殺父契！」比流離大兩歲的內務局長的高個兒子說道。「殺父契從原始時代就存在，」駐在所長的兒子點上蠟燭，他的額頭上有一顆痣疣，「很久以前，因為父親們力氣大，獨自占據家裡的所有女人，阿姨、姑姑，甚至女兒們。因為力氣不夠，被趕到曠野去的兒子們淪落到即將被餓死的地步，那時作為自救的策略，提出的方法正是訂立殺父契，將父親一個一個殺死。」「是啊，年輕的我們有義務將世界從父親那裡拯救出來！」高個兒子敲打桌子，全身瑟瑟發抖，問題是應該從誰的父親開始。「罪孽最為深重的父親應該第一個被殺死，」「痣疣」將寫著父親名字的卷筒打開，裡面密密麻麻地寫滿父親們的罪行。流離雖自覺父親非一死不足以謝世人，但他終究是自己的「父親」，「用秤衡量罪惡的重量，藉以訂立順序是不可能的，」圍圈站著的兒子們看著流離，「我覺得抽籤是最公平的，」流離說道。兒子們或咳嗽、或拭汗、或擤著鼻涕。「有沒有贊成抽籤的人？」「高個兒」擤完鼻涕後無可奈何地提案道，其他的兒子都呆立著。

但一切只不過是徒勞無功，抽籤的過程中，流離抽中第三，抽中第一的人是駐在所長的兒子——痣疣，駐在所長個子雖然矮小、沒有脖子，但肩膀寬度超過三尺。根據獨立軍的傳言，有人目睹他在拷問嫌疑犯時，用鉗子將指甲直接拔掉，兒子們全都驚嚇不已。而因為沒有殺掉抽到第一、第二支籤父親的方法，抽中第三支籤的子爵自然平安無事。

伯母過世不久後，那個女人——百合暗暗地搬進內室，她也曾經做了一套流離的新衣服，並且無言地放進流離的房裡，流離只覺自己心碎如絲。沒有任何人談論或佯裝知道她的居處，因為決定所有家裡的序列和居處的權限，都掌控在子爵的手上。「叫她小姐就好了」，父親如此決定。還暗自苦悶要稱呼百合「夫人」還是「二夫人」的下人們心頭一緊，因為父親似乎從一開始就只有讓她將居處搬到內室，而沒有要讓她成為夫人的想法。

百合將居處搬到內室後的隔天，流離逕自跑到他和母親住過的舊家，只見大蟒蛇盤坐在籬笆上面，紅色髮帶則坐在籬笆底下，流離覺得自己竟然不知道大蟒蛇和紅色髮帶已經如此熟悉，於是大為光火，而母親不在，自己也沒有宣泄的對象。「怎麼回事？你們！」流離大聲叫喊。「為什麼哭呢？」紅色髮帶反問道。眼淚遮住了流離的眼前，「我……我如果和那條蟒蛇布……布置新房，妳會怎……怎麼樣？」因為喉嚨哽塞，話也變得結結巴巴。大蟒蛇嘶地一聲，離開了籬笆，回到草屋的屋頂上。「哥哥哭起來好可愛啊！」紅色髮帶答非所問，那是她第一次稱呼流離為哥哥。

桃源洞的消失是在兩天之後。

那是在看到管家疙瘩大叔一整天忙碌地來往於駐在所的隔天，流離看到駐在所巡警和憲兵們忙碌地進入雲至山山腳後徹夜未眠，早晨急匆匆地趕往桃源洞的時候，不由踉蹌跌坐在地上。房子都已經燒光，看不到任何一個人，正如同經過戰爭蹂躪之後一般悽慘。

紅色髮帶沒被抓走算是上天保佑，她抱著一隻母雞，獨自坐在貫穿瀑布的洞窟入口。「如果有需要調查的事情，把人抓去就行了，為什麼要把房子燒掉呢？」她說巡警的襲擊發生在昨天下午，村裡的人全部被抓走，巡警留下來把屋子燒個精光，那時她躲在樹林裡，親眼目睹了所有場面。「我不會懷疑哥哥你的，他們都沒有犯罪，不可能被處死的！」她反倒安慰起流離來。「我那時正從只有我知道的祕密之泉回來。」「祕密之泉？」流離哭著反問她。「是啊，祕密之泉！」

紅色髮帶點頭，她並沒有哭，「事先知道自己是怎麼死的話，可以不用哭的！」她說道。

紅色髮帶就在那天讓流離看了祕密之泉。

從瀑布連接到桃源洞的洞窟並非只有一條，中間還有分支，「身體還要更彎曲一些！」紅色髮帶在前面爬行並說道。那是一個成人絕對無法進入的洞窟，黑暗且濕滑，有的地方得平平地趴下來，用幼蟲的形狀才能通過。「第一次告訴我這個地方的就是蟒蛇，金黃色蟒蛇，也許和哥哥你家的蟒蛇是兄弟，不，好像是我奶奶過世之後變成蟒蛇。我奶奶活到一百歲，奶奶家的屋頂上也曾經有一條蟒蛇，奶奶管牠叫龍王。那時我好像看到奶奶，就追來這裡，蟒蛇卻突然從這個我從來沒來過的洞窟鑽進去。」紅色髮帶相信那條蟒蛇就是奶奶的化身。「再往前爬一點，就會到蟒蛇指引的那個地方，有泉水的祕密空間，當時我很輕易地就進去了，這段期間，我也長大了吧。」紅色髮帶在前面爬行並說道。

雖不知從何而來，但明亮的光線照射進來，那是頂端極高的洞窟末端，四方都有清澈的水流動著，上方還有水珠滴下來，水流不知從何處流出，小小的彩虹連接浮動的光景讓人神思恍惚。

「那裡，」紅色髮帶指著洞穴中間聳立的圓筒形岩石，水流圍繞著那個岩石流動，高度猶如成人的身高，水流的聲音如同天上的音樂。「那個頂端有泉水，」圓筒形岩石的頂端像似有一個洗臉盆，紅色髮帶說看到自己死亡情景的地方，就是在岩石頂端的那口泉水。「害怕的話就放棄吧，無論是誰都沒有一定要看的義務。」紅色髮帶給了流離選擇的機會。水很冰涼，岩石則十分濕滑，爬上岩石頂端並不容易。「我曾經滑倒超過一百次。」紅色髮帶看著爬上去卻又滑下來的流離，不禁咯咯直笑，流離全身濕透，好像冰柱一般。

「如果沒有耐性，就看不到自己的命運。」

她一直在旁邊慫恿，流離回想起她曾說過「直到我相信你是不會變的朋友時，就會讓你看到祕密」的話，如果想成為「不會變的朋友」，無論用什麼方法，都應該要爬上圓筒形岩石的頂端。因此流離爬了又爬，母親曾說過的「大事」也讓他培養出耐性，流離發揮連他自己都十分驚訝的耐性，他的手指終於勾到岩石上端凹陷的邊緣。

泉水清澈而渾圓。

流離用兩手抓住泉水的邊緣，終於看到水裡。「你看到什麼？」底下的紅色髮帶問道。「沒有啊！」喘不過氣來的流離回答道。因為上方滴下的水珠之故，泉水被無數的波長所包圍。「可以看到屋頂的倒影。」一聽此話，「不是那個，」她似乎嘲笑似地答道。流離的雙手簌簌地發抖。「也許不是每個人都能看到的吧？我曾經掛在那裡半天，你要把世界忘得一乾二淨，把哥哥你現在看到的一切都完全忘記，只要看著泉水就行了！」寂靜而長久的時間流逝，似乎已經到了力氣用盡，即將掉落下來的時刻。

在某一瞬間，流離看到了，倒映的屋頂景象逐漸散開，從水裡突然浮現出一張像似活了千年之久的老人臉孔。「我看到了，是個老人！」流離大喊，老人的臉孔也愈發清晰。「你別說出來！」紅色髮帶急忙喊道。

流離定睛朝水裡看，那不是水，而是一面鏡子，他自己的身軀好像瞬間就會被吸進鏡子裡一樣，他凝神屏氣。「你現在看到的，」紅色髮帶的聲音變得渺遠，「是哥哥你的死亡，所以是祕密，絕對不能跟任何人說，包括我在內，如果說了的話，哥哥你就不能照著自己的命運活著了！」那一瞬間，所有的事情都清楚呈現在流離的眼裡，就如同紅色髮帶所說的，他看到很久很久以後自己迎接死亡的實際模樣。

在下一瞬間，流離的身軀快速地跌落在圓筒形岩石的下方，紅色髮帶急忙將俯臥的流離從水裡拉出，他的眼光像似看到了這輩子絕對不可能看到、屬於另一個世界的景象。「哥哥！」她將他抱在懷裡，流離緊閉雙眼，但他感受到不知從何而來的明亮光芒穿過她的身體進入洞窟，一束光芒。

流離那一整天沒有回家。

他和紅色髮帶在另一個較為柔軟的洞窟過夜，紅色髮帶說隔天要自己去駐在所。「我不是因為沒有地方可去才去的，」她非常聰明，「因為去駐在所就可以去遙遠的地方，我聽說他們正在募集像我這樣的女人，送到遙遠的地方去，在這裡被抓走的桃源洞村民應該也是一樣的，會讓他們坐火車或大船，到遙遠的地方去會發財的。」「但，但是……」流離再也說不出話來，要將自己所知道的有條理地加以說明並非易事。「離開之前，能夠和哥哥做朋友，實在是太幸運了。」她對著流離燦然而笑。

隔天，紅色髮帶去了駐在所，再隔一天，她和其他人一起坐上火車離開。流離追到火車站的時候，火車正要出發，那是一列黑色的貨物列車，人們擠滿了每一節車廂。流離感覺到似乎在第三節車廂的某處看到她的那一瞬間，黑色的門就關上了。據說這是開往水路國北部邊境遙遠城市的火車，火車離站的時候，從鐵欄杆穿過的貨物車廂空隙中伸出一隻手來，直到流離看不到的時候，那隻手還一直揮動著，那是一隻細黑的手，流離認為那一定是她的手。

幾天後，父親接受總督府頒發的勳章，管家疙瘩大叔也跟著更加趾高氣昂。「你父親的罪名又加了一條！」偶然遇見的駐在所長兒子「痣疣」說道。在「殺父契」裡抽到第一支籤應該優先殺死的駐在所長因為立下掃蕩桃源洞的功勞，得到道廳的表揚。「殺父契」中抽到第二支籤的「高個兒」出發赴本土留學也是在那一天。

深秋的時候，流離偶爾跟著父親外出打獵，父親的打獵技巧在鄰里間也是最好的。父親持有好幾把槍，計有傳統式的火繩槍、德國手槍和俄羅斯長槍，其中父親最珍愛的是俄羅斯生產的自動步槍，有效射程距離在五百公尺以上，「用這支槍還曾經獵殺過熊。」父親炫耀道。

流離對於自己應該做的事情的確信與日俱增。

赤腳

殺了父親後的逃亡之路。

沒有路，也無法得知是否離開了雲至山、方向是否正確。流離摸索著岩壁而上，沿著樹林中間前行，夜晚，幸好月光明亮。昨晚鞋底業已掉落，但如果想擺脫追捕的人，一刻也無法休息。每一步都如千斤、萬斤，事先準備好的食物也消耗殆盡；與飢餓相較，更可怕的是時時刻刻橫阻於前方的懸崖和冷不防冒出的野獸，如果遇見夜間出沒的殘暴野獸，只怕從父親書房偷出來的手槍也無法發揮太大作用。

下到山谷之後出現溪流，流離趴著喝了好一會兒水，流水十分冰涼，冬天似乎已然不期而至。上方的樹葉淅瀝地掉落，正是黎明前夕，天色呈鮮紅色，如同父親的軀體朝向虛空飛去而碎裂時的霞光。殺死父親後逃離，已過了第三天。

父親那時向著晚霞站立著。

春陽亭。流離知道天氣晴好的日子，在日落時分，父親經常會在亭子裡觀賞夕陽，因此他早已在此等待多時。父親面向著自己的田野，受逆光的霞光照耀，身形更顯魁梧。流離隱身於廂房圍牆的彼端，該處與雲至山毗連，人跡極為罕至。水平置放於圍牆上的槍管受霞光照射而鋥亮亮地發光。「我不想讓他太過痛苦，你一定要一槍貫穿他的心臟！」流離撫摸著槍身輕聲說道。出門收取佃租的疙瘩大叔和手下尚未回到家。

俄羅斯產自動步槍是父親最珍愛的槍枝，「這支槍只要一顆子彈，就能要了老虎的命，你一定要貫穿老虎的心臟！」流離回憶起父親在教他射擊時說過的話。父親一動也不動，槍口已對準他的心臟，流離深深地吸了一口氣後，止住呼吸，就在那時，鳥群呼啦啦地飛向父親肩後的霞光中，流離感應到那是極為強烈的信號，感覺像是父親的紅色心臟霍然靠近，他按照所學的，非常忠實、幾乎是無意識地扣動扳機。自動步槍的性能十分卓越，尖銳的槍聲毫無障礙地撕裂夕陽的中心部，群鳥齊鳴。踉蹌、差點兒跌倒的父親身子艱辛地靠在亭子的木柱上，流離雖然感覺到子彈精確地貫通父親的心臟，但他認為還是要確實一些較妥，於是第二次扣動扳機，再次命中。就好像推開扶著的柱子一般，父親的身子在紅色的霞光中畫出拋物線，直接跌進蓮花池中。

就在那時，從廂房一側傳出尖叫聲，流離反射性地轉移視線，推開廚房的門跑出來，並大聲尖叫的正是那個女人——百合。流離毫無頭緒地憶起她對著小狗招手說道「小傢伙，過來！」的情景，女人的視線緊盯著流離的方向。

流離立刻躲進雲至山，並連夜翻越山嶺，那是到道廳所在地的城市最快的路，城市的車站距離故鄉的車站有三站之遙，是一段足以安心的距離。流離認為在追捕者搜索故鄉車站的同時，利用離開那座城市的貨車即可，他計畫先躲在火車站內部，然後隱身於車門開啟的載貨車廂裡，一路北上到水路國北部的邊境。

紅色髮帶就是從這條路離開的。

但是追捕的動作遠比想像中要快，憲兵和巡警嚴實包圍了車站的外部，看來強力的通緝令已經下達到這座城市的每一個角落，流離還看到父親忠心的僕人，也是管家的疙瘩大叔的臉孔，精明的疙瘩大叔似乎已事先看穿流離的動線，流離趕忙離開車站，再次踏上逃亡之路。此刻不得不走向與雲至山反方向的山脈，那是可以北進到水路國和大地國邊境的雄偉山脈，流離再次越過雲至山，幾乎未曾停止地走了三天，那是沒有任何路，沒有任何村落的山中。

鞋子是最大的問題，鞋底早已掉落的鞋子前端也露出破洞，父親把這種鞋底用橡膠、鞋身以皮革製成的鞋子稱為「便利靴」，因為鞋底脫落，被石頭稜角磨穿的前端自然出現破洞，流離用葛藤緊實地綁紮好鞋子，再次上路。聰明的疙瘩大叔此刻應已充分看穿流離沿著山脈而去，以父親的威望來看，連軍人都加以動員的可能性極大。

又開始了上坡，這次也是大斜坡，如果想節省時間，不得不選擇直線道路。因為太陽在右邊，所以是北進的方向，沿著半島北進的山脈最終會到達與大地國的邊境——圖們江，這條江發源於長白山，將大地國和水路國分開，最終流向東邊的大海，是一條長達五百公里的長長大江，在越過這條江，抵達大地國的東北地方之前，片刻都不能安心，也許要走上數百里，不，千里之路也未可知。

在拚死拚活爬了半天之後，終於爬上山頂，那是與雲至山相鄰，比雲至山更高的山峰。山頂是無數的道路開始或匯聚之處，但是艱辛地爬上山頂的流離立刻就癱坐在地上。

陽光極好，他睜開細眼，遠望陽光之中，數百、數千座交疊的山峰映入眼簾，山峰綿延著數百座其他山峰，稜線交織著數千條其他稜線。有些山峰像似未曾去勢的奔躍公羊，有些山峰則像獅子狗一般奔馳，流離還看到在其縫隙間數以萬計的山谷褶皺，白雲飄過，雲霧流瀉，風聲在不知不覺間斷續傳來，像似數以千計的騎兵隊經過時的聲響。在交錯的稜線彼端，可渺遠地眺望青色的光芒，是海洋，抑或藍天則不得而知。流離的心潮澎湃，他從未見過如此撼人心扉的山脈全景——看似衰老，卻又無限年輕，看來粗糙，其深度卻無法度量的雄渾山脈。流離真實地見到如同巨大恐龍的半島隱藏的脊骨，熱氣倏然湧至喉嚨，與其說是哭泣，倒不如說是乾嘔。

流離趴著哭了好一陣子。

流離頓時停住腳步，因為他從絕壁的斜面下來的時候，恰好遇見正抬頭的野獸，看起來雖像似野狗，但並非野狗，「是狐狸呀！」掉進陷阱而無法動彈的，正是白色與銀灰色的毛摻和的可愛銀狐。原是獵人想捕捉野豬而設置的陷阱，銀狐卻不小心陷入其間，似乎已經被困了大半天。

不知是否因為太過疲憊，銀狐在流離靠近時也發不出任何聲音，流離跪下來用瘀血的手艱辛地解開套子，銀狐的腳踝已經牢牢地被套子拴住，即便被勒緊的腳踝被解開，銀狐還是停留在該處好一陣子。「沒事了！」他注視著銀狐的眼睛輕聲說道，「在圈套的主人到來之前，你趕快走吧！就算腳斷了，想活命的話，一定得快點走！」這也許正是流離想對自己說的話。一瘸一拐地慢慢走進樹林的銀狐突然停下來，轉頭看了流離好一陣子，就如同不想離開的戀人一般，美麗、懇切而悲傷，紅色髮帶的背影在銀狐的身後重疊而浮現。

流離在銀狐離開的地方睡著，也許是因為已有三天未曾闔過眼的緣故，其實並非睡著，而像似失神一般。流離反覆地夢見包圍山脈、逐漸逼近的諸多軍人，還有大砲，就好像為了獵捕一隻年幼銀狐而動員大規模的追捕隊。

從睡夢中轉醒是在強烈感知背在身後的行囊已經被解開之後，流離霍然睜開眼睛，一個滿臉鬍鬚的男人面孔正貼近眼前，時間約莫在夕陽西斜之際。這人是誰？流離亟欲集中精神而頻頻搖頭，並不住地眨著雙眼。「你，子爵老頭的養子？」男人說道，流離大吃一驚，趕忙撐起上半身。「你還是別亂動比較好！」男人壓下流離的肩膀，流離這才看清楚男人拿著的手槍，他自己帶著的德國製手槍已握在男人的手裡。「對吧？殺死子爵老頭逃走的？」男人露出大黃牙笑著。流離這才知道在自己睡著的時候，男人已經翻遍背囊，不僅手槍，所有可用的東西都已經裝到他自己的背囊裡。「我曾經看過子爵老頭去打獵的時候，瘋瘋癲癲地跟在後面的你，子爵老頭被殺死雖然令人覺得十分痛快，但我仍然絲毫沒有半點兒想稱讚你的心，殺死養大自己的父親？」男人用槍口敲打流離的頭。「況且你還解開我的圈套？你這個像侏儒的狗崽子竟敢動我的陷阱？」男人又笑。陽光瞬間在笑著的男人嘴角閃閃發光，而光彩極其炫目。流離稍稍低下頭，男人托起流離的下巴，「看清楚，小子，是我啊！大鬍子金牙！」男子露出嘴裡的金牙，繼續笑著，「看到沒有？我是鑲著金牙的漢子啊！」

「金牙」滿臉鬍鬚，並擁有寬闊的肩膀，看起來像是以圈套或陷阱捕捉野獸維生，從他連一把火繩槍都沒有的情況推斷，很明顯地在獵人之中也屬低下之人，但是金牙毫無根據地做出氣焰囂張的動作。「你再逃也只是跳蚤一隻，」金牙說道，「我看到為了抓你而動員的憲兵、軍人和獵犬，你竟然敢動我金牙的陷阱，看來應該把你的手剁下來，但反正你終究要沒命的，我的手也不用沾上血了。哼！就憑你這樣子，在追捕隊到來之前，你早就已經掛了，嘻嘻，夜裡出沒的野獸會把你殺了祭神的。」金牙再次背起已經放下的行囊。「請你把手槍還給我吧！」流離求情道。「嘻嘻！」金牙用手槍四處瞄準，又露出牙齒，陽光反射的金牙閃閃發亮。「我是傻瓜嗎？我再說一次，我是鑲著金牙的漢子啊！」金牙說完這話，不回頭地從山坡走了下去，此時樹林已是一片漆黑。

這太令流離難堪了，他知道不只手槍，連一把放在背囊裡的刀子都被金牙拿走了，而預備替換用的衣服消失不見，沒剩下多少的食物也一樣。真是冷血的動物啊！可是就像金牙所說的，在被追捕隊逮捕之前，今晚他就可能成為野獸的食物。

幸好銀狐被困在陷阱而無法動彈的該處是在稜角突出的岩石下方，流離覺得這是避開半夜露水比較理想的地方。他不知道自己已經離開家多少天，滿身瘡痍，最糟糕的是經常想睡覺，眼睛會自然而然地閉上。正想閉上眼睛的時候，他看見樹林裡再次出現青幽幽的光芒，那是什麼？在非夢似夢間，流離又再次睜圓雙眼。

青幽幽的光芒並非只有一個，流離睡意全消，頭髮高高豎起，光芒其中之一悄悄接近中，是不是貓的眼睛？但流離立刻搖頭，如此的深山中不可能有貓。「狼啊！」流離最終發出聲音嘀咕著說。原本兩個的光芒變成三個，立刻又變為四個，看起來是狼的大家族出來尋覓晚餐，「夜裡出沒的野獸會把你殺了祭神的。」金牙的話立時在腦海裡回響著，最終還是要成為野獸的食物。可稱得上武器的，只有小石頭而已，流離一把抓起了一粒石頭。母親還活著嗎？他突然想起母親，種下牽牛花種子的母親、做著針線活的母親、撫摸著自己頭的母親容貌快速地掠過眼前。因為懷念母親，全身似乎成為一團火球。流離拿起另一粒石頭，對著靠近而來的狼群迫切地大吼。

「要過來就過來吧！我也有母親！」

就在那時，感覺到一隻狼即將撲上來的瞬間，突然響起的狂暴槍聲似乎要撕破耳膜，如同打雷一般，與此同時，只見那隻狼發出尖叫聲，身體拋向空中，然後重重摔下。如履平地的人影極快地沿峭壁而下，正是流離背靠著的峭壁；接下來聽見其餘的狼群刷刷刷地逃入草叢的聲音，這些事情都發生在一瞬間。

男人的個子很高，手裡拿著火人國軍人經常背著的阿里沙卡三八式步槍，「這不是孩子嗎？」男人喃喃自語，「你是誰？」他彎下腰向流離問道。流離正處於失神的狀態，只見月亮在男人的肩後逐漸升起。「你這孩子想死想到瘋了嗎？如果不是的話，怎麼可能毫無準備地來到如此的深山中。」確認過流離是空手的男人一屁股坐在流離的旁邊，男人雖然精瘦，但坐下來的身高也比流離高兩倍，流離茫然地望著男人黝黑的臉孔。

男人的家位於距離該處兩、三小時路程的地方。

正確地說，那其實並不是家，而是用木柵欄擋住自然洞窟的入口，男人把這個地方稱為「我的家」。「這是我家！」男人先進入洞窟，放下槍後說道。「家」這個單詞就如同箭一樣，刺穿流離的內心。我的家？流離思索著：身體掛在木籬笆上，曬著太陽的大蟒蛇、做著針線活的女人、令人目眩神迷的霞光、決然地撕裂夕陽的中心，如飛而去的父親身影⋯這些影像同時浮現而消失。「這隻是母的，晚餐就吃狼肉吧！」男人的聲音越來越遠。

男人用熟練的手藝料理著死去的狼。「在山裡，遇上什麼就吃什麼，」男人說道。歷經生命交關後，在黑暗中跟隨男人走了兩、三小時，此時，流離其實連坐著的力氣都沒有了。因為家這個字，開始從腦裡迸出的片段記憶讓他覺得混亂，他累倒了，其實與昏厥並無二致。男人靜靜地看著倒下的流離，獨自說道：「這孩子，該是流浪了好幾天了。」此刻從或近或遠的地方傳來野獸的嚎叫聲。

不知過了多久，流離睜開眼睛的時候，男人正將掛在柵欄上的狼皮換邊，晴朗的白天，「那個⋯⋯，我睡了多久？」流離困難地問道。「還不滿一天。」男人很親切地笑著。「那個，」男人指著流離的背後，「我烤好了昨天抓的狼肉，雖然我主要是吃生肉。」流離用迷茫的眼神環視洞窟內部。「你該不會是在找米飯吧？」男人又笑道，「我已經很久沒吃米飯了。」流離身下鋪著稀疏編織的墊子，似乎是一直睡在男人的床上。「你殺了誰？」男人突然問道，語氣像是已經知道了一切。「那個⋯⋯就是⋯⋯」流離這才困難地憶起父親的身軀跌進蓮花池的景象，「不管你殺了誰，你不回答也沒關係，沒關係，既然來了我家，認識一下也是可以的吧？你到底是誰？」「我，我是⋯⋯」之後就再也說不出話來。

「我……」「我……」「我……」流離說道，只聽見這樣的聲音，不知是怎麼回事，流離竟然想不起自己的名字，甚至父親的名字、母親的名字、爺爺的名字也一樣，想起來的固有名詞只有雲至山。「我……雲至山……」感覺好像得了失語症，他無法再發出其餘更多的聲音，似乎在自動步槍的子彈貫穿父親心臟的瞬間，腦裡儲存名字的一條迴路完全斷掉一樣。「嘖，算了。」等不下去的男人咋舌說道。

「如果你是從雲至山來的，按照你的步伐推算，你大概已經走了一個星期了，在這樣的深山裡問你的名字？唉，算我錯了。我也忘了原來的名字，山中君子都一樣，如果只是偷了東西，絕對不會逃到這樣的深山裡，我看一眼就知道了。你在睡夢中一直喊著父親，那不重要，說難聽點，無論是殺了父親，還是殺了母親，有什麼差異呢？在山裡彼此都不會問，也不會回答那些東西的，那只不過是無用的閒話罷了。從凶手的立場來看，都只是一條命而已，無論是父親，還是兄長，甚或是不認識的人，所有生命的價值都是一個樣，這是我們這些靠殺生延命的山中計算法，這樣計算才對。」

流離就是在那天擁有了「流離」這個新的名字。

男人說他自己在進到山裡之前殺了五個人，至於為何、殺了誰等問題，則沒有細說。男人還附帶說明道，進來山裡雖已過了五年，但在這附近找到居處則尚不足一個月。「原本在更北一些，但冬天也快到了，於是就決定南下。」令人驚訝的是男人的年紀只比流離大十歲，今年二十七的事實，臉孔任誰看都會認為已經五十，但男人說自己只有二十七歲，他的臉上布滿皺紋，擁有古銅色的皮膚，眼神異常銳利。

「我的臉太老成了吧？」男人的聲音十分洪亮，「住在這裡，任何人都會越來越像山的紋路。」男人的視線不由自主地飄向遠方，鳥群飛揚，「雖然我不知道你過去在哪裡、怎麼生活的，但既然進來山裡，你終究也會像我一樣的。進山以前，我也曾經四處流浪，到處要飯，問我的人也很多，叫什麼名字、故鄉在哪？等等，我總會回答，我的名字是乞食，故鄉在流離道乞食郡，我到處要飯，叫乞食也是對的。你好像也是不想記住原本的名字，如果不想回到外面的世界，就應該像我一樣，取個山中的名字。」男人凝視流離的眼睛好一會兒。

「和看起來不同，你有一雙遊子的眼睛。」

男子緊接著說道：「我幫你取個名字吧！流離，怎麼樣？哈哈，從流離乞食想到的，比起乞食，流離還是比較好吧？如果不喜歡就算了。」乞食哈哈大笑。「我不想和你在一起太久，你如果休息夠了，就去你想去的地方吧！」「我要去大地國。」流離堅定地回答。「哦，大地國！」乞食的聲音上揚，「你的抱負比想像中的要大，喂，就憑你那孱弱的身體，要去大地國？越過山脈？我敢斷言，就憑你那身體，絕對熬不過三天，如果你要去大地國，那就立刻下山，坐火車去，那樣比較好。」「我不能坐火車！」「你如果想逃亡的話，一定要用大腦，每個車站都有很多狗洞。」「我不只是殺死一般人而已，我把子爵給殺了，為了追捕我，連憲兵都動員了吧？」「你說的是伯爵、子爵的那個子爵？」乞食霍地站了起來，「伯爵的下一階層是子爵！」「你這傢伙！」乞食的聲音突然變得沙啞，「你這傢伙，你怎麼現在才說？如果被殺死的人是子爵，憲兵和軍人當然都會追來，兩、三天以內就會到達這裡的，唉，因為你這傢伙，我也必須離開這裡。要不，要不我乾脆把你殺了，掛在樹上？」乞食的表情十分狼狽。

要把流離殺掉，還是讓他活命，乞食真的是在猶豫，沉默的氣息流瀉。「如果你希望的話，就殺了我吧！你救過我一次，我不會反抗的。」流離溫順地說道。「吵死了！」乞食大叫。「山裡也有人居住，就像我這樣的山中之人，如果憲兵或軍人追來，那些人都不會沒事的，你不知道你幹了什麼事嗎？他們會把這些山都燒光的，臭小子！」剝掉狼皮的刀正握在乞食的手中。「所以嘛！」流離伸長了脖子，「所以嘛！割我的脖子，把皮剝下來晾著，他們確認過我的屍體後，就不會再追下去了。」「不知道還有沒有把你殺了，把皮剝下來的時間！」乞食已經開始整理行李。

整整北進了兩天。

狼肉是唯一的食物，乞食有空的時候就傳授給流離在山裡存活的方法，流離的個子只有乞食的一半，為了趕上乞食，流離必須跑一整天。「晚上不能移動，在天黑以前，就要找好不會被野獸攻擊的地方。」乞食說道，「洞窟也是野獸喜歡的地方，進入洞窟的時候，一定要特別小心，如果想在洞窟裡過夜，為了防範其他動物的入侵，一定要用東西擋住入口。」乞食又再次說道，「一定要帶著工具，如果沒有就自己做。」乞食帶著刀子、斧頭和槍，「我也會做弓箭，」乞食教流離簡單的弓箭製作方法，也教他如何利用葛藤編造網子。「如果像你一樣沒有任何準備上山的話，不出一個星期就會死掉。」乞食如此斷定。

露出的腳後跟開始流血，前端的大腳趾指甲也變黑，乞食洗乾淨流離的傷口，將松香和萱草根搗碎後，塗抹在傷口上。「萱草的葉子和根部對傷口很好，現在把你的衣衫撕下來裹紮傷口。」乞食邊說邊讓流離看自己的腳後跟，「摸摸看！」乞食的腳後跟比石頭還硬。「用這個腳後跟踢你的頭的話，會怎麼樣？」「會怎麼樣呢？」「會變成這樣！」乞食用斧頭劈砍已死去的樹木下端，樹木立時一分為二。「你住在山裡看看，腳後跟都會變成馬蹄。」乞食以炫耀的表情說道。「但是跟那位比起來，我的腳後跟也不過是孩子的腳後跟罷了。」乞食附帶說道。「那位是誰呢？」「你馬上會見到他的，他用腳後跟劈柴，是我進到山裡來，見到的第一個人，他在山裡住了五十多年，山中之人管他叫山神。」

在走了整整三天後，到達的地方是一個四周都被岩壁所圍繞的小盆地，那是附近最高的峰頂，沿著懸崖和懸崖之間的狹小通路爬進去，凹陷的該處隨即映入眼簾。有一間靠著岩壁蓋的小土屋，斜坡上還理好一塊像手帕似的田地，那就是乞食所說的「山神」住的地方。

長得很奇怪的老者開門而出，完全覆蓋住老者的毛是耀眼的白髮，老者雖紅光滿面，但皺紋極深且粗，就好像包著一層網一樣，他好像活了三百年之久，個子雖不高，眼睛卻比乞食更加炯炯有神，而因為完全被白毛覆蓋，感覺就好像看到一隻老白熊一樣。「向山神請安！」乞食捅了一下呆立著的流離的腰，流離行了大禮之後，天就黑了。

「山神」說他是在壬午年軍亂[1]時進到山裡來的，而壬午年已經過了半世紀，長久護衛王室的舊式軍隊因與新式軍隊——別技軍的差別待遇深感不滿，因之爆發的事件即為壬午年軍亂，這段歷史流離也知道。當時的別技軍因為有王室在背後撐腰，且由火人國的軍官主持訓練，因此待遇較好，但長久護衛王室的舊式軍隊則不免受到冷落，「山神」當時是舊式軍隊——武衛營的兵卒，憤怒的舊式軍隊兵卒們不僅將王妃的部分家人殺死，更殺了派遣來的火人國軍人，因而惹禍上身。此事件亦可說是傾向近代化的改革勢力與意圖固守傳統的守舊勢力之間的代理戰爭，山神在該事件後，為了保存性命而逃進山裡，當時他的年紀不過十八歲，據此推算，山神現在約莫是六十歲後半。

流離靠在牆壁上，微睜雙眼。「冬天雖然嚴寒，但沿著山脈走到圖們江也並非不可能。」山神說道，和臉上的皺紋不同，他的聲音十分清朗。「把這傢伙交給追捕他的軍人，我們還能有什麼事？」乞食指著流離回答道。「那也是方法之一。」山神寬厚地笑著，「你如果真想那麼做的話，怎麼會把他帶來這兒？在你住的地方把他交給軍人的話，我的家也不會有事了。」雖是關於自己的內容，但流離終究抵擋不住睡意。岩壁上掛著一張虎皮，「我在殺那頭老虎的時候……」還沒聽完山神接下來的話，流離的身體已經倒向旁邊，「和你剛上山的時候一樣，他也是一個能睡的傢伙。」流離在半睡眠狀態中感覺到山神將他的身體擺正，那是一雙溫暖的手。

停留一天後的清晨。「不能再待下去了。」乞食說完，「去吧！」山神點頭。「您是說您不

1 一八八二年發生於朝鮮王朝的軍事政變。

離開嗎？」「定居在這裡已經十年了，你們要去的圖們江，我已經來回超過十次了，沒有一個地方像這裡這麼好。明年春天要播種的種子，我都已經準備好了，我為什麼要離開呢？」「火人國的人如果進來……」「他們算不上什麼，軍亂的時候，把那個叫什麼……堀元的火人國教官殺死的就是我，我也殺過老虎，我根本不害怕，雖然已經過了五十年，就算他們來又怎樣？他們還能把我這個老頭怎麼樣？」「說不定他們會把房子燒掉。」「欸，燒掉再蓋就好了！」山神一副若無其事的樣子。

山神又把一件用狐皮縫製的衣服放在流離的背囊裡，「你這樣走下去會凍死的。」他好像一位仁慈的爺爺。「沿著山稜線行走的路上一定要小心山君子。」山神又補充說道，山君子指的是老虎，「牠們喜歡稜線，因為從稜線往下看，可以很清楚地看到獵物。不久前，山君子還曾駕臨到那座山崗上，看了我一眼，大概是覺得太老了，肉不好吃，哈，露出一副真倒楣的表情，然後就慢慢地消失了。」流離仔細看著山神的腳後跟，黝黑、無論顏色、模樣都確實像鐵錘；流離很想問他何時、在哪兒殺死老虎，山神已經率先走出門外。

打開門板、跨出來的那一瞬間，原本各自隱身的野獸撲簌簌地跳出來，很快地躲進雜木林中，速度之快，讓流離全然無法看清是什麼動物。「狐狸啊，受傷了嗎？腿還一拐一拐的。」山神說道。「是銀狐嗎？」流離問道。「對，銀灰色狐狸。」山神點頭道。不會是牠吧？流離的眼前浮現出自己從陷阱裡解救出來的銀狐的最後模樣，看來像似懇切、悲傷的眼神還如此清晰。欸，不會的，流離搖頭；救出銀狐的地方離此處約需三、四天以上的路程，腳踝受傷的銀狐不可能跟來這裡。

將他們二人送到山頂的山神指著北邊的盡頭，「那裡，那個盡頭，有沒有看到最後面那個尖尖的山峰？」隨山神的手指末端望去，有一個如同三角洲的山頂模糊地呈現出來。「您是說靈妙山嗎？」乞食似乎知道。「對，靈妙山，可能要走整整十天吧？一直望著山頂，跟隨著稜線走，中間會有一、兩個火田民的村落，靈妙山右側山峰的老松後方有一個非常不錯的岩窟，我曾經在那裡住過三年。火人國那些傢伙不會到那裡去的，冬天就在那裡過吧！你也想去大地國嗎？」「這個嘛，去哪裡都沒有關係，我從來也沒認為這個地方是我的國家，和您不同，我在一個地方停留太久會覺得厭煩的。」乞食的眼裡短暫地浮現出淒涼的眼神。「所以你還年輕啊，年輕的話老想著離開，老了的話，就想停留下來了。」「想停留的話，乾脆您現在就下山吧？」「你這人真是……自己說要像神仙一樣活著，怎麼就叫我下去活在只有禽獸的地方呢？」山神呵呵大笑。

下山、上山，無限反覆的路程。

腳後跟終於化膿，休息的時候，乞食雖尋覓藥草，搗碎後塗上，但沒有特別的效用。鞋子也到了無法再穿的地步，甚至流離還開始發燒。「這樣會比較好！」乞食將樹皮剝下，緊緊地綁成好幾層。「腳後跟要跟大哥您和山神一樣的話，得等多長時間呢？」流離第一次稱呼乞食為大哥。「我怎麼知道路上會發生什麼事呢？」「我一定要將自己的腳後跟磨練到跟馬蹄一樣。」流離下定決心。「好大的決心啊！」乞食嘲笑著。「有些事情是大哥做不到，而我能做到的。」自尊心受傷的流離用忿忿不平的語調說道。

在向陽的岩石上，流離盤坐著，受光的山群極為雄渾，卻似乎沒有明顯的界線。「大哥，看好了！」流離在深呼吸後，止住氣息，緩緩地將腳抬起來，雙腳以拋物線伸直至水平，腳的末端碰觸到肩膀，經過脖子後，伸到頭部。他用血水凝固的大腳趾搔自己的頭，這是他對紅色髮帶住過的桃源洞住民們表演過的才藝。「哇！」乞食真心歎服，他的腳連腰部都搆不到。

還有非常長的舌頭呢，既然開始了，索性就把長舌頭也給乞食看，但流離強忍住了，所有的祕密不能都說出來，擁有長舌頭一事，甚至都沒有告訴過紅色髮帶，是流離自己內心深處的祕密，他覺得祕密只有在作為祕密保留時，才能發揮最大的力量。

山並非只有一種模樣、一種顏色，乍看之下，似乎天衣無縫，但仔細觀察，則是萬壑千峰；顏色也時刻不同，有時是紅色，有時則是淡綠；有時白，有時黑。說是紅色卻也不紅，說是綠色，也不甚綠，說是白、黑，也不只有黑、白，有時在一處就能見到世界所有顏色凝聚在一起的動人光譜。水流雖有千絲萬縷，但在每一個峰迴路轉的彎路，又再次合流，山雖然空蕩，但其實沒有一處空泛。

各種存活的東西聚居在一起。

如果鳥群飛過夕陽西斜的天邊，會令人想流淚；如果端詳清澈的水面，會漫無邊際地思念起未可知的某物；交疊的山峰循序出現、日出之時，總會握緊拳頭。溫和、險惡、氣勢磅礴、精緻的半島風情，流離看了再看，這裡真是地球隱藏著的樂園。流離曾在山的形象中找到守護草屋屋頂的蟒蛇、紅色髮帶和百合的纖纖玉手以及母親嫻靜的幻影。他也曾在無意間感受到已然遺忘的母親的乳香而大吃一驚；流離感覺到雖然他不知道是什麼，但每天都能看到他刻骨思念的形象。

而他真的無法理解倚靠如此浩然的千山大水生活的人類世界為何如此殘酷？

如果深夜裡隱身躺臥於岩石之間，山脈有時也會發出聲音；有些日子會發出咚咚敲擊大鼓的聲音，有些時候會發出震耳的聲音，猶如大地裂開時的聲音，而有些日子則能聽到此起彼落、令人心煩的聲音。「如果你作噩夢，就睜開眼睛看我，我會徹夜在你的床頭守護著你。」母親曾經說過這話。帶流離到院子裡，第一次教他認識星座的人也是母親，在山脈中央看到的星座和母親教導的自然不可同日而語，如果有長梯，彷彿可以靠在星星旁邊，星星有紅色的、黃色的，還有藍色、白色的，正如同星雲的光彩盛宴，而母親的星星通常都是淡綠接近白色的。

「我第一次殺的人是哥哥，」某一天的深夜裡乞食說道，那是大他五歲的同父異母的哥哥，他只是偷偷地推了一下站在水閘邊的哥哥，沒想到落水的哥哥再也沒能上來，乞食訴說的時候，天空滿是流星。「他的身體比我大兩倍以上，因為身體太重才沉到水裡去的吧，那怎麼會是我的責任？」也沒人說什麼，乞食獨自氣呼呼地說道。

乞食殺第二個人是在他逃家的一個月後，流離也沒問他，他就自己吐露實情，這是因為星星的調和吧！「有一天晚上想休息一下再上路，所以走下一座橋的橋底，不料卻看到一個用席子捲起來，即將死去的老太婆，她骨瘦如柴，簡直讓人無法目睹，只剩嘴巴還活著，似乎被人拳打腳踢過，有許多黑青的部位。」好像是在郡廳擔任主事的兒子棄養母親，主事在農村裡就如同權貴一樣，患癡呆症的母親有時連大、小便都無法自理。「所以那個主事兒子不給自己的母親飯吃，讓她不要大便，有時還暴打她，等母親快被打死的時候，想為她舉行高麗葬（譯注：古時，將年老多病的人丟棄在山中墓坑，等其死後舉行葬禮），用席子捲起來，丟到人煙罕至的橋底。那個老太婆搓著雙手向我求情，要我當作是做善事，把她殺掉，說她自己一個人害怕死了。」乞食的聲音十分平淡。

流離看到銀河的一角完全傾斜。「我是在做善事，」隨著乞食的話結束，又有流星落下。「那個老太婆……那個老太婆……不是我殺死的，我是在做善事！」老太婆的脖子太細，只掐住一會兒，她就斷了氣，乞食在斷了氣的老太婆旁邊輕聲安慰她道：「也許您會害怕，我陪您一個晚上。」

「隔天我去了她兒子的家，」乞食四處打聽，好不容易在天黑的時候找到他家。那是一座高大的瓦房，恰好那時主事兒子正和他的孩子、老婆吃著晚飯，聽到有人來訪的傳達後，主事嘴裡嚼著肉從大門口走出來，「我一刀就讓他斃命了，因為我無法忍受從他嘴裡發出的肉味，真的啊，那股肉味！」乞食吸了吸鼻息，「勒死老太婆雖然是做善事，但他兒子是我殺的沒錯！」乞食在說結尾的時候，流離已經沉沉睡著。

雖然看到山下有幾戶火田民的村落，但決定就此經過，因為時節仍是秋天的末尾，食物尚可獲取，在告白了對老太婆「行善」之事的隔天，抓到了野兔，並生吃了兔肉。乞食說他殺了五個人，對於剩餘的兩人，乞食卻未再說明，流離也沒問，因為他知道，在星光更加輝煌燦爛的時候，乞食的嘴就會自動打開。

流離腳後跟的膿包破掉，乞食用刀子刺破，把膿液擠出來，「臭小子，你的耐性還真不錯，膿已經擠出來了，傷口馬上就會癒合的。」乞食輕輕地拍了拍流離的肩膀。他們正接近靈妙山的山頂，那一瞬間，後方好像有什麼東西追來一樣，發出聲音，乞食飛快地將流離拉進岩石的細縫中，並掏出槍，往下一看，有人從樹木中間倉皇地爬上山坡來。

正是搶走流離手槍的大鬍子金牙。

流離一下子就認出金牙，把自己當成野獸的「祭品」而離開的人，怎麼可能認不出來？不知道他在山裡徬徨了多久，幾天裡，金牙已經老得讓人認不出來。「都是這個臭小子的緣故。」剛一圍坐下來，金牙就立刻派流離的不是。「聽說你把他的槍和其他東西都搶走了，為什麼還惡人先告狀？」乞食回了他一句。金牙拿著的手槍只是空槍，「就憑這個破東西？只有五顆子彈！」金牙大叫著，好像想把流離抓來揍一頓的樣子。

金牙與追捕隊的先鋒是在到達雲至山北麓時遭遇的，缺乏注意力的金牙心想這是空山，威風堂堂地拿著手槍走在彎曲的路上，避開都來不及，卻不巧遇見的火人國軍人看到金牙手裡拿著槍，於是先開了槍，金牙一衝動也對他們開槍，火人國軍人的步槍缺點是太長，而德國製的手槍短距離的命中率是相當高的。一個傢伙當場死亡，剩下的另一人腿上中了一槍，踉踉蹌蹌地逃走了。金牙說這實在是突發的情況，他也已聽到追捕隊接近的聲音，他殺死了火人國軍人，而且還讓另一人脫逃，絕無可能再回到人世間居住，那條路是死路一條，於是沿著山脈逃亡。金牙的一側肩膀受了子彈打偏了的槍傷。

在山裡，金牙有許多方面比乞食略遜一籌，射擊技術似乎也不是太好，步行的速度也比流離好不到哪裡去。金牙通常在村落附近的山上靠設下的陷阱維生，當然無法凌駕於乞食之上，乞食連在登上岩壁的時候，也如同跑步一樣，速度飛快。

「你多大？」乞食問道。「四十一。」金牙回答道。「在山裡雖然年紀沒什麼用，但我，今年四十三！」乞食向流離眨眼，非常自然地說謊，流離臉上沒有任何表情。乞食實際上只比自己大十歲，但因為皺紋太多，就算他說自己已經五十好幾了，任何人也都會輕易相信。「那要叫你大哥了。」金牙的姿勢變得較為溫順。「你既然殺了火人國的軍人，算是得到了動章，來，得到動章的弟弟，你開路吧！」乞食嘻皮笑臉地回嘴道。

乞食於是成為三人之間的「大哥」。

「等一下！」天色開始變黑，得尋找過夜的隱身處時，乞食突然停下腳步，乞食先是像一陣風一樣，迅速躲進岩石後方，金牙和流離在後面跟著。眼前的低矮丘陵地帶長滿了茂盛的橡樹和灌木，低矮的灌木之間有一個灰白色移動著的物體進入眼簾，乞食拿槍瞄準牠，流離的眼睛睜大，距離不太遠，一拐一拐的物體出來喝水，很清楚的是銀狐。「不行！」流離推開乞食的槍口，銀狐的耳朵很靈，流離急忙大喊「欸！」的時候，銀狐已經逃進灌木叢中。

「你幹嘛？」乞食大喊。「剛好可以拿來做晚餐，你這小子瘋了？」金牙抓住流離的領口。「我認識牠，」流離回嘴道。「你認識牠？」「如果牠再出現，絕對不能殺牠，牠不是跛腳了嗎？」「銀狐皮，非常貴的。」乞食嘖嘖咂嘴。流離此刻確定了從山神住處離開的那天早上看到的，一定也是銀狐。「很明顯的，牠跟著我，牠和我一定會成為朋友的。」「我聽你在放屁，臭小子！」

金牙呸地吐了口水。流離那一瞬間感覺到銀狐和自己因緣極深，不能不說如果不是去靈妙山，絕對無法感受到的靈妙感受。

到達靈妙山是在離開「山神」家後的第十天，山頂附近的為聖峰一側有一株彎曲生長的老松，巨大的岩石形成懸崖的邊緣。乞食好像以前來過似的，在松樹後方的草叢之間摸索著下去，很艱難地才找到的洞窟入口隱藏在各種交錯的樹枝後面。

乞食比手勢，要大家停住，擋在洞窟入口的樹枝模樣並不自然，走下來的道路旁邊的葛藤，很清楚地留有人走過的痕跡。「裡面有人，不是野獸。」乞食拿起槍輕聲說道。此刻太陽雖已西斜，但晚霞尚未渲染而開，果不其然，從洞窟裡傳出人的聲息，「不要開槍！」有人用極沙啞的嗓音喊道。

洞窟非常幽靜而寬敞，從岩壁的細縫中透進光線，讓洞窟不致過於黑暗，而洞窟的一側還有水流，可以說是人們需要的一切都具備的洞窟。除了山神以外，應該還有許多人輪流住過，另有一些零碎家什，甚至還有點火時需要的火種，岩壁上還有用燒火棍畫的圖畫和刻在石頭上的塗鴉，「乙淑啊，你還好嗎？」流離看到如此刻下的句子，「跟狗一樣的國家！」還有這些怨言，跟狗一樣的國家究竟是已經滅亡的水路國，還是吞掉水路國的火人國則不得而知。

洞窟裡有兩個人，大喊「不要開槍」並自己走出洞窟迎接他們的人是三十多歲的禿頭，說有一點頭髮，其實也只不過是幾根長在耳邊的毛罷了，但長相十分良善。另一個人躺在洞窟內側，面如槁木，並穿著軍服。「他受了槍傷！」乞食在端詳穿著軍服的人後說道。「昨天晚上他倒在那裡，我把他移到這邊來。」「禿頭」說明道。不知是否因為失血過多，臉孔呈灰白色的「軍服」好像快死了一樣，急促地喘著氣。他穿著火人國的軍服。「子彈好像還在身體裡。」乞食說道。「那應該把子彈挖出來。」金牙回應道，金牙說他自己曾經兩次將同僚獵人身上的子彈取出來。「那麼你就把他身上的子彈取出來，弟弟，我去找藥草。」乞食說道。「火人國的傢伙就讓他死了算了，為什麼還要取出子彈？」金牙雖然插話，但乞食已經走出洞窟尋找藥草。

子彈射進的位置是在左肩骨的下方，在天黑之前，得趕緊把事情結束，禿頭和金牙找到較為明亮的地方，把軍服移到洞窟外面。太陽愈見西沉，金牙點火，並將刀子燒熱，然後撕開傷口部位的衣服。「讓他咬住東西，從兩邊緊緊地抓住這傢伙，用刀切開的時候，他可能會痛得發瘋的。」與平時不同，金牙的表情十分真摯。禿頭和流離各抓住趴著的軍服兩側，金牙用刀尖挖開血痂，伸入身體裡，流離實在是看不下去，於是把頭轉向旁邊，軍服大聲嚎叫，全身使勁。

「唉，找到了，就是這個！」流離轉過頭來，只見金牙的手上拿著血淋淋的子彈，剛好回來的乞食將乾藥草搗碎，敷在傷口上，並包紮起來，藥草是乾的艾草和乾的旱蓮草。「對止血有幫助。」「可是不只是止血的問題，軍服全身發燙，」「我早就知道了，所以帶回來這個，煮了以後服用就會好的。」帶回來的是白檀，流離也知道白檀對退燒有效。不一會兒就天黑了。

禿頭準備好了約莫一石的大麥，是他下山到火田民的村落，用藥草、香菇換來的。軍服又睡著了，四人很難得地煮好麥飯以後，佐以狼肉，一起吃了晚飯。洞窟裡不僅有鋁鍋，還有不容易得到的鹽以及菜乾，禿頭想在這裡過冬，連續去了三次需要兩天路程的火田民村落。

禿頭約在一個多月前進到這個洞窟裡來，「我以前在銅礦山負責爆破。」銅礦山在山脈東側的盡頭，禿頭的工作就是在岩石上鑽洞、埋設火藥，並引信爆破。他可以說是炸彈專家，但冒著生命危險從事的工作從未得到相應的報酬，連餬口都很困難。他在進銅礦山之前，被騙說能獲得極高的收入，但進來後，從未拿到過像樣的工資，而因為有人監視，逃亡不易。火人國軍部為獲取更多的銅，下令不分晝夜全力開採，十多名同僚被埋在倒塌的坑道裡，也是因為過度的作業所導致的必然結果。

礦工的死亡當然比不上增加銅的產量重要，火人國下令憲兵司令部負責水路國所有生產、掠奪的管理、監督責任，說是憲兵的國家也不為過，礦業所長自然聽從當地憲兵隊的指揮。而當時只要動員人力和裝備，就能救出那些被埋的礦工，但因為會給生產量帶來負面影響，於是放棄救援，不顧他們的生死。

被埋在坑道裡的人都與禿頭特別要好，雖然他連哭帶鬧地向礦業所長懇求應該先救那些人，但完全不管用，十多名同僚就這樣被活埋了。「我再也無法忍受，於是在所長辦公室底部埋了火藥，我直接點了火。」憲兵隊雖然也應該如法炮製，但該地有軍人守衛，沒有任何辦法。「我原本就四顧無親，也沒有可以回去的地方，在世上活著，無論去哪裡，遲早會被逮捕的。山總不會把我趕走吧？」禿頭苦笑道。

軍服醒來是在隔天的早晨，不知是不是託服用白檀之福，燒也退了不少。軍服是從火人國本土過來的內地人，他說被徵召後，過來水路國大約過了一年左右，至於為什麼進來山裡，他並不輕易開口，那是最大的問題。

他們四人將軍服留在洞窟裡，爬到外面進行討論。「一定要把他殺掉。」金牙說道。「你這人真是……，大叔你把他救活，現在又是你說要殺掉。」流離插嘴道。「你這臭小子為什麼只叫我大叔，大叔？對著那位比我還大兩歲的大哥，你卻叫他乞食兄，乞食兄。」「不是嗎？把子彈挖出來，救活了他，現在為什麼又說要殺他？」「你這狗崽子，你以為我想救他嗎？你看清楚，我這大鬍子，好歹也是鑲著金牙的漢子。你個傻蛋，那個火人國傢伙如果身體好一點，一定會立刻下山，帶著軍人、巡警上來的。不是我討厭他，才建議要殺掉他，而是為了我們能活命，才建議要殺掉他的。不是嗎？大哥！」乞食一下子躺倒下來。「就算是這樣，好好的人怎麼殺掉呢？誰去殺？」冒出來反駁的是禿頭，決定權在「大哥」——乞食手裡。

結論是再觀察一下，關鍵在於火人國軍人為何、發生了什麼事，在受到槍傷的情況下，逃到如此的深山中，乞食說，在了解原因之前，做出要殺掉還是讓他活下去的決定都會過於倉促。「可是大家絕對不能轉移視線，要緊緊地盯著他，晚上也一樣。他如果把槍搶走，逃到有人住的地方，從這裡最少需要兩天，就算他逃走，我們絕對可以在兩天內把他抓住，到時候把他殺了就行了。」沒有任何一個人反對乞食的話。

又過了兩天，流離聽到像似狐狸哭泣的聲音，因而從睡夢中轉醒，其他人也因為那個聲音支起了上半身，然而並不是狐狸，而是軍服哭泣的聲音。禿頭點亮松明子，軍服的哭聲越來越大，流離看著把背靠在岩壁上，正號啕大哭的軍服。「𡥧，你還讓不讓人睡覺？」金牙發著牢騷，乞食瞪了他一眼。縈繞在洞窟裡的風十分冷冽，讓人不禁打起寒噤，軍服的哭聲隨風迴盪在陰濕的洞窟裡，哭聲極長，圍坐的人的臉色都無限黯淡。

軍服終於開口說出「金礦」，「我以前在金礦。」「金礦？開採黃金的金礦？」金牙問道。軍服擦拭眼淚後點頭，「在這裡的西北邊。」因為他受了槍傷後越過山峰，所以不知道是不是比想像中還要更遠的地方。他說原本是鋅礦，但在挖掘坑道後進去一看，發現了金礦脈，水路國原本就有很多金礦脈。

不只黃金，國家被強迫合併後，火人國為了有效地搜刮礦產，啟動了「礦業令」，意圖完全掌控全國的礦山，黃金被認為是其中最重要的項目之一，在合併之前，火人國就以各種名目脅迫水路國的朝廷，掠奪了金礦的租礦權。如果發現新的金礦脈，總督府當然會垂涎蜂擁而上，所以偽裝說是鋅礦山也不壞，但是內心只想著要盡全力開採金礦石，為了督促、監視開採，甚至還設置了憲兵分隊。「我從沒聽過這附近有金礦，火人國的人動了不少腦筋啊！」金牙故意裝懂說道。

金牙有一段時間曾做過開採砂金的工作，是在南部地方，砂金主要是從原野開採，將表層的泥土清除後，會出現黑土，底下會出現混雜有黃金的沙質土。「我們把那個叫做材料。」舀出「材料」後，在淘金盆裡和水一起淘洗，將剩下的物質再次提煉的話，就會出現純度極高的黃金。和混合著黃金的金礦石不同，砂金只要有水銀，就可以輕易加以提煉。「開採材料是由礦產組合正式地雇人來做，」金牙繼續說明。在過濾沙質土後丟棄的泥土就是「廢土」，無論再怎麼精密地過濾，在丟棄的沙質土，也就是廢土中，仍含有微量的黃金，這時會有一些臨時工聚集，希望從四處堆積、被丟棄的廢土中獲得幸運，他們被稱為「廢土工」，就好比專門從吃完丟掉的飯菜中，再挑出一些能吃的東西的人一樣。

廢土工聚集的地方，一定會有用臨時帳篷搭蓋的食堂、長條桌酒店、私娼寮等，就好像鬧嚷嚷的生活聚集在一處似的。將一個地方丟棄的廢土全部翻過一遍後，廢土工、食堂大娘、陪酒女等一致性地離開，尋找新的廢土，那時可看到所謂扶老攜幼的風景。

「就是那個，砂金。」軍服接續說道，鋅礦當然轉換為以金礦為中心的體制，對總督府則是嚴格保密。據說那個地方每天出土的黃金達三斤以上，礦工被命令不准洩漏該處出產黃金的事實，外出也被限制，那裡出產的是罕見的品質非常好的石金。連接到提煉所的全新道路工程已經動工，負責警衛的軍人被派遣過來，還設置了憲兵分隊，分隊長是上尉，「我被派到憲兵分隊。」任務是負責警戒指揮、監督礦業所長的憲兵隊分隊長的住處。

石頭形態的石金立刻被運到提煉所，石金的提煉並不容易，但砂金不同，極其貪心的憲兵分隊長注意到從金礦流出來的地下水。他搜索了附近的水路，找出砂金的位置，且數量並不大，就算不向總督府和礦山組合報告也不會被察覺，分隊長可將砂金中飽私囊的原因亦就在此，當地的礦山所長也主動地配合分隊長的欲望和脾胃。

五名老練的水路國礦工另外配置給分隊長個人，這對礦山其他工人而言，是必須徹底保守的祕密。五名礦工從人事紀錄中刪除，用餐、睡覺都與一般礦工不同，正式而言，他們是不存在於礦山的人。他們唯獨聽命於分隊長，跟著水流移動，萃取砂金。從萃取到提煉，都是他們的任務，如此獲得的黃金未曾留下任何紀錄，全都進了分隊長個人的金庫。

實際負責這所有事情的是分隊長的心腹——憲兵伍長，「在那個伍長之下監視礦工，就是我的工作。」軍服全天候地與開採砂金的礦工們一起生活，「我乾脆和他們同睡同吃，六個月吧，後來我甚至忘了自己是軍人還是礦工，我們之間的交情自然越來越好。有一位叫萬甲的，和我父親同歲，歌聲真是悲戚；教我水路國話的英哲兄又是多麼的好笑。」軍服的語調又再次充滿活力。

雖不知確實的原因，但似乎是上級覺察到異常的動靜，情報顯示總督府職員和礦業組合監察部門將會無預警地進行共同監察，「所以一定是你將憲兵分隊長的舞弊向來監察的人全盤托出了吧！」金牙加油添醋道。軍服搖了搖頭，「要來監察的消息一傳開，分隊長就把我叫去……」軍服哽噎著，一時之間說不出話來。

伍長和軍服所接到的憲兵隊分隊長的命令非常簡單，利用黎明前，將那五名礦工帶到山的另一邊，在槍殺後直接埋掉，唯有如此，自己的貪汙才能完全掩蓋。「天哪！」禿頭嘖嘖咂舌。「真是該死的傢伙！」金牙咬牙切齒說道。

伍長在黎明前騙說要去開採砂金，將這五人叫醒後，對軍服說：「我負責兩個，其餘三人就交給你了！」軍服的射擊技巧很好，伍長和軍服讓礦工走在前面，並越過了山。到了要射殺的時刻，歌唱得很好的萬甲大叔和好笑的英哲都是軍服要解決的對象，憲兵伍長先向走在前面的礦工背部開槍，到了軍服應該扣扳機的瞬間，「並不是一開始就決定要如此的，但在伍長開槍，一名礦工倒下的那一瞬間，我的槍不由得對準了伍長，我先開了槍，伍長也向我開槍。」軍服流著汗。

「那麼那些礦工呢？」金牙問道。「我大喊快逃啊！中了伍長的槍的那人死了，其餘四人分散逃走了。」「也許在把他們都槍殺以後，伍長就會把你殺了也不一定，因為連你也得殺掉，祕密才能夠守住啊！」軍服受了槍傷以後，拚死往山上逃，在迷失了好一陣子之後，終於倒在禿頭停留的洞窟前。

軍服的名字是「健太」，祈求能健康的意思。「被抓到的話，你一定會被處死的，以後想怎麼辦？」乞食向健太問道。「如果可以的話，」健太的眼裡閃耀著隱約的光芒，「我想去大地國，滿洲地區，在鐵路公司工作的哥哥去了那裡。」火人國為了自己的私欲，正在滿洲地區進行大規模的鐵路工程，那裡是與水路國的接境地帶，是流離現在要去的地方，也是紅色髮帶的所在地。「臭小子，帶著你走的話，連我們都會危險的。」金牙說道。「在這麼寒冷的冬天，絕不可以沿著山脈往北走，要不然可能會成為老虎的食物，或者凍死。在這裡過完冬天後，再各分東西吧！」乞食作了如此的決定。

五個人如果想在山裡度過漫長的冬天，需要準備的事情極多，木柴和糧食自不在話下，趁早晨的陽光甚好，所有人都走出洞窟圍坐在一起，為的是商議、分擔各自的任務，如果不是金牙做出令人訝異的提案，他們就會在那個地方過冬，所有的開端都是始於金牙愚蠢的提議。

「我們所有人過的都是進退維谷的人生，」金牙說道，「就算我們準備好了，但這是人過的日子嗎？我是鑲了金牙活過來的漢子啊，乾脆我們去搶那裡，怎麼樣？」「那裡？」禿頭立刻反問。「那裡，金礦！」金牙嘻嘻地笑，流離看到乞食眼角瞬間閃過光芒，是畏懼嗎？流離感覺到心悸，禿頭獨自反對，其餘的人都安靜地坐著。

那一瞬間，流離的眼裡突然浮現起一幅畫面，正是紅色髮帶引導自己去的雲至山洞窟裡泉水映照的流離自身模樣，紅色髮帶大喊要他「忘記所有，只能看著泉水」的話語，在他耳膜裡回響起，並鮮明地復原。流離首先想起泉水中映照的是一張滿是皺紋的老人臉孔，那是迎接死亡時的自己面容，怎麼會忘記了呢？我那時看到了我的死亡，流離回想，那也是流離絕非在年輕時死於陌生山脈的確實保證。

映照在泉水中的自己，分明是覆被如網皺紋，超過百歲的臉孔，如果迎接死亡時的臉孔如此蒼老，則現在就沒有必要畏懼死亡。「不可以向任何人說，如果你說了，就不會按照哥哥你的命運活著了！」他記起紅色髮帶的話，「如果知道了自己的死亡，就不會害怕了！」他又想起紅色髮帶的話。

他的心立刻就平靜了下來，霎時，山脈的數百個峰頂霍地進入心裡，每一個風景都令他感受嶄新，他現在清楚地知道自己何時、如何死去，他也確信自己所看到的會是他未來的命運。在泉水裡看到的時候，那幅不著邊際的圖畫經過光合作用的某個過程，變得非常實在，於是流離說道：

「我也贊成金牙大叔的提議。」

他們決定等待火人國人——健太的傷口癒合的時刻，這段時間是琢磨計畫的時刻，也是讓自己的意志成熟的時間。他們也曾到金礦後山偵察，礦金對他們無用，目標當然是憲兵隊分隊長的金庫。雖然健太說過無法保證憲兵隊分隊長搜刮的金子一定會在金庫裡，但仍無法折損他們已然開始成熟的意志，甚至乞食打斷他的話說：「不管有沒有金子，都無所謂。」對黃金最關注的是金牙，「如果沒有金子，我會把你殺掉！」金牙威脅健太說道。

礦業所辦公室、礦工宿舍和食堂等都集中在一起，憲兵隊分隊的辦公室和宿舍則在樹林裡，從山上攻擊或後退都是極佳的位置，柵欄可說是有名無實，支援道路工程的軍隊營房位於山的另一側，常駐於礦業所的憲兵和派來的軍人總計只有六、七人。

計畫非常單純，禿頭身上持有從銅礦山帶出來的甘油炸藥和火藥，流離和禿頭負責爆破辦公室，辦公室是地板略微墊高的組合結構，為了將爆破的效果最大化，在房子地板裡埋設火藥的任務就交由體格最小的流離。辦公室如果爆破，預計礦工和軍人都會往該處集中，金牙誇耀自己一般的金庫都能打開，非常了解憲兵隊分隊室內結構的健太和金牙共同負責金庫。「我就當游擊隊吧！」乞食說道，在黑暗中移動、開槍，引誘軍人和礦工。他們設定好礦業所辦公室、礦工宿舍、憲兵分隊、軍人宿舍等，每天都做數次練習。

所有的準備終於結束。

流離將自己的身體擠進礦業所辦公室底下的狹窄縫隙中，禿頭將導火線鋪開，靜坐於黑暗中，辦公室似乎是空著的，健太、金牙和乞食預計也已就自己的定位。辦公室的爆破可說是告知作戰開始的信號彈，禿頭按照被告知的，將火藥設置在辦公室的柱子上，然後蹭著身子後退。「好了！」禿頭拍了流離的背一下，此刻只剩下退到安全距離以外，然後點燃導火線一事。

就在那時，「等一下！」流離拉住禿頭的手臂，「有人在裡面，你看那裡。」屋子右邊的最後一間房間突然亮燈。根據健太的說明，那似乎是附屬於礦業所長室的休息室，裡面擺有野戰床和沙發。「別管了！應該是所長吧，那種雜碎死有餘辜，今天沒回去他的宿舍也算是他的命吧！」「好像不是所長。」在休息室窗邊踱來踱去的影子突然嗒嗒地把窗戶打開了，流離和禿頭反射性地趴在松樹的樹蔭下。「那邊有人嗎？」影子說道，很意外地，那是小女孩的聲音，流離全身瑟瑟顫抖。

健太和金牙那時隱身於憲兵分隊後方的岩石後，緊接著，轟鳴聲傳出，礦業所辦公室的一側完全倒塌，爆炸接連發生，烈焰飛騰，他們看到軍人宿舍和礦工宿舍的門先後打開，人們全都呼啦啦地跑出來。從憲兵分隊十分安靜來看，可斷定那地方沒有人，「走！」金牙一推健太的背部。

打開門鎖對金牙來說易如反掌，健太和金牙進入憲兵分隊，辦公室如預料的空無一人。「快點兒！」健太輕聲說。金牙緊貼著金庫，他年輕的時候曾和搶金庫的朋友在一起生活過，也實際進入別人的辦公室撬開金庫。外面持續傳來槍聲，看來是乞食為了引誘軍人，開始在黑暗的樹林中開槍的樣子，在試過幾次以後，金庫的門終於被打開，健太以背對金牙的姿勢守住出口，金牙開始將金庫裡所有的東西掃進背包裡。

作戰獲得完全勝利，火藥準確爆發，軍人和礦工倉皇失措，金牙打開了金庫，剩下的事情只有在事先約好的地方會合而已。他們已經約定好逃亡的路線，連包袱都已放置妥當，在約好的時間會合後，往北方前進，那裡林立著許多更高、更深的山，可輕易地擺脫追捕隊。

最先到達約定地點的是乞食，黎明將屆之時，流離和禿頭接著到達，但很意外地，他們還帶著一個陌生的女子，「怎麼了？這個女人是？」乞食驚訝問道。「那時她在礦業所辦公室，死活都要跟著我們，實在是沒辦法。」流離答道。「在這個情況下，你還帶人來？」乞食大喊。「我們嚇她會把她殺了，為了甩開她，還加快腳步，但她還是拚命追上來。」禿頭不住地搖頭。就在那時，健太倉皇地爬上斜坡，獨自一人。

太陽升起，山下礦業所的集合場上，不知是不是因為在整備追捕隊，揚起了灰濛濛的塵土；總督府直接管理的金礦被搶，不用想也知道一定會動員附近所有的兵力。乞食判斷如果方向設定正確，追捕隊的先鋒到達此處約需半天時間，問題是金牙一直沒有出現在約定的地點。

「到半山腰為止，明明都還跟在我後面，我以為他會跟上，但不知從何時開始，就沒有再看見他了。天色又黑，所以我以為他當然會跟上來……」健太哭喪著臉。如果不是發生什麼事，獵人出身的金牙絕無比身體仍未完全痊癒的健太步伐還慢的可能。他們仔細地搜尋過附近，但也是徒勞。「這傢伙，一定是自己獨吞了！」禿頭喃喃自語，太陽愈升愈高，乞食和流離都沒有搭腔，因為金牙極有可能是那樣的人。

太陽升至中天。「這傢伙根本不是人，這種人應該早就把他爆破了！」禿頭氣得直喘粗氣。「不能再拖延了！」乞食說道。此時已可確定拿到黃金的金牙意圖擺脫掉健太，然後獨自往其他方向逃逸，就好像辛辛苦苦把粥熬好以後，整鍋都被狗吃掉一樣。也許從金牙提議「搶金礦」的時候開始，金牙就已經決定好要這麼幹了。

女人的名字叫「粉伊」，和流離同歲，健太與她熟識，她們母女倆來此投靠在礦山坑道的父親，其後在食堂獲得工作，並住了下來，沒想到這正是厄運的開端。沒過多久，她的父親因為埋沒事故過世，又沒過多久，母親和某個男礦工看對眼，逃出了礦山，獨自留下來的粉伊沒有可去的地方，她的性情和善，又是整個礦山最年輕的姑娘，臉蛋也長得很標致。

最先誘姦粉伊的人是礦業所長，這人一開始在錊礦山擁有自己的股份，但礦山卻突如其來地出產黃金，在無法抵抗強大的壓力下，將礦山強制奉獻給總督府後，還淪落為憲兵分隊長的手下，所長日益橫行霸道，年輕的粉伊自然成為他嘴邊的一塊肉。

粉伊的痛苦並未就此結束，因為年輕的姑娘只有她一人，派遣到偏遠地區的憲兵分隊長的欲望不可能不伸向粉伊。分隊長是火人國人，礦業所長是水路國人，分隊長雖然知道所長已占有了粉伊，但他原本就不是在意這些事情的聖人，粉伊立刻就淪為來往於礦業所長和憲兵分隊長之間如同乒乓球一般的角色。甚至健太還曾聽過酒醉後的分隊長嘻嘻哈哈地說出「前面讓所長狗崽子開路，嘻嘻，我立刻就從後面的洞進去」這樣的話。

拒絕禿頭的阻攔，在點燃火藥導火線之前，能將粉伊拉出來真是太正確了，流離如此堅信。反正希望能炸死的礦業所長當時並不在那個地方，他跟粉伊辦完事後，離開不舒服的行軍床，並已回到自己的宿舍，他們深覺沒能把礦業所長炸死相當可惜。

大規模的追捕隊正往這個方向追來，已到了應該出發的時刻，北進的方向不僅連接著高山峻嶺，每個山谷都埋伏有野獸和嚴寒，而且那個地方幾乎沒有火田民的村落，不只槍傷尚未完全癒合的健太，粉伊也是一個極大的負擔。

「不用看我！」覺察到一行人認為自己是負擔的粉伊沒好氣地說道，「你們絕對不用照顧我，我呀，非常強，我可以走得比任何人都快。」沉默持續著。「如果你們希望的話，你們也可以玩我，這副臭皮囊吧，任誰都可以給，雖然很髒！」粉伊的眼裡噙滿了淚水，健太的眼裡也噙滿了淚水。

「出發吧！」乞食將視線移往他處說道。

包括粉伊在內的五個人立即啟程。

流離在一個彎曲的路口突然停住，「是你嗎？」流離輕聲說道，分明是那小傢伙，銀狐。從陷阱裡救出來的銀狐不但不想逃走，反而在附近的灌木底下直瞪瞪地看著流離，將牠從陷阱裡救出來已經過了兩週，不能不說是令人驚訝的追隨和崇拜。「過來！」流離招手。他的眼前輕輕地掠過向著跑過來的小狗招手的百合的模樣，在這之前，流離從沒看過像她一樣美麗的女人，所以流離故意地像百合一樣坐下來，向看著自己的銀狐再次招手，「小傢伙，過來！」銀狐直直地看著流離。

純白的雪花開始飄落，山裡已是冬天，原本像撒著麵粉一樣的細雪，瞬時間變為鵝毛大雪，流離看到或遠或近的峻嶺依次地沉沒在大雪之中，那完全是超脫世界和時間的風景，要走多少的遠路呢？流離想著，風吹雪飄，也許會看到山脈整個翻過身來也未可知。

但是流離再也不畏懼。

因為此刻他清楚知道年輕的自己絕對不會死在山裡，銀狐跟隨著他的事實也帶給他極大的安慰，銀狐和他們保持一定的距離，持續跟隨著他們一行，就好像想引導他們一樣，有時還在前面開路，似乎是想在他們離開山脈之前，充當他們的嚮導，「真是我們的守護天使啊！」禿頭說道。

乞食想起附近有一個洞窟，不能再勉強走下去了，他們決定在該處休息一晚，他們簡單地分食了事先準備好的食物。「到了大地國以後，你想怎麼過日子？」禿頭向粉伊搭訕道。「我聽說那裡有很多獨立軍，我要當獨立軍，我希望當了獨立軍以後，把火人國的畜生全部殺光！」粉伊像少年一樣，握緊拳頭回答道。那時流傳著分散於滿洲地區活動的水路國武裝團體統合為一，大地國的司令官與水路國的武裝團體見面，組成了聯合軍的傳聞。「好偉大啊！我連夢想都沒有。」禿頭苦笑道。

人們把滿洲區域中與水路國為界的廣闊地區稱為「間島」，是老爺嶺山脈和黑山嶺山脈之間的廣大盆地，這塊地方在很久以前雖由水路國的先祖支配，但隨國家的力量漸弱，終為大地國所統治。大地國以前的王朝將這個與水路國為界的地區指定為「封禁區域」，無論是水路國人或大地國人都不得進出；過去先祖策馬揚鞭的土地，在一夕之間變成了不是島的島，水路國的農民有時會越過疆界，進行開墾，所以也有人將這塊土地稱為「墾島」。

水路國民進到這個地方開墾土地、生活由來已久，大部分都是無法承受以前王朝掠奪和壓迫的農民。支配者無論過去或現在都沒什麼不同，從不守護自己的疆土和百姓，只汲汲地求取自己的溫飽，這就是所謂的支配階層，要不然怎麼會將自己的國家整個獻給火人國呢？

國家在被強制合併之後，移住民愈發增加，土地被強取豪奪或無法忍受強壓的數萬難民冒著生命危險，越過江河與山脈，來到此地。這裡的土地雖受強降雪和寒流肆虐，但無比堅忍的水路國人無論去到何處，都能把不毛之地變為沃土。火人國再次發動老調重彈的「土地調查令」、大規模掠奪土地後更是如此。僅在啟動土地調查令的那年，移住至此的水路國人就超過五萬戶。

間島自然成為水路國獨立運動的中心，一開始原本是和平運動，但在覺醒到僅憑如此是無法破壞火人國帝國主義的野蠻性之後，立即轉變為武裝鬥爭。獨立軍的戰果十分巨大，甚至還曾占領水路國本土北部的一部分地區，火人國肆行所謂非法的「間島出兵」原因亦就在此。火人國投入大規模的正規軍，並將已駐屯於滿洲區域的派遣軍迅速集結至間島，戰鬥在間島各地發生，著名的「鳳梧洞戰鬥」就是在那時發生的事件。

但是今年秋天發生的「滿洲事變」並非火人國和獨立軍的局部戰爭，而是火人國意圖吞下整個廣袤的滿洲區域，因而正面攻擊大地國的大規模戰爭。受此之害，生命更加孤苦的是定居於該處的水路國人。流離離家之前，根據聽來的消息，此次戰爭以火人國的勝利告終幾可確定，大地國的軍閥分裂，而火人國的戰略戰術則十分縝密，才逃出來的難民又得再次踏上逃亡之路。間島出兵以後岌岌可危的獨立軍地位更形萎縮，因之他們就算越過山脈，到達大地國，形同自投羅網的可能性也極大。

但是他們之間沒有任何一人正確地知曉各種局勢，只有流離約略知道一點情況。無論是想成為獨立軍的粉伊，或者是告白「沒有夢想」的禿頭，對他們來說，渺茫的未來也是一種夢想。因為從禿頭嘴裡說出的「夢想」這個單詞，所有人都流露出展望未來的寧靜表情。他們都盼望在翻越山脈、渡過結冰的江水後，有一個不再挨餓、不再被奪取的夢土，因為如果不這樣相信的話，根本無法產生翻越山脈的勇氣。

「我啊，」流離喃喃自語，「在越過山脈之前，我一定要將自己的腳後跟鍛鍊成像馬蹄一樣！」流離不相信希望，如果說現在的心願的話，只有一個，就只有那個。

昨夜幾乎處於沒有闔眼的狀態，健太首先倒下來，然後是禿頭和粉伊，只剩他們二人的時候，乞食突然問道：「像我們一樣，被世界趕出來，四處流浪的人叫什麼？流浪者？要不然叫流離乞食者？」流離從洞窟的入口往外看，天氣十分多變，西邊天空的一部分已然泛白，紅色的光線開始滲入天際。「你既然是高貴的子爵的兒子，一定讀過書吧？流浪者對嗎？」乞食繼續問道。「這個嘛，難民？」流離反問道。「難民嘛……話說回來，你不用做什麼，就能夠吃好穿好，為什麼自願當難民呢？」乞食這段突如其來的話在流離的胸腔裡不斷回響。

那等於是在問為什麼殺了子爵——養父，答案尚未準備好，流離確信自己完全不像親生父親，生父雖然傾向於獨立，但在觀念上，只不過是在作夢的懦弱知識分子。他從未同意過生父的想法，也從未關注過獨立運動之類的事，更何況真正賣國的元凶不是大伯，而是爺爺。大伯無疑是壞人，但仔細想來，對於究竟是不是自己應該殺掉的人的確信也並不大。他依序想起離開的母親、將居處搬到內室的百合以及紅色髮帶，但是這些都不是殺掉大伯的決定性因素。父親，不，養父給了自己吃的、用的，還教育他，也給予他前途無量的未來，如果真得殺掉，那也應該是被大伯奪取土地或被處死的佃農應該做的事，絕對不是他自己一定得做的。

我為什麼，殺了父親？

可以確定的是，因為殺了大伯，不，殺了父親，所以不能再回來的自覺，流離這才醒悟到完全忘記父親、甚至自己名字的理由是源於該自覺。對於殺了父親的人而言，再也不存在可以回返的故鄉，那是很清楚的，似乎只有在路的盡頭才能獲得這個問題的答案。

乞食抱著槍，頭一點一點地開始打起瞌睡來。即使是在金礦槍擊的緊張情況下，他也不忘為流離帶回一雙軍用鞋，可說他實在是一個充滿溫情的人。流離脫下鞋子，看了一下腳掌，腳後跟每個裂開的縫隙裡，血痂都凝固而貼在一起，跟乞食的熱情相比，這點苦痛根本不算什麼。

在雲霧間，晚霞漸漸變濃，顏色如同鮮血，流離看到山峰噗、噗、噗地如骨牌般呈現，或彼此結合、或彼此分離的情景，胸口不由一緊，他大大地伸了一個懶腰。進到山裡以後，他感覺自己很快地變得非常堅強，一個走在不知名平原的赤腳漢子如幻影一般浮現又消逝，漢子的腳後跟磨成馬蹄，正是自己的模樣。

夜幕降臨，陰暗的山群很快地被吸進變為暗褐色的霞光殘影中，流離獨自醒著，坐看這一切的變化。就在那時，一句箴言突然閃過流離的腦海裡，他已經不記得是在哪本書裡讀到的，那句箴言如下：

在不侵犯他人自由的範圍內，繼續擴張自己的自由，那正是自由的唯一法則。

再次回到流離外公

「所以呢？所有人都渡過圖們江，去了間島了嗎？」我枕在流離外公的膝蓋上問道，明亮的陽光流入狹窄的窗眼。「去了！」外公答道，「當然去了！」他的聲音中增添了幾分年輕的神采。流離外公經常背靠著牆壁坐著，我摸了摸外公的後腳跟，真的像馬蹄一樣。

我的外公，Mr. 流離說道：

「翻越山脈，到達圖們江的時候，春天正降臨大地，乞食兄在前面領軍，我們跟在後面，不是五個人，在越過山脈的期間，一行已增加到數十人。在那樣寒冷的嚴冬，還是有很多百姓逃離世間，來到山裡。雖然因為畏懼人而逃走，但也唯有倚靠人才能活下去，這又是人類的法則啊！增加了一人，成為六個，再增加十人，變成十六人，又增加二十人，成為三十六人，因此同行的人越來越多。有殺了地主的農夫，也有受不了政府橫徵暴斂的商人，還有被徵招、拉走後逃出來的鐵匠，甚至還有和女主人看對眼，一起逃出來的長工。你想想看，在翻越似乎沒有出路的山脈時，和你生死與共的人卻一天天地增加，這光景是不是很帶勁？」

春天雖已到來，但幸好江上的結冰尚未解凍，因為渡江的方法除了在冰上行走以外，別無他法，而開始解凍的冰塊是否能承受眾人的重量還是一個疑問。「一個一個過去不就行了？」我說道。「對，我們的隊長，乞食兄也如此強調，一定得一個人一個人，按照順序過去。」外公立刻回答。

大家看到江的對岸，某一個山下的村子正升起做晚飯的炊煙，草屋的屋頂被炊煙模糊地覆蓋的光景對於冒著生命危險翻山越嶺的所有人來說，都足以引發他們泫然欲泣的衝動，他們想像自己的故鄉就在那裡。

那時，突然有兩名軍人出現在岸邊，國境守備隊的棚子似乎原本就在附近，乞食打手勢後，所有人都一致地在樹林中臥倒，首先離開的三、四人眼看就要抵達江的對岸。那時正是夜幕低垂之際，軍人的宿舍極遠，如果停止不動，等到軍人回宿舍之後，再趁著黑暗依次過江的話，也許什麼事都不會發生。但不知是因為害怕還是圖們江對岸村子的炊煙引發的鄉愁之故，一個男人瞬間跑向結冰的江面，那正是悲劇的開端，一個人後面跟著十個，恐怕落後於人，於是又有二十人、三十人在那瞬間一致地奔向江面，乞食連制止的時間都沒有。

流離外公用悲壯的語氣繼續說道：

「為數眾多的人奔向結冰的江面上，滑倒的人、爬行的人、匍匐前進的人，他們看起來像似許多在江面上各自扭動的蛆。跑過來的軍人開槍，幸好地點比射程距離要遠，知道不可能直接命中的軍人們開始朝結冰的江面射擊，冰層刷刷地裂開，瞬間人們掉進江水裡，當時的情況真是阿鼻叫喚，令人不忍卒睹。跌進江底被捲走的人、掙扎的人，甚至還有死命抓著游泳的人的脖子和腰，結果一起淹死的人，活著到達對岸的只有五、六人。」

「外公您呢？」我問道。「不是叫妳不要叫我外公嗎？」「哦，我很好奇Mr. 流離您那時是否安好？」「我呀，我緊緊跟在乞食兄的身邊，我們再次躲進樹林裡，禿頭、粉伊，還有健太也一起。躲藏到黎明時分，活著過江的人只有八人，數十人在當天、在那條江裡水葬了。」外公的話漸漸遲緩。

可是我的外公固執地繼續說道：

「我想說說銀狐的故事，看到這麼多人喪生，我和乞食兄以及其餘七人連夜往更上游移動，破曉時分，江水的寬度變窄，冰層也更厚，我們開始用匍匐前進的姿勢，一起過江，大概到了一半吧，又有一個軍人突然出現，大概是從我們沒看到的隱祕的國境守備隊哨所裡出來的吧，我們已經沒有剩餘的子彈，距離很近，軍人把槍對準我們，原本以為所有人都將束手無策地接受子彈的洗禮，但就在那時，從樹林裡一隻動物全速地飛奔過來，正是那隻銀狐——我們的守護天使。我清楚地看見銀狐緊咬著軍人的袖子，禽獸比人更好，因為我在人類世界裡幾乎沒有見過那種令人感動的報恩，在我們即將到達對岸的時候，完成自己任務的銀狐已經爬上岩石頂端看著我們。太陽升起，逆光昂然而立的銀狐雄姿，是多麼的威風凜凜！我以為牠會渡過江面，跟著我們，但牠終究沒有跟來，應該是要回自己的家吧？在這個世人都背棄國家的世上，銀狐為了讓拯救自己性命的我們能夠平安無事地渡過江河，直到最後一瞬間都守護著我們，然後再越過叢山峻嶺，回到自己的故鄉，唉，真正的美麗就在那裡啊！」

「休息一下吧，Mr. 流離，現在我得想一下晚餐應該吃什麼了。」我說道。「在我死去之前，體重還應該再減輕一下，妳吃吧。」外公搖搖頭側躺下。「我呀，只要想到身上的肉腐爛時會長蛆，就覺得噁心，所以想在我死去之前，最大程度地減少我身上的肉。」「過去減的肉已經夠多了，您看，只剩下骨頭而已。」「人啊，身上長的肉太多了，我年輕的時候，根本沒有肥胖這個詞，即便如此，我們還是有夢想。你去街上看看，吃那麼多，變那麼胖，哪裡還留有建立思考空間的餘地？」「這聽起來好像是在責備我，Mr. 流離！」在我嘟起嘴、想反駁的時候，外公已經開始打起呼來。

我到城市裡購買了一些體積小，但熱量高的食材，為了讓不想吃東西的外公活久一點，我動了一些腦筋，他是我的外公，還有很多我想聽的故事。

夜深以後，外公——Mr. 流離醒來，我把準備好的食物盛給他一點，好讓他不致生氣。我感覺外公的眼珠比白天更加炯炯有神。「把食物做得這麼好吃，是對我的叛逆啊！」外公愉快地笑著，並多吃了一口，我心裡很滿足，而且我很喜歡看外公笑的時候，眼角浮現的許多水氣。

「您好像少年。」真的，如果將外公抱在膝蓋上，我好像也可以當外公的母親。「妳母親從來沒那樣稱讚過我，她太固執了！」「最後一次見到媽媽是什麼時候？」「她和妳爸爸戀愛的時候，在介紹那男人的時候，她始終都是不悅的表情。」「您也不是一個讓媽媽可以尊敬的父親吧？」我說出正確的話。「那倒也是！」外公仍然以少年一樣的表情搖搖頭，在他的臉上找不到一絲悔恨。

那年春天，火人國成立了實際支配滿洲地區的「滿洲國」，火人國擊敗大地國的軍閥，建立自己可有效統治的傀儡政府，這意味著火人國確保了吞併巨大大地國的橋頭堡，火人國的帝國主義野心即將成真。其中最招罪的正是從水路國被趕出來、為數眾多的移居民，火人國軍部掌握了整個滿洲地區，並開始準備規模更大的戰爭，歷經千辛萬苦，才從迢迢遠路走來的移居民，無異又走進了火藥堆中。

外公——Mr. 流離接著說道：

「我們到達的地方叫『龍井』，是一個相當大的村子，一起過來的人們自然成了一家人，隊長是乞食大哥，我因為懂的東西比較多，就擔當類似軍師的角色。最先離開群體的是健太，然後是粉伊和禿頭；健太說要去尋找他在鐵路公司工作的哥哥，粉伊和禿頭則說要去投靠獨立軍，曾經淒然地說自己沒有夢想的禿頭也在越過山脈的時候，找到了自己的夢想。剩下的人最優先的，當然是要能餬口，幸好那時正值春天，需要很多雇工，大家都去從事農務，開墾荒蕪的土地、種田的人都是水路國的人，所以有很多活兒可幹，至於睡覺嘛，就在橋底下睡。」

據說因為是水路國的人發現一口井水的緣故，所以村子的名字取為龍井。「妳聽過〈先驅者〉這首歌嗎？」外公問道，他隨即哼將起來。「在戽斗井邊徹夜傳來聲音之時，月光會照耀饒有深意的龍門橋。」我從未聽過這首歌，環繞著村子的江水流動，龍門橋下，越過崇山峻嶺的眾人孤單生命也在不知不覺之間流瀉。外公回想到月光明亮的日子，他們會緊緊相擁地躺著，悲傷地唱著自己家鄉的歌謠。「長夜漫漫，寒風料峭，飢腸轆轆，月光卻又十分明亮，反正睡意全無，彼此背靠著背，徹夜輪流唱著歌。」外公瞇起眼睛，語調中有些悲涼，且可感受到像似哀婉的曲調。與白天不同，此刻外公枕著我的腿躺著。

Mr. 流離——我的外公又說道：

「我們將掙來的工錢都積攢在一起，必要的時候，共同商議後支出。隊長乞食底下設有書記和總務，過了一段時間之後，另外訂定了物品購置政策，可以說橋底下成立了一個共同體，吃喝拉撒睡都是公平的。問題發生在不太懂而且厭惡農務的人，乞食大哥和我就是如此，我因為討厭務農，就坐在橋上，用兩隻腳搔頭的才藝要飯，那個才藝比務農還掙錢。有一位蒼老的男人仔細觀看我的才藝後，走過來對我說，乾脆進馬戲團吧，他自己是馬戲團轉盤子出身，可以幫我介紹。我回答不要，因為不想和橋底下的家人分開。但是有一天，乞食大哥說得做生意，農活兒再也幹不下去了，他呀，雖然愚直，但腦筋還是不錯的，大哥說的生意就是鴉片，鴉片生意啊！」

大地國人民中，有許多鴉片上癮的人，要不怎麼會爆發「鴉片戰爭」呢？朝廷無論如何下達鴉片禁令也無法阻止，締結國際鴉片條約後也是如此。火人國正式核准持有進出口許可證的人進口鴉片，對於火人國而言，大地國人民鴉片成癮並非壞事，增加更多的「鴉片稅」更如其所願，可謂一石三鳥。大地國本土雖偶有取締，但火人國建立的滿洲國傀儡政權反而充斥鼓勵吸食的氛圍，靠鴉片生意賺大錢的人也所在多有。

他們的本錢是從大夥兒掙來的工錢中扣除最少的經費外剩餘的錢，剛開始雖然數量很小，但銷售立刻就大幅成長，因為得到供應商的信任，沒錢的時候也能獲得鴉片的供給，這得歸功於乞食；銷售的區域也為之增加，南起長白山，北至牡丹江，都是他們販賣的區域。顧客雖然主要是大地國人，但必要時，也供應給火人國的軍人，當時正是廣泛流行吸食鴉片的時期。

「我們不再從事務農的工作。」外公說道。去尋找哥哥的健太沒過多久又重新加入，他說哥哥已經回到本國；健太是通緝犯，他在巧妙地改變身分後，成了我們鴉片生意形式上的頭目，因為推舉火人國人作為代表，無論做什麼都十分有利。鴉片買賣因此大發利市，「不到三年，我們就獲得極大的成功，甚至在延吉市購置了一棟大樓。」好像又下雪了，偶爾還傳來候鳥的啼聲，我輕撫著枕在我膝蓋上的外公——Mr. 流離的頭髮，「如果沒有發生那件事的話，我們大概都成為巨富了。」Mr. 流離說到此，突然沉默了好一陣子，看來將會有重要的告白。

過了一會兒，我的流離外公說道：

「那是一個主要由水路國人聚居的外圍村落，乞食兄和我騎馬越過了山頭，進入那個村子裡，因為那裡有大地國的顧客。幾個火人國軍人包圍了村裡的公會堂，我們停在樹林的陰影下，指揮的憲兵與我也有數面之緣，村人中，只要是水路國的人，全部聚集在那個公會堂裡，加上孩子和女人們，共有數十人之多。接下來發生了難以置信的情況，接受高高地坐在馬背上的中尉指令的軍人，跑上前去將公會堂的門從外面關上後，用槓桿拴住，以致不能從裡面打開，軍人在公會堂的每個角落灑上汽油後，立刻將公會堂點火。軍人對準身上著火、跑出來的人開槍，憲兵中尉也笑著任意開槍。那傢伙射擊的是一個女人，身上著火的女人中槍倒下後，從女人的懷中掉出一個嬰兒來，女人在火坑中也緊緊抱著、保護著孩子，在那個憲兵中尉連蠕動中的孩子也對著他開槍的時候，我不禁全身都為之戰慄，隔天才知道有幾個獨立軍躲藏在那個村子裡。」

乞食、流離和另外幾個人一起悄悄地進行武裝。「不把那傢伙殺了，我就自我了斷。」乞食說道。流離和同僚們完全同意，如同搶金礦時一樣，策劃的過程十分縝密，意志也非常堅定。他們蒙上黑色的面紗，襲擊了憲兵隊，幸好槍殺新生嬰兒的憲兵中尉也在該處，乞食向他開了槍，流離也補上兩槍，作戰獲致成功，他們沒有一個人受傷，但憲兵隊的火人國軍人共有七人死亡。

消息立即傳遍了滿洲國全域，人們稱他們為黑頭軍，並非所有傳說都必須經過久遠的歲月方能成就，「黑頭軍」在瞬間成為滿洲地區的傳說。他們原只想殺掉惡毒的憲兵中尉，但受傳說的盛名所累，自然繼續地遂行其他的作戰。他們曾襲擊駐在所，也曾處決工於掠奪、惡名昭彰的火人國商人。管轄地區的駐屯部隊為了抓黑頭軍爭紅了眼，他們無法再停留於城市的中心，乞食將購置的建築和財產出清，並停止鴉片買賣，他帶領大夥移住到城市外圍隱密的地方。

流離外公對於是否應該把他們稱為獨立軍感到懷疑，他們可說是一支武裝游擊隊，但並未與任何武裝勢力連結，也未曾為祖國的獨立衝鋒陷陣，甚至不具備對於獨立的透徹認知。「與其說是獨立軍，不如說是一個共同體還比較正確。」

Mr. 流離說道。他們往北挺進，山脈內側的深山山谷即為他們的據點，資金十分充裕，他們以牡丹嶺山脈絕壁末端的天然洞窟為中心，朝四方挖掘，以之作為隱居地。

如果決定應攻擊的地方時，他們就偽裝成貨商、鴉片商人、乞丐和農夫，分散到事先約定的位置，再行集結，等到作戰結束，也以各自走回山脈入口約定場所的方式見面。作戰由流離訂立計畫，施行則由乞食負責，流離具有聰穎的頭腦，乞食則擁有比雲還快的雙腳。他們在舉事的時候，都以黑色的頭巾遮住臉孔，過去在橫越高山和結冰的江面時，都以赤腳跨過，所以他們在出擊時，有許多人都堅持不穿鞋子，在進行肉搏戰的時候，他們的腳下功夫甚至能如同子彈一般，讓對方立時斃命。

外公 Mr. 流離繼續說道：

「就好像靈妙山的那個洞窟一樣，二十個人都可以充分地圍坐，水也很充分地流著，特技各不相同的人聚集在一起，挖掘分支洞窟的事情也變得十分容易，就好像洞窟生出洞窟的房間，另一個洞窟又生出房間一樣。那時還裝設好幾個通風口，就算在裡面點火取暖，煙氣也能經由數十個分支排放出去，那是我想出來的。剛開始只有二十人左右，後來漸次增加，洞窟裡的住民超過數十人之多。為了遂行戰鬥，編制改分為兩個部隊，各為負責作戰計畫、情報和後勤的部隊以及直接遂行戰鬥的部隊，戰鬥部隊由乞食兒率領，稱為乞食隊，負責作戰計畫等的部隊由我負責，稱為流離隊，我們流離隊還有曾經當過大學教授的人。」

流離外公的聲音愈見興致，外公回憶起那段時節，覺得「非常幸福」。「不只我，大家都很幸福，也許可以認為是一種理想的解放口。」我腦子一沉，睡意襲來。「得換一下位子了。」我說道。「要不要枕著我躺著？」外公笑著從我的膝蓋上支起身子。

窗外的山谷被白雪覆蓋，外公的小茅屋雖位於都市近郊，但卻是坐落於岩壁雄姿清晰可見的山谷裡。「Mr. 流離的腿好像木枕啊！」枕著外公的腳後跟，我咯咯笑道。「雖然妳說妳要來找自己的路，但妳首先應該睜開自己的眼睛，如果眼睛真的睜開了，天地八方都是路啊！」睡意襲來，外公的聲音漸行漸遠。

流離乞食團

時間快速流逝。

火人國的軍隊越過滿洲國，以極快的速度蹂躪大地國本土；不僅火人國本土，連水路國和滿洲地區也下達遂行戰爭的國家總動員令，駐屯於滿洲地區的關東軍數字亦大幅增加，在此情況下，獨立軍無法再發揮任何作用，部分為之解散，一部則跟隨臨時政府南下。

火人國的進擊呈破竹之勢，大地國的北京、南京都輕易落入其麾下。大地國的兩大勢力——即所謂的國民黨和共產黨雖議決進行合作，但未能折損火人國軍隊的鋒芒。此時甚至傳來南京有數十萬市民遭到無情殺戮的消息，殺、燒、搶是高舉天皇旗幟的火人國軍隊的基本戰略，他們將其稱為三光作戰：第一是大肆屠殺的殺光，第二是焚燒殆盡的燒光，第三是不分青紅皂白搶奪的搶光；千萬名以上的大地國軍人已經喪生的消息傳遍開來。

躲藏於牡丹嶺深山中的乞食與流離的「黑頭軍」之所以能逃過追蹤，亦是拜整體戰線南移所賜，況且他們不可能頻繁舉事，行動亦十分謹慎，因之作戰經常獲致成功。世人雖稱呼他們為黑頭軍，但他們則稱呼自己為「流離乞食團」。他們建設的共同體綱領可歸納為一條，圖謀祖國的獨立或應無條件反抗火人國的內容並不存在於綱領之中，綜合乞食與同僚的談論，由流離草擬的綱領如下：

「有史以來，為數眾多無罪之人僅因沒有防禦自身的力量，從自己曾身為主人的住地被趕出來。我們不會再被趕走，我們將信守的最重要的誓言就是反流離、反乞食。第一、我們不再流浪；還是第一、我們不再討飯吃。但凡所有人類都有定居生活的權利，也有自己求取食物的自由。定居生活的居處是我們唯一的資產，自己準備的食物是我們高貴的生命；我們堅信守護上述二者的，是生命中最重要的唯一道德、唯一的良心、唯一的倫理。對此，我們再次宣誓，第一、我們不再流浪；還是第一、我們不再討飯吃，還是第一、我們不再流離乞食。」

國家獨立與否是次要的問題，事實上，流離乞食團的家族可說全部都是無政府主義者，他們每天早晨聚在一起，應和乞食的口號，三唱萬歲，並複誦概括的綱領。乞食若喊：「流離！」則所有人一起高喊：「我們不再流浪！」乞食若喊：「乞食！」則所有人一起高喊：「我們不再討飯吃！」乞食最後若喊：「流離乞食！」則大家一起高喊：「我們不再流離乞食！」彙集所有人的意見，制定出他們作為共同體的細部規則，該規則十分公平，並一體適用，遑論「乞食隊長」，所有人都不存在任何特權。

「流離隊員」約有三十人，「乞食隊員」則超過五十人，各自的角色明確劃分，為求充分認知任務，進行反覆的教育。私有財產原則上不被許可，無論多或少，所有的東西公平分配或分食，重要事項由五人組成的「長老會議」按照眾人的意見加以決定，嚴重事項則舉行直接祕密投票。

家族中雖有數名女子，但沒有孩子；有孩子的人偽裝成商人、農民或打零工的人，分散到延吉、龍井或長春生活，擔當搜集情報的任務。

男女關係也必須遵守公平的規則，徹底排除獨占所有的概念，這是反映流離認為性欲和食欲都是同一層次的純粹欲望的想法所產生的結果。為了進行交合，可以利用「甜蜜之房」，「甜蜜之房」的名稱是健太取的，位於距中央洞窟最內側的空間，經由岩壁的縫隙，光線可以透入，床上鋪有柔軟的動物毛皮，床頭準備有無論何時均可點燃的油燈。

任何人每月都只有兩次同寢的機會，男人可以選擇，女人則賦予其否決權，達成協議的兩造按照順序利用「甜蜜之房」，選擇同一伴侶的權利以六個月為限僅有一次。雖偶有芝麻小事，但從未發生較大的問題，如果懷孕，長老會議分辨出孩子的父親是何人後，承認他們是一家人，將他們送至較多人居住的外部社會，因為他們即便生活在社會上，還是有許多提供協助的事情。

雖有隊長和長老會議，但那只是角色的分擔而已，所有的權利都是公平的，聚居在洞窟裡的人不分你我都成為「家口」，有了孩子，回到社會上，進行身分偽裝的人則稱為「家族」。家口之間的稱謂只有「大哥」、「弟弟」、「姊姊」、「叔叔」等，唯一被允許的序列只有「長幼有序」。例如只有比自己年紀大的人動筷子以後，年幼者才能動筷子；年長者如果咳嗽，年幼者應整肅衣著，觀察年長者的氣色。但在權利上，並不額外考慮年長者的處境；米飯按照各自的食量分配，鋪位也是抽籤決定。使用「甜蜜之房」的權利也無需體恤年長者，遇有興趣相同者，任誰均可組成同好會。

所有人都是「家族」，雖偶爾有因為小事發生紛爭，但從未有不能解決的事情。大部分的人都是懷念親情的四顧無親之人，甚至還有很多從小就四處流浪，從未體驗過兄弟姊妹之情為何物的人，可說大部分都是渴望親情之人。微醺於米酒的夜晚，不分彼此都相擁共舞，感懷於從未經歷過的情誼而哭泣的人亦所在多有；還有好幾個婦女說：「你們不知道過去我有多羨慕有姊姊的人。」「我永遠的哥哥！」遇有相擁並打鉤約定的場面，則所有人都拍掌大笑，鬧哄哄地轉圈。

飲食和衣物一半自力生產，一半則由外部運搬進來，間或還會襲擊火人國人的後勤基地或貨物倉庫，所以物資不虞匱乏。善於針線的人縫補衣物，木匠和鐵匠出身的人製作工具，農夫在向陽的山坡上撒下種子，加以耕耘；通曉醫術的人採集、管理藥草。還有每個晚上教人識字的人，流離乞食團的夜校校長當然由流離擔任，多樣的興趣小組則自然產生。

任何外地人想要到達該處，至少都得通過十里以上的狹窄山谷，且該山谷人煙極為罕至。流離利用繩子和鐵罐，建造了非常具功能性的聯絡體系，步哨以一定的間隔，不分晝夜地輪流當值。在樹木之間連接的聯絡體系將山谷入口發生的狀況向本部傳達的時間不超過五分鐘，少數和多數外地人接近的信號各不相同，軍人和巡警接近的時候，信號也完全不同。想出在洞窟的另一邊鑿開通路，在緊急的時候放棄洞窟、據以逃亡主意的，也是流離。

最常外出的地方是龍井和延吉。

流離在一年當中，有一半以上的時間居住於延吉或龍井，他不僅收集各種情報，還負責管理在社會上居住的「家族」，以及不少應提供協助的事情。比起乞食，流離更適合處理這些事情。

首先，流離近似侏儒，在人來人往的地方擺上一個鋁碗，然後將雙腿水平伸直後，表演用腳搔頭或挖耳朵的絕活，藉以要錢，這當然不過是欺瞞巡警或軍人的偽裝術，雖有很多人認識流離，但沒有人特別注意他。流離只不過是傻傻的「侏儒乞丐」，甚至流離還曾經在憲兵隊前面擺上鋁碗要錢，「侏儒乞丐！」憲兵們有時還嘻笑著往鋁碗裡丟進幾個銅板。

與流離經常下山，寄居於人群中不同，乞食主要停留在隱居地，照顧「家族」，舉凡製造必需的日常用品、栽種等事，甚至操練戰術、教導射擊及磨練肉搏戰的技術，這些都是乞食的任務。

人們稱呼乞食為「黑頭將軍」，對延吉周邊的水路國人而言，「黑頭將軍」是尊敬的對象；而對於負責掃蕩獨立軍的駐在所或憲兵隊員來說，「黑頭將軍」是必定要處決的危險象徵。但是沒有人知道「黑頭將軍」究竟是誰，有人說將軍的年紀已達百歲，甚至還有人說親眼目睹過將軍即便站在奔馳的馬背上開槍，也能百發百中地將火人國的軍人擊斃。

乞食也聽從流離的建議，研發並製作數種武器，他曾製作飛鏢和簡便的新式弓箭，在他製作的武器當中有一種利用較細的竹筒，在用力吹氣時，數十支細小的針會分散射出的「鮟鱇弓箭」，因為是用嘴吹，所以乞食將其取名為「鮟鱇弓箭」，使用方式是將一端塗上劇毒的細針塞滿竹筒，最大程度地吸氣後將這些細針吹出，由於這些毒針極其細小，可以插進皮膚內部，劇毒遂順著血管快速地散發至全身，雖具有無法飛得太遠的缺點，但在攻擊近距離的敵人時可有效使用。乞食本身的搏擊技術原本就極其優異，再加上勤於練習，所以能自由自在地同時使用數種攻擊技術。乞食在一定的距離內，可以用飛鏢射中對方的眼睛，他還曾投擲樹枝，命中野兔的眼珠。乞食如鐵錘般堅硬的後腳跟也是強力的武器，如果被他的後腳跟踢到，任何人的頭蓋骨必定會立即凹陷甚至粉碎。

乞食的母親是側室出身，原本在廚房工作的母親被身為地主的生父占有身體之後懷孕，於是成為妾。母親在生下女兒後，翌年生下乞食，病弱的母親很早過世，那也是乞食悲劇的開始。進到父親家門生活之後，他們姊弟的生命變得十分慘淡，大媽的子女們視他們如草芥，並且像奴隸一般使喚。乞食那肥胖的同父異母哥哥更是如臭狗屎一般卑劣無比，在斟酌自己可以規避責任後，慫恿駐在所年輕輔佐巡警引誘、強姦乞食姊姊的正是那同父異母的哥哥。姊姊爬到水門上，跳入蓄水池自盡，當時乞食的年紀不過十六歲。乞食抓住機會，將肥胖的哥哥推下蓄水池，其後則用廚房的菜刀亂刀殺死輔佐巡警，那正是乞食開始流浪的原因。

一年大概有一、兩次，流離會偶然遇見從金礦跟隨而來的粉伊和火藥專家禿頭，他們隸屬於隨時遷徙根據地的武裝團體「水路革命黨」，他們團體的夢想是經由革命建立沒有窮人、有錢人區分的獨立祖國。粉伊和禿頭在結束短期軍事學校的訓練後，成為「革命黨」的忠心戰士，粉伊是神槍手，禿頭則是製造炸彈專家。可是流離並沒有告訴他們關於「黑頭軍」的實際情況，當他們問到乞食的近況時，流離只是對他們說：「做鴉片生意的時候，曾經在一起，但自從結束事業後，就和乞食大哥失去音訊。」

流離一直無法忘懷紅色髮帶。

他經常直接詢問較為熟識的人，「有沒有看過三條手紋合而為一、耳朵後面有三顆這麼大的痣的少女？」大家都頻頻搖頭，僅憑這些特徵要找人實在是海底撈針。有人回答「手紋是會變的」，有人嘲笑侏儒乞丐流離道：「耳朵後面的痣怎麼看得到？又沒有睡過她。」流離始終無法忘記在火車出發的時候，從貨物車廂的鐵欄杆中伸出揮舞的黝黑而結實的手。「她的手臂很細，手很黝黑。」流離附帶說明。「做工的少女手都是黑色的」，人們笑得更大聲。

如果是坐火車來，比起北間島，到達西間島的可能性更大。「不管是西邊還是北邊，那有什麼重要的？」很早就曾向流離說要介紹他加入馬戲團的男人說道，這個男人說自己原先在馬戲團裡負責轉盤子，但因為手指愈形彎曲，被趕出馬戲團。延吉是男人的故鄉，「你試試看抬高雙手、雙腳轉盤子，一定會受到最熱烈的歡迎。」男人說道。

因為曾經跟著馬戲團遊走各地，「轉盤子」沒有什麼事情是不知道的。「雖然我不知道你找的人是誰，如果是年幼的少女來到這裡，能活著的路大概就只有三條，一個是慰安所，一個是成為大地國地主的側室，另一個就是當女傭，其中可能性最高的是慰安所。事變以後，慰安婦人數大增，因為火人國巡警和民間業者在車站前公然地擺起桌子，徵集慰安婦。」軍人和憲兵也公然地督促慰安婦的徵召。

流離也曾看過召集慰安婦的廣告，廣告上寫著將會發給三百圓到三千圓的津貼，有些還說會預先支付。有很多是家裡負債極多，被強迫將女兒送到慰安所，也有很多是自己支援去的，其實那只是騙術，預先支付的錢很快就以衣服、伙食、住房的費用為由加以回收，那些錢全進了中間業者或管理人的口袋裡；但那也只是初期才有，事變之後，各種過程都完全被刪除，因為由民間業者營運的公娼制度對於提升軍人的士氣僅有一定的限度所致。

西伯利亞出兵當時，火人國軍部曾經發生在七個師團中竟有一個師團的兵力感染性病，幾乎成為廢人的慘痛經驗，再加上事變以後，駐屯軍的數目大幅增加，憲兵隊、駐在所、部隊不得不直接組織性地管理慰安所的設置。「我曾聽說過軍部向總督府正式要求派遣兩萬名水路國女人，說是桔梗花吧，他們向總督府要求交出兩萬朵桔梗花，因為徵召困難，聽說只交出了一萬名。」轉盤子說道。如同狩獵一般拐騙年幼少女的事也是家常便飯，專門誘拐少女的組織在各個地方頻繁活動。

「我要去遙遠的地方，首先要成為有錢人！」流離想起在桃源洞分開的時候，紅色髮帶說過的話；他也看過駐在所巡警將錢和召集手冊堆放在桌子上，藉以誘騙剛從火車上下來的少女。流離的眼前偶爾還掠過紅色髮帶站在他們前面的幻影。

延吉的北邊空地經常有攤販聚集，她們都是沒能拿到生意鋪位的最低階層，靠著做一、兩樣野菜販賣維生的水路國出身女人。流離看到跟前擺著盛有拌桔梗和涼拌蕨菜木盆的老婦，是在夕陽西沉之時。流離停下腳步，他覺得老婦很面熟，好像在哪裡見過，接著就如同一閃一滅的燈泡突然接通電源一樣，記憶的迴路產生火花。「大娘！」流離的聲音不自覺地提高。這個女人就是第一次跟著紅色髮帶進入雲至山山谷裡的村落——桃源洞的那天，攥著紅色髮帶問她為什麼帶陌生人回來的女人，她曾凝視著流離的眼睛說道：「這個孩子，長著一雙像似白雲飄浮的眼睛，他是不會說謊話的。」她正是那位「桃源洞婦人」。

「啊，活得太久了，才會遇到這事，竟然會在這裡見到你！」婦人似乎也覺得能再次見到流離是令她非常激動的事，她這段期間老了許多，當年桃源洞的婦人幾乎已變為老太婆的臉孔。「去年丈夫出外賣豆子，還是得找事情做才能活下去啊！」老婦的眼眶泛紅，膝下雖有一男一女，但兒子被強制徵召，加入軍隊，女兒則去了大地國本土。當她說到自己在山裡採摘藥草和野菜販賣才足以餬口時，老婦終究忍不住地流下眼淚，她回憶起在桃源洞生活的數年是自己生平最幸福的一段時間。

關於紅色髮帶的情況也是第一次從老婦那裡聽到。

這並非確切的情報，慰安婦為了接受性病檢查，偶爾會乘坐軍用卡車到市內，在那一群慰安婦中，曾有人說看到像似紅色髮帶的女子。「那人是誰？在哪裡？」流離問道。「那個人不在這裡，都已經過了多少年了？以前幾個桃源洞的人雖聚居在這附近，但一個接著一個離開，現在只剩下我了吧。」老婦搖頭說道。

市內附近的慰安所通常叫做「俱樂部」，此類場所大部分都是受到軍方委託，由民間業者經營的公娼。雖有由火人國人營運的地方，但有些則是由水路國的人經營，即是得到火人國人社長轉包的情況。他們就如同獵人一般擁有許多募集策略，只求自己的利益，將同族的少女加以誘拐或綁架。

民間業者經營的公娼情況還算好些，事變以後，部隊內部直接設置慰安所的情況快速增加，那種場所無法仔細張望，慰安婦被關在臨時建築的不到一坪的小房間裡，每天要接受數十名火人國軍人的精液。為了遂行被強迫要求的殺戮行為，這些火人國的軍人中，有很多都是半瘋子。毆打是家常便飯，還有用菸頭燒燙的、鞭打的、甚至還有用槍口插入慰安婦下體的畜生。因性病、暴力、營養失調死亡的慰安婦不斷發生，甚至常有因為感染結核而被射殺的情況。這些都是部隊內部發生的事，沒有管道讓外界知悉，即便被知曉也從不處罰。因為只要對於滿足併吞東亞全域的野心有助益的，那種死亡即便發生數千數萬件，對於火人國軍部而言，只是不值得眨一眼的小事罷了。

有一次因著流離的提議，襲擊了位於延吉外部的公娼街，雖然是火人國人營運的慰安所，但管理者卻是水路國人，此人在管理慰安婦時，比火人國人更加殘酷，因而十分有名。流離拿著刀子，飛腿踢向撲上來的管理者的頭部，流離的腳亦如馬蹄一般堅硬，在踢了兩次之後，管理者的頭部流出腦漿。並非拿槍，而是用腳殺人，對流離來說還是首次。關在那裡的少女共有十九人，十四人是水路國人，五人是大地國的女人，甚至有十四歲的女孩。

當時滿洲地區的關東軍競相移防至大地國本土，慰安婦也跟著部隊遷移，有的女人被送上火車，還有人乘坐軍用卡車離開。流離經常坐在連綿至大地國本土的道路旁邊，藉以打發時間，而且或許在乘坐卡車離開的女人當中，紅色髮帶夾雜在其中也未可知。當裝載大炮的卡車和運載軍人的卡車無止境地南遷的時候，會掀起一陣陣塵土，因之會有好長時間看不清任何東西。有消息傳來，戰線已經越過大地國本土，擴大到南海附近。

在不知不覺間，流離即將滿二十七歲。

抱著或許能看到紅色髮帶的期待，流離坐在南進道路的旁邊，當時裝載軍人的卡車接連駛過，看到裝載女人的卡車是在數十輛軍用卡車駛過之後。由於灰白塵土揚起之故，女人們的面龐雖無法看清，但可看到年紀相仿的女人們坐在敞篷卡車的車斗裡。流離趕忙撐起身子，那是一條極度凹凸不平的砂石路，隨著車子上下顛簸，女人在卡車裡彈起或消失。

當天的陽光十分耀眼，一個正喧鬧而彈起的女人進入流離的眼簾，那是因為她綁在後腦的髮帶之故，紅色的髮帶，女人的髮絲和髮帶一起受到陽光的照射閃閃發光。是不是雲至山的那個紅色髮帶？流離胸口一緊，但因為塵土的緣故，看不清女人的臉孔，他覺得自己簡直要發瘋。流離開始全力追趕卡車，卡車上的女人之間響起驚歎之聲，還有人對著流離拍手，但即便是砂石路，流離也追不上卡車，最終被石頭絆倒。泥土跑進跌倒的流離的鼻孔和嘴唇裡，一側的眼窩似乎也裂開了，熱熱的東西從眼角流下來，揉著眼角的流離突然看到有個紅色的東西飛過來，他反射性地用手指一擋，正好抓住褪色的紅色髮帶。

究竟是不是有人故意解開髮帶拋向自己，還是髮帶偶然地鬆開，都已無關緊要；那個年代一般少女都用髮帶綁住頭髮，所以那個髮帶的主人也有可能不是剛才進入眼簾的那個女人，但那也不重要。「卡車上的那個女人就是紅色髮帶，就是她。」流離喃喃自語道，她也明顯地認出自己，也許紅色髮帶看到自己大叫「哥哥」也未可知。流離彷彿看到她解開髮帶拋向風中的手勢，而對於無法讓卡車停下的自己的無能，他只感到胸口無比沉痛，因此他只能跪坐在陽光耀眼的道路中間揉著眼哭泣。

「神經病！」乞食嘲笑他道，「你們分開這麼久了，那個髮帶會是那個髮帶嗎？你這個聰明的傢伙還是有弱點的，是相思病嗎？」「不是相思病，大哥，那孩子是我的朋友，也是我的妹妹，是我在這個世上最先，比大哥還更早見到的真正家人，我一見鍾情的女人另有別人。」「你以前說過的叫百合的那個火人國的賤貨！」「不要那麼說，她是天使，就算有天使，也不會有比她更美的了。」「瞧你那錯覺，去吧，去抱著那個骯髒的髮帶睡覺吧！」乞食吐了一口痰說道。

流離從那天起，無論何時都將那個髮帶纏在手腕上。

流離覺得世界上有數萬種花，而正如同那些花中沒有一種是相同的一般，愛情也是一樣。肉體的交合僅是愛情的細微表象，並非完整的象徵。為了尋找紅色髮帶，探查慰安所時，流離充分看到並了解到男人的性欲是多麼不可信的生理欲求，愛情與如此野蠻的衝動如何能夠畫上等號？

流離對於愛情是沒有男女之分的，例如當時流離分明是愛著乞食的，流離堅信那是愛情。當他看到拿著槍、騎著馬、馳騁於荒野的乞食時，心裡經常感到悸動；他也極度想將自己的額頭倚靠在乞食滿是皺紋的胸口，那如何不能叫做愛情？

流離也愛著紅色髮帶，他甚至感到早在自己出生之前就已與紅色髮帶有所連結，但那也是與肉體的交合無關，正如同兄妹之愛，那是一種就算把紅色髮帶抱在懷裡，將鼻子在她的胸前揉搓，也無損於本質的單純之愛。

而對於「百合」的感情和對於乞食、紅色髮帶的完全不同，一想起百合，流離只覺得呼吸似乎就要停止，全身的細胞十個、二十個配對，最終成為一個整體，可以說是對美的如火般的欲望。

例如，流離從未想像過百合是火人國人或她會變老，甚至這種想像是不能被接受的，對於流離而言，她並非火人國人，圍繞她的形象是永遠不會老去或改變，僅具有不滅價值的唯美。

流離還經驗過另一種愛情。

對象是「轉盤子」的女兒。轉盤子的手指僵硬，從馬戲團退出以後，他的女兒仍留在馬戲團裡。轉盤子在馬戲團與表演盪鞦韆的女人生下這個女兒，她也在馬戲團裡長大。「我唯一的骨肉，」轉盤子說道。馬戲團裡表演空中鞦韆的轉盤子的女人在馬戲團休息室的陰暗角落生下女兒後死去，女兒則承襲父母的衣缽，在馬戲團裡成長並學習曲藝。這個馬戲團是遊走於廣袤的大地國全國，舉行小規模公演的馬戲團。「原本不是訓練她空中鞦韆的……」每次說到這，轉盤子的眼眶總是泛紅，無論如何阻止她都沒有用，不知道是不是遺傳自母親，女兒隨著年紀漸長，固執地要學習空中鞦韆；在一次練習的時候，她發生從半空中掉下來的意外，這件事發生在她不過十三歲的年紀。

雖撿回一命，但她的一條腿卻因此而麻痺，而她唯一學過、懂得的也只有表演這一項，因此無法離開馬戲團。「我沒辦法，只能教她轉盤子，所以就接替了我的位置。因為一條腿無法使用，所以用雙手、一條腿和頭轉盤子。用頭轉盤子她是第一，觀眾反而更喜歡，因為和別人不同，一條腿無法使用的殘廢表演轉盤子，觀眾因此覺得更稀罕吧。」馬戲團的本鄉是延吉。

在全國巡迴演出的馬戲團在深秋之際一定會回到延吉市內，他們首先會在荒涼的城郊空地上架起帳篷，然後馬戲團各個有才藝的人坐在卡車上到每個村落、每條巷子為馬戲團做宣傳。

「我們延邊孕育的天下第一的天地馬戲團在完成全國巡迴公演後，終於回到故鄉了。請各位爺爺牽著孫女的手，奶奶牽著孫子的手，爸爸牽著女兒，媽媽牽著可愛的兒子的手，在聽到我們的錄音之後，大駕光臨我們的馬戲團，您一定會看到永生難忘、即使看到也絕對無法相信的超凡表演。延邊人一定得看的魔術、會讓您捏一把冷汗的驚險刺激的各種表演。啊，馬戲團就屬我們天下第一的天地！雜技也得看我們天下第一的天地！天地馬戲團回來延邊了！」

流離聽到擴音機的聲音，轉過頭來，就看到坐在搖晃的卡車上轉著盤子的那個女子——轉盤子的女兒畸形的模樣。因為一條腿無法使用，那女子用其餘的一腳和兩手，以及頭頂轉著盤子。旋轉的盤子上端經常有耀眼的陽光，就好像太陽也在頭頂旋轉一樣。

馬戲團結束在延邊的表演後，因天候酷寒的緣故，大約會休息一個多月的時間，那是轉盤子可以和女兒一起生活的幸福日子，也是流離可以經常見到那女子的時期。她的個子很高，但麻痹的腿只剩下骨頭，就好像鳥腳一般；那女子只是不能正常走路，笑容十分炫目而大方。轉盤子父女居住在延邊地區的中心都市——延吉市內的兩層建築的樓頂，和流離住的地方近在咫尺，轉盤子女兒的姓名是黃錦姬。

有一天晚上，轉盤子為了打零工去了龍井。「你，想和我做吧？」黃錦姬突然問道。「做？做什麼？」「你不就是想做嗎？」錦姬邊笑著，邊以極快的速度脫掉衣服；她的乳房十分結實，那條完好的腿的肌肉也非常好，只有麻痹的腿骨瘦如柴，也許是因為如此不協調的原因，流離噗地笑了出來，悲傷而又滑稽。「我的腿很可笑吧？其實我也這麼覺得，滑稽！」流離回答道：「看起來也不是那麼令人不愉快。」「我也覺得你故意裝成乞丐很好笑，你只是把自己塗黑吧，仔細看來，你長得還挺好看的，眼神也非常靈巧。」錦姬抓著流離的手放在自己的乳房上。

做愛的時候，個子矮的流離的臉只能搆到錦姬的胸前，有時做愛的時候還抓著她分開的頭髮，額頭、鼻子和嘴唇在她的乳房中間上下滑動，那個模樣十分悲傷而滑稽，有的時候口水和鼻涕還沾滿她的乳房。「呼呼，真好，有意思！」錦姬咯咯直笑，「我可以把你放在胸前，像轉盤子一樣轉你，真可愛！」她的笑聲永遠都像泉水一樣滿悠悠地流淌著。經驗豐富的她傳授給流離各種做愛的技巧，兩人之間配合得非常愉快。

錦姬的父親——轉盤子是水路國人，母親則是大地國女人，所以她一半是水路國，一半是大地國的混血。「我雖然沒見過，但聽說我母親非常漂亮。」她也曾說：「我喜歡馬戲團，在一條條路上流浪，有的時候還去西域的盡頭，在舞台上聽到觀眾的掌聲時，就覺得好像是在作夢一樣。」

「你什麼時候最幸福？」有一次做完愛後，錦姬如此問道。「人們把錢丟進放在我前面的鋁盆的時候，」流離並沒有據實回答。其實流離也是最喜歡在路上流浪，但他擔心自己這樣說的話，會降低她的幸福感，於是編造了謊言。就像一個圓周可以畫出千百條線一般，一個世界上，無論大、小，總有數百、數千條路，而且不可能停留片刻；連結、分散，道路不分晝夜向前湧動。充滿汗水、眼淚、苦痛的患難和愉快的騙術；繁密地生成和寂寥地消滅結成一個集體向前流動，這正是道路，有誰會不為其所眩惑呢？

「事實上，」流離撫摸著錦姬柔潤的長髮，附加說道，「在撫摸妳的頭髮時最幸福，其他地方絕對沒有這麼柔美的路。」「看到頭髮，你卻說到路？你該去當詩人。」「詩人是錦姬妳吧！」「我？」「妳不是在路上流浪嗎？那就是詩人啊，因為路就是詩人。」「我真不知道你在說什麼，不過聽到你說這話，還是覺得幸福。」錦姬歡喜地笑道。

那年秋天得到特別的情報。

那是在延邊市內當清潔工的「家族」傳來的情報。延邊一帶開採、提煉的金塊會在每個月最後一週的星期三運搬至滿洲國新首都——新京的中央銀行，新首都的另一名稱是長春。金塊運送隊的編制通常是最前面有憲兵車開道，其後是銀行職員和裝運金塊的卡車，最後是載有小隊兵力的軍用車。

流離乞食團召開了長老會議。當時因戰線的擴張，滿洲地區的警戒比以前鬆散，「這次金塊如果搶奪成功，就分送給水路學校吧。比起國家的獨立，首先應該努力支援孩子們的教育。」平時乞食就對自己沒讀過多少書感到悔恨，而且這種人在團裡並非少數。間島一帶由水路國人設立的學校雖有幾所，但境況並不良好。過去雖亦曾明地、暗地將錢捐給學校，但這次和以前不同，成功的話，將是一筆巨款，因此沒有任何人反對。

「以前沒能摸到的黃金，這次大概能摸到了。」乞食白髮飛揚，並呵呵笑道。「你不是說要送給學校？」「盡情地摸個夠以後再送去嘛！」「摸了黃金以後，就想據為己有了。」「像金牙一樣？」笑著的乞食表情就像從以前的故事中出現的少年一樣。他的皺紋比白髮老翁還多，身體卻比以前更結實，眼角的聰慧也愈見真實。乞食仍舊以比他實際年齡大十六歲自居，當初是為了意圖壓倒金牙而半開玩笑開始的謊言，如今乾脆就習以為常了。「沒關係嗎？」流離直搖頭；當時因火人國的搜索範圍擴大，在山脈的入口與搜索隊遭遇的次數正日益增加。「就當作是最後一次作戰吧，我們流離乞食團的居處要往更北邊遷移，這次作戰結束以後，就去尋找我們新的根據地，火人國狗崽子們正瞪大眼睛，進到牡丹嶺眼皮底下。」「我來訂計畫吧！大哥。」成功與否取決於細密的作戰計畫，這遠比實踐還重要——這是流離平時的信念。

為了獲取更詳細的情報，流離繼續停留在延吉市內，流離使用經營蔬菜店鋪的「南川氏」內宅的後房。南川氏和她的丈夫是流離乞食團的核心「家族」，兩人原本住在隱居地，後來有了孩子後，搬到市內經營蔬菜店鋪，做生意的本錢自然是流離乞食團所支援的，孩子已經四歲，南川氏當時正懷著第二個孩子。

從延吉到長春是一段非常遙遠的路程，離延吉越遠，作戰就愈發不利。因為如果到較遠的地方去，不僅會有大規模的駐屯部隊，更嚴重的是沒有躲藏的地方；可能的話，必須在離延吉外圍不遠的地方搶奪金塊後，各自分散潛入市內，適當的時候再會合到隱居地。關鍵是如此的話，就不能動員大規模的人員，必須以最少的人員，如同閃電一般快速地進擊、撤退。引導運送車輛的憲兵吉普車上除駕駛外，計有憲兵伍長和一名部下乘坐，金塊運送車輛上有巡警、銀行職員和駕駛，最後面的軍用卡車上約略有一個武裝的小隊搭乘。因為無法動員足以制壓一個小隊的兵力，所以作戰的核心是必須將小隊兵力從運送車輛中分開。

從延吉市內通往外部的道路，在行駛約三十分鐘後，會經過一條江，這條江位於峽谷中，距離下一個哨所大約兩公里，橫貫江水的橋梁在不久之前重新架設，並配置有警備兵力，流離屬意留存於下游的舊窄橋，這座窄橋目前仍繼續使用，而且沒有警備兵力，分開新建的橋和舊橋的三岔路是在橡樹林茂密生長的山坡下方，如果前往新橋的入口存在障礙物，必須爭取時效的運送車輛當然會從舊橋迂迴通過。

「障礙物要怎麼製作？」乞食問道。「我們家族中，不是有在採石場負責運載石頭的人嗎？因為無法承受石頭的重量，卡車的車廂被撐開的話，就會將石頭全部倒在通往新橋的入口，駕駛和我們會合之後，躲起來就行。」流離回答道。「他們會上當嗎？」「延吉不就在眼皮子底下嗎？運送是片刻不能耽誤的，當然會轉向舊橋。」「然後呢？」「他們經過舊橋的時候，在憲兵車和運送車通過之後，會將橋炸斷，運載兵力的最後一輛卡車和前面的運送車因此分離，運載兵力的車會掉進江裡，或停在斷掉的橋的彼端，只有憲兵車和運送車會越過舊橋。因為只有三名憲兵，當然可以輕易加以擒服。」「爆炸的聲音應該會傳到新橋的警備兵那裡。」「當他們追到那裡的時候，我們早已偽裝成採藥工或農民，分散進入延吉市內，所以不用擔心。問題只有一個，我們家族裡沒有精通炸藥的專家，僅憑丟手榴彈的水準是不行的。爆炸的時間、位置、範圍等都必須細密地加以計算後設置，我們需要真正的專家。」想要突然找到炸藥專家是不可能的，「得找到禿頭，」乞食說道。「對！」流離頻頻點頭，「但是不知道粉伊和禿頭現在在哪裡，聽說獨立軍幾乎都去了本土。」「得去找看看，如果要對付小隊兵力，一定得動員所有的家人，那無疑是抱著柴火跳進火裡。不管用什麼方法，一定要找到禿頭，如果找不到，我認為就應該放棄這次的作戰。」流離作出結論。

情報顯示，在最近的戰鬥中遭到極大損失的「水路革命黨」為了南下大地國內陸再次會合，最近分散四處，那也正是粉伊和炸彈專家禿頭所屬的武裝革命組織。粉伊和禿頭恰好潛入延吉市內的事實不能不說是幸運，據說粉伊懷了禿頭的孩子，目前正待產之中。兩人在越過山脈時初次相見，其後一起加入武裝鬥爭，由於長時間相處，最終克服了年齡的差距，合而為一。他們藏身的地方距離流離的住處不過一公里遠，主要是水路國人居住的貧民區。

傳達禿頭和粉伊情報的是南川氏的丈夫，南川氏經營蔬菜店鋪，丈夫「肉手」靠著在隱居地學到的技術，到各處做木工活。他的話極多，更有逗樂別人的本事；他經由流離乞食團長老之一的「毛十字架」牧師的推薦，加入流離乞食團。後來遇見南川氏，在隱居地的「甜蜜之房」做愛之後懷了孩子，於是下來延吉，找到了居住地。毛十字架牧師和南川氏的丈夫——肉手是同鄉。

流離乞食團長老之一的「毛十字架」胸前長滿毛，他經常將胸毛剃成十字架模樣修整，「祈求救主的十字架滲進我的內心」，他曾誇耀地展露出胸前的毛十字架，並如此說道，所以他的外號是「毛十字架」。「欸，太俗氣了吧？毛十字架是什麼啊？」有人說道。「毛是什麼啊？玩擲柶遊戲[1]時的那個毛？」又有人反問道。「沒知識，什麼擲柶遊戲？毛？不知道嗎？」人們都拍

1 又稱「柶戲」，韓國傳統棋盤遊戲。

掌大笑。

毛十字架說自己是牧師出身，真實與否則無法確認，流離乞食隊員任誰都有不願告訴別人的過去，毛十字架曾告白說自己目睹火人國軍人強姦了自己年輕的妻子後受到衝擊而離開。他將樹木削下來之後製成十字架，毫無遺漏地分送給隱居地的家人；他雖是斯文之人，但無論遇到大、小事，總是脫口說出「哦！主啊！」他也從未像別人一樣使用過「甜蜜之房」，作為禁欲主義者，他獲得家族的普遍尊重。他甚至在設置甜蜜之房之初表示極度反感。他曾大喊：「你們是想把這裡建造為索多瑪嗎？」沒有任何人知道索多瑪是什麼。「你們看我胸前的十字架吧！悔改吧！這裡有拯救的十字架！」但是人們看著他將胸毛修剪成的十字架，只是不由失笑，每當此時，他的眼裡總是充滿悲傷的暗光。若是大家聚在一起喝酒的時候，他乾脆就待在自己的洞窟裡，絕不出來，而且獨自一人禱告。跟隨著他跪下禱告的人，只有南川氏的丈夫肉手，他雖然指責一起飲酒的群眾是「讓人墮落的撒旦共同體」，但沒有一個人放在心上。

肉手在前方帶路，來到粉伊和禿頭藏躲的地方時，令乞食和流離大吃一驚的是「金牙」竟然和他們在一起，實在是令人驚惶的相見。「是我，金牙！」伸出手、甚至比禿頭更快靠過來的，正是在橫越山脈時，在搶奪金礦後，獨自逃走的金牙。歲月雖過了數年，但除了鬍子刮得十分整齊之外，金牙沒有什麼明顯的改變。乞食首先猛地抓住他的領口，流離也無法閉上因過度驚訝而張開的嘴巴，他固然驚訝於這令人意想不到的遭遇，對於金牙伸出手來的厚顏無恥更是感到齒冷。「看到好久不見的同志，不但不高興，這算什麼啊？」金牙喘著粗氣說道。「不要這樣，我們過去誤會他了。」禿頭好不容易將兩人分開，金牙解釋道：

「憲兵隊分隊長的金庫裡沒有黃金，你們也許不相信，但那是事實啊！那個日本軍人——健太也說過吧，礦山組合和總督府前來進行聯合檢查，想想看，人家都要來檢查了，哪個白癡會把黃金放在辦公室的金庫裡？不是嗎？我發誓，金庫裡絕對沒有黃金，我好歹也是鑲上金牙的人，如果我說謊的話，你們大可以立刻扭斷我的脖子。我追著健太上山的時候，他奶奶的，我失足跌進了山壁與山壁之間的洞窟，因而失去知覺，真正應該生氣的不是你們，看到不去尋找失蹤的同志，反而只顧自己死活的你們，我才應該發脾氣呢！當我再次醒來，爬出山壁時，就看到滿山滿谷來追我們的軍人，當時真的是要坐以待斃了，我的腿扭傷了，也無法逃走，我心想算了，於是把背囊丟到懸崖下面，自己去找那些軍人投降。我說自己是因為沒法活下去，所以想翻過山來當礦工，但是卻迷了路，反正這樣也是死，那樣也是死，我有什麼選擇權呢？他們被我騙了，我也才好不容易地撿回一條命，所以只好倒楣地在那個金礦當了三年礦工，而且還是在爆破班裡。」

逃出金礦以後，還是輾轉於其他礦山的爆破班，處理各種炸藥，因為有心願，所以沿著海岸北上到了間島。「我的心願是什麼？我金牙為什麼進來間島？」金牙用力地敲打自己的胸膛，「用一句話來總結，就是為了祖國的光復而獻出我的身軀！一提到火人國的傢伙，我就恨得咬牙切齒，那天以後的十數年間，我每天清清楚楚地看著，每天深切地感受到，那些狗崽子有多麼殘忍，沒有國家的百姓是多麼悲慘地活著！」金牙的語調太過懇切，胸中就好像有一陣風雨經過一般。

「幾個月前第一次見到，」禿頭補充說明道，「我們和火人國步兵中隊遭遇後，在逃亡的路上，偶然遇見了他，我和粉伊在接受盤問時……」「對，這個大叔救了我們。」粉伊插話道，肉手則頻頻點頭。為了救助受到盤查，陷入危急狀態的粉伊和禿頭，金牙當時殺死了兩名火人國巡警。「和我們分開以後，這傢伙也吃了很多苦，沒有國家的百姓不都是這樣？」禿頭繼續說明道。「忘掉以前的金牙吧！我，重新誕生了！」金牙抬頭挺胸，「我作為鑲上金牙的人，等著瞧吧！我金牙會一直鬥爭下去，直到火人國的狗崽子們都死光為止！」金牙露出深黃色的金牙笑著，金牙當時已成為凌駕禿頭之上的炸彈專家。

流離無法相信金牙，他相信人們都具有不會隨著環境改變的本性，「你相信金牙嗎？」只剩下兩人的時候，流離向乞食問道。「他不是殺死兩名巡警，拯救了粉伊和禿頭嗎？」乞食答道。「即便如此，我們也沒有辦法確認他過去這段時間在哪裡，做了什麼。」「或許就像他說的一樣，在各處礦山流浪吧！如果在這裡殺死兩名巡警，那也是把命豁出去了，哪裡還有把自己性命豁出去說謊的理由呢？相信他吧！」剛好那時粉伊生了孩子，根本無法強迫剛成為父親的禿頭做危險的事，雖無法完全放心，但也不得不讓金牙加入作戰的行列。

作戰獲得完全的勝利。

曾說自己在礦山爆破班工作過的金牙的話似乎真是事實，金牙能夠自由自在地操控甘油炸藥等各種形態的炸藥；實際情況完全按照計畫一樣：看到連接新橋的道路中間倒滿黃崗岩的憲兵隊先導車輛立即掉頭，往舊橋開去，因為運送車輛接獲在訂好的時間點必須到達目的地的命令之故。在舊橋上已經埋設好炸藥，憲兵車輛和運送車輛在通過第二座橋礅之後，響起了爆炸聲，金牙那時得意洋洋地豎起大拇指，裝載護衛兵力的卡車掉進江裡，乞食則鎮壓了已渡過舊橋的憲兵車輛，實在是完美的成功，流離乞食團的「黑頭軍」經常就是如此，所有人都戴上黑色的頭巾。

運送車輛載著數量不少的金塊，每個隊員都將金塊分裝在自己的背囊裡，流離的背囊裡也裝著部分金塊。利用車輛的話太過危險，首先隊員各自分散、躲藏到延吉市內，將金塊藏起來之後，各自沿著山路移動，三天以內聚集在隱居地則是最後的作戰任務。由於駐屯軍的搜索範圍愈形擴大，這次作戰任務結束後，將把隱居地遷移至大地國北方邊境的雙鴨山附近，那是位於烏蘇里江和松花江之間的不毛之地。

作戰之後，流離和乞食、金牙一起停留在延吉外圍的一個地方，為了防範搜索，流離將帶來的金塊另外藏在某個遺跡附近，那是人跡罕至的地方。「絕對不要讓金牙單獨行動，你一定要把他帶在身邊。」流離說道。「你還在懷疑他啊？」乞食的臉孔若無其事地笑著。延吉市內盤問的憲兵和軍人的數目大為增加。

過了三天後，乞食和金牙先行出發到隱居地，他們偽裝成採藥工。「幾天以內，你也一定要回來，得一起去尋找新的隱居地。」乞食說道。「如果流離隊長不在，一定會很無聊的。」金牙咧嘴笑道。陽光照耀在逐漸走遠的乞食身後，影子顯得特別長，那是沉穩、孤寂、卻又可親的身影。「大哥！」流離無法自制地跑上前去，抱著乞食的後背。「你這傢伙，真是越活越回去了！」乞食咧嘴大笑，那是完全沒有任何塵埃的燦爛笑容。

幾天以後，流離在傍晚時分去見桃源洞的老婆婆，如果隱居地遷移，流離也幾乎不會再到延吉，所以也算是去道別。露天攤販密集的北邊空地因為地勢比其他區域要高，所以可以俯視市中心的街道。「流離，來了？」老婆婆正在修剪擺在面前的蕨菜，連忙停下手上的工作，喜出望外地迎接流離。「去軍隊的兒子還沒有消息嗎？」流離隨口問道。「哪有消息啊？火人國軍隊聽說已經越過了大地國，到了有南十字星的地方，像大地國那麼大的國家，誰會知道是如此殘弱不堪呢？」桃源洞老婆婆歎了一口氣。

正是日落時分。

老婆婆接下來像似自言自語的話，讓流離豎起耳朵。「那個……，流離你為什麼跟那種人來往？」「那種人？」「幾天前，我偶然看到你跟一個個子高大的人，和一個鑲著金牙的人在一起。」「那個子高大的人是乞食，那鑲著金牙的人就是金牙了。「鑲著金牙的人吧？」「嗯，是金牙。」「那個人怎麼了？」流離的語調變得極為不安。「沒事，沒事！」老婆婆支支吾吾隱去了話尾。流離確信她一定知道什麼隱情。「我對他不太了解，是偶然認識的，如果是必須小心防範的人，請您一定要告訴我。」流離說服她道。「你絕對不能說是從我這裡聽到的。」老婆婆的聲音立刻壓低，「他實在太陰惡了，你要小心那個傢伙，他跟著巡警壓榨百姓，還把少女們賣到慰安所裡，我住在白山的時候，清清楚楚地看到他幹這事，甚至還聽說過他因為如此而獲得慰安所的經營權，這種人來這裡又想幹什麼壞事？」老婆婆的話令流離心頭為之一震，再也沒有心思聽老婆婆說下去。流離突然想起禿頭說過粉伊和禿頭所屬的「水路革命黨」的最後戰鬥之所以完全失敗，是因為敵人的埋伏之故，那件事也是金牙事先獲取水路革命黨的情報後，向火人國密報所發生的悲劇，救援禿頭和粉伊一事，也很有可能是從金牙腦袋裡事先計畫好的詭計。

乞食和金牙一起出發到隱居地已經過了一個星期了，流離連夜狂奔，這段期間一定發生了什麼事。「乞食大哥！」流離喃喃自語，「千萬，那個傢伙，一定要認清金牙啊！」由於火人國的奇襲，被悽慘殺戮的「家族」們和火燒的隱居地的樣子隱隱綽綽地在眼前晃動，流離覺得自己快要瘋掉。

雖拚死奔跑，但流離目睹的卻是太過悲慘的景象，以流離乞食團隱居地為中心，流離看到火人國的軍隊已重重包圍，根本無法接近隱居地，不知道是不是因為作戰尚未結束，從隱居地方向陸續傳來炮彈爆炸的聲音。警戒十分森嚴，甚至配置了數門大炮，可說是大規模的討伐作戰。為了刺探出流離乞食團的根據地，火人軍從一開始就讓金牙滲透進來，因而有此結果，因為不能接近，因之完全沒有其他的策略。

傳說的「流離乞食團」就這樣走入歷史的灰燼之中。

流離偽裝成乞丐，在隱居地附近的山裡和江邊村落徘徊了數日，不吃也不睡，他夜裡閉著眼睛躺在沾滿露水的草地上，都會聽到從四處傳來的瀕死家族的慘叫聲，流離懇切地盼望乾脆有野獸跳出來，將自己凶狠地撕裂，他無法承受獨自活下去的事實。秋天的楓葉日益呈現令人恍惚的紅色光芒，流離乞食團家族生活過的洞窟完全被炸碎，有消息說活著爬出來的幾名家族成員當場就被擊斃，這是從火人國軍人眷屬中傳出來的消息。

十天後，軍人才全部撤離，流離踉踉蹌蹌地找到他記得曾經有洞窟的地方，被炮彈轟炸的樹林破爛無比，曾有洞窟的山岩完全被轟垮，甚至找不到洞窟的入口。在洞窟另一側先行預備的逃出口也是一樣，整座山似乎都垮了下來。拖曳著頎長身影漸行漸遠的乞食最後背影浮現眼前，抱著他的腰時傳來的體溫還活生生地留在心裡。「大哥！乞食大哥！」流離大聲叫喊，但是聽到的只有從樹林裡傳來的回音。

流離沿著牡丹江的支流行走。

牡丹江水如竹葉一般冰涼而蒼綠，活在世界上，第一次讓流離有家人感覺的這些人都已經不在身邊，母親種植的牽牛花經常出現在夢裡，還看過大蟒蛇、紅色髮帶和乞食大哥。這些存在意義超過真正家族的家人在夢裡都沿著江水和山脈，以赤腳永無止境地走著，在懸崖邊，流離曾想往下跳，但是他不能死，因為金牙還活在這個世界上，一想起金牙，流離總會陷入失神狀態後又猛地站起來，「如果不能殺死他，我就自我了斷！」流離誓言說道，這是乞食以前看到延吉外圍某個村落的水路國人被關在公會堂裡，下令全部燒死的憲兵隊長時說過的話，那也是乞食和流離拋下因鴉片生意賺大錢的舒適生活，踏上全新的人生道路的契機。

江水連著山，山連接著山脈，流離經過了松花江，在興安嶺山脈的山腳下轉向。冬天正降臨大地，流離經常想起在殺死父親後走過的半島背脊——那雄渾的山脈，就像那時一樣，流離又再度打赤腳——反覆無數次的撕裂、癒合的赤腳。「我的後腳跟終於成了馬蹄！」流離看著自己的赤腳，喃喃自語道。

十天之後，流離走到了黑龍江的省會——哈爾濱，一個星期後又下到長春，那段期間，流離更瘦，個子也變得更矮。坐在太陽底下的話，跳蚤成群結隊地爬到衣服外面來，散亂的頭髮裡有數不清的虱子。在路上遇到的人都會被流離的形色所驚嚇，任誰都會逃得遠遠的，施捨的飯也總是放在距離流離好幾步外的地方。

「定居生活的居處是我們唯一的資產，自己準備的食物是我們高貴的生命；我們堅信守護上述二者的，是生命中最重要的唯一道德、唯一的良心、唯一的倫理。對此，我們再次宣誓，第一、我們不再流浪；還是第一、我們不再討飯吃；還是第一、我們不再流離乞食。」

一想起流離乞食團的綱領，流離就心亂如麻，他沒有什麼可害怕的，只是他確切地感受到自己起草的綱領是多麼盲目和虛幻的夢想。那不僅是全地球的事，更是終究無法輕易結束的世紀狂風。能相信的只有結實的兩條腿罷了。「這雙腿能帶給我自由，」流離喃喃自語道。似乎應該寫下只為自己存在的綱領，第一、我要流浪；還是第一、我要討飯吃；還是第一、我要永遠走上流離乞食的路。因為他深切地領悟定居生活的居處，以及安逸獲得的食物反而會毀損自由。

過了一個多月，流離才又回到延吉。

流離在回到延吉後才得知火人國在不久前攻擊美國，據說是偷襲了夏威夷的珍珠港，戰爭轉變為世界大戰，亦即所謂的太平洋戰爭。美國當時對於火人國實施數種經濟制裁和石油禁運，火人國與大地國已進入長期戰爭，對於需要準備更多戰爭物資的火人國而言，全無其他選擇的餘地，而當時火人國的權力掌握在軍部的手裡，也成為擴大戰爭的原因。火人國的氣焰無比囂張，據說駐屯於東南亞的美軍和聯合國軍隊對於火人國的攻擊也束手無策，四處逃竄。

可是流離對於各種世界局勢毫無關心，獨自活著的流離夢想的生命都在路上。他已然知道成群結夥不能獲得自由，停留下來也無法持守安樂，那是在野蠻的時代結束、在久遠的未來才有可能實現的夢想。流離回到延吉市內的原因只有一個，那就是為了找到金牙，並將他處決，只要這件事情結束，流離就可以毫無掛念地離開。

還有許多隱藏身分的「家人」留在延吉和龍井等地，流離認為金牙得到火人國軍部的獎勵，讓他負責慰安所管理營運的可能性極大；沒過多久，經由幾位「家人」，獲取了數種情報，內容是三、四個軍部隊內部的慰安所委託金牙管理，還聽說金牙擁有許多隱藏的資產。流離盡全力搜集金牙移動的路線，他白天依次巡視自己受委託營運的慰安所，晚上則回到自己位於延吉的家；接獲這個情報的時節正是在轉盤子的女兒——黃錦姬結束一年的公演，回到延吉的隆冬時節。

金牙的家是圍牆極高的新式住宅，雖有兩名武裝的警備兵，但把這兩人除掉對流離來說並非難事。住在延吉的年輕「黑頭軍」家人幫助了流離，因為這個年輕人的個子特別高，所以被叫作「長竿子」。兩名警備兵根本沒有開槍的機會，一人被流離踢飛，另一人則被同行的長竿子從後方接近後扭斷了脖子。金牙正與數名半裸的大地國年輕女子一起在內房的密室裡飲酒。

「什麼！」從流離的嘴裡不由得發出一聲驚叫，因為介紹自己是牧師出身的流離乞食團長老之一的「毛十字架」與金牙在一起之故，毛十字架旁邊坐著南川氏的丈夫「肉手」，光著上身的金牙則坐在對面。這實在是令人無法想像的場面，已經喝醉的金牙在抄起槍的瞬間，流離的身軀已經凌空飛起，女人們發出尖叫聲，毛十字架和肉手全身不住地發抖，被精準攻擊的金牙的頭蓋骨中流出像似血水和腦髓一樣的液體，毛十字架則趕忙跪倒。

「哦，主呀！」毛十字架喊道。「原來是你啊？和金牙勾結在一起，出賣了家人？」流離說道。「我也沒想到會變成這個局面，我只是想阻止墮落，給大家一個教訓，但是他把事情搞到這個地步……」毛十字架用顫抖的聲音答道。「沒有必要聽這些叛徒的話！」長竿子用槍托朝肉手的腦門砸下。「饒我一命吧！」毛十字架退到房間的角落，跪著求情道。「你去向你的上帝求情吧！」女人們低著頭悶聲不響。「千……千萬……，乞食隊長……」此時已無暇再聽毛十字架其餘的話，流離的後腳跟已經命中毛十字架的頭部，他感到隱藏於自身內部的獸性正毫無保留地爆發出來，就如同用鐵錘砸下一般，他的腳後跟重重地砸了毛十字架的頭部好幾次。

毛十字架完全斷氣之後，流離撕開毛十字架的上衣，修剪成十字架模樣的胸毛在火光的照耀下閃閃發光，流離拿起燭火，頃刻間，毛十字架的胸毛就焚燒殆盡，「你的胸口再也沒有十字架了！」流離在他的耳邊悄悄說道。金牙直到那時都還沒斷氣，雙眼還反射出光芒。「看著我，金牙！」流離說道。長杆子用雙手牢牢地按住金牙的頭，用金子鑲的牙齒，兩邊共有三顆，他們早已準備好了鉗子，流離一一地將三顆金牙拔下，有一顆金牙還費了好大的勁才拔出來，掙扎著的金牙身體軟癱下來。「從現在起，你再也不是鑲著金牙的狗崽子了！」流離說出最後一句話。

大雪紛飛的那天，流離離開了延吉。

黃錦姬送給流離一雙新鞋作為禮物，並且送他到外圍。「我們天地馬戲團新春的第一場公演是從長春開始，」錦姬說道，「然後是瀋陽，然後是北京，春花競相開放的時候，我們就會到北京的。」錦姬誇耀自己用一條腿可以站立超過五分鐘，流離無言地笑看著她。「夜裡作了一個夢，我不確定是在瀋陽還是北京，夢裡你赤著腳從春花之間走來，找到我們天地馬戲團。」流離立刻聽懂了錦姬想說什麼。「我再也不會打赤腳了，」流離說道。「鞋子大小正合適呢！」錦姬歡然笑道。

下著雪的遠路橫陳在流離面前。

路

流離那年冬天南下，越過瀋陽後，來到半島的南端大連，然後又繞過遼東灣，經過錦州、秦皇島、唐山後，越過海洋，進入天津。那是風雪交加的路程，流離的個子似乎越來越矮，手指和腳趾也被凍傷，頭髮則是蓬頭亂髮，發亮的只有眼神，更堅硬的只有腳後跟而已。嘲笑他「侏儒乞丐」的人，只要和他的眼神相遇，無不退讓三分。由於皺紋加添，有人覺得他是三十多歲、四十多歲，甚至有人認為他已經五十多歲，實際上，他只不過二十八歲，流轉的道路在流離的臉上抹去了實際年齡。如果有人問到身分，流離總是笑著回答道：

「我是流離，生在路上，流轉於路上，請不要問我故鄉事。」

也許載著紅色髮帶的敞篷卡車會經過這條路也未可知，無論去什麼地方，在路上總有無數流浪的人；有人被趕離自己的住地，有人被火人國的軍隊燒掉自己的家，還有人因為受不了軍閥和地方土豪的橫徵暴斂，帶著家小離開，也有人是因為選錯邊，失去了心愛的人以後，流浪於路上。那是一個無法守護自己家人和身家的世界，盜匪十分猖獗，餓死的孩子、站在路邊等著出賣自己肉體的女人也不計其數，其中當然有水路國的人。

流離曾遇見在慰安所裡九死一生逃出來的女人，說自己是慰安所逃出來的，那女人還是第一個。半島西邊位於海邊的小村落是女人的故鄉，她說在一年前出門摘野菜，卻和朋友一起被抓上火車。「我朋友中槍而死，」女人說道。她在附屬於被派遣到外圍的部隊裡的慰安所工作，接獲出發到南方命令的部隊長沒有餘力帶著慰安婦同行，那時在慰安所裡共有十七名女子，軍人將女人們拉到江邊即將斷裂的吊橋上。「他們說要嘛挨子彈，要嘛跳到江裡，要我們選擇其中一個，」女人一時間說不出話。有部分人中槍而死，一部分跳進無底的江裡而死，還有火人國軍人朝掉進江裡的女人掃射。「除了我以外，其餘十六人都死了。」成為遊民的女人用自己的身體換取大地國男人遞過來的一碗飯，得以延命。「我這個樣子怎麼回去故鄉呢？我想去更遠的地方。」她說要去大陸最南端，這女孩才剛滿二十歲。

還有一個一起在路上走了兩天的男人，出生於長春外圍的農村，他的籍貫雖是水路國，但父親當年越過國界，來到大地國，靠著開墾荒廢的田地過活，所以他的本鄉只能算是長春。但因出身是水路國，難免受到大地國人的蔑視；那個地區土豪的手下之一突然說父親開墾的荒地原是自己所有，要徵收佃租，父親向他抗議卻中槍身亡，這正是他與家人分離的開端。他的姊姊被賣給大地國的老地主作妾，母親則因心痛煎熬而自盡。「我雖然是大地國出身，但因為流著水路國的血液，變成沒有立足之地的身世。」男人以自嘲的表情嘻嘻笑道。

那個男人流浪的途中，聽到不少小道消息，還有關於慰安婦的。「聽說南邊的什麼地方有一個很奇怪的村落，」他看到流離關注慰安婦，所以告訴他說：「好像是在武夷山吧？反正火人國的傢伙，甚至國民軍或共產軍都未曾進入過的深山裡，有一個只有女人居住的村落，那些女人都是慰安所出身，聽說村落每到春天，四方都開滿桃花，就如同夢境一般，有人說那裡沒有疾病，人也不會老。」「你確定是武夷山嗎？」「我是那樣聽說的。」武夷山正是集朱子學之大成的朱熹先生教育後學而隱居過的名山，流離記得大伯廂房裡的屏風上畫有武夷山的四季，除了畫以外，屏風上還寫有朱熹的〈九曲棹歌〉，第一個小節如下：

武夷山中有仙靈，山下寒流曲曲清。欲識個中奇絕處，棹歌閑聽兩三聲。

馬上就要進入北京，春花已經開始競相開放，短暫開放的花朵攸關一年的農作成敗，所以每個花蕾似乎都盡全力綻放。流離以乞丐的模樣在北京各地轉悠，北京名副其實，歷經諸多朝代的興亡盛衰，可看、可感受的東西極多。長城上雜草橫生、曾經華麗的紫禁城高懸火人國的旗幟、皇帝和上天交感的天壇上卻躺著幾條懶洋洋地曬著太陽的老狗，流離就好像看著倒下的恐龍身影一般。然而就如同百花齊放一般，想要延續生命的爭吵聲充斥著每一條街道，也許火人國掀起的惡魔火焰從悠長的歷史來看，只不過是一時湧起、隨後消退的浪花而已。

尋找「天地馬戲團」並不是件難事，在垃圾隨風飛舞的外圍荒涼的空地上，天地馬戲團的帳篷被搭起。「昨天晚上我才夢到你從那裡走來，」黃錦姬就好像昨天也剛看過，今天又見到的人一樣嘻嘻地笑著。「我能不能當妳轉盤子的徒弟？」流離問道。「你的身體這樣，怎麼轉盤子啊？

你得先多吃東西，把自己養胖才行。」錦姬回答道，那時正是北京的公演即將結束之時。

流離剛開始照顧馬匹一陣子，後來開始在馬戲團門前將兩條腿伸到頭頂，身體用手掌撐著到處移動，扮演接待客人的小丑角色，直到夏天才以轉盤子的才藝和錦姬一起登上舞台。大家無不極力稱讚流離具有異常天分，因為他不過三個多月就已經能用雙手、雙腳和頭同時自由自在地旋轉盤子。

流離首次登台是在上海，天地馬戲團繼續南下，因為規模並不太大，與其說是馬戲團，倒不如說是戲班子。他們在夏天到達上海，如果要更往南走，就將踏上超過萬里的遠路。流離實際了解並經驗了錦姬說過因為在路上不斷流浪，所以喜歡馬戲團的話。而因為在揚塵的公演場陰涼處吃飯，更因和馬匹或猴子在庫房一起睡覺，所以即便在公演的時候，流離也感覺到自己經常在路上流轉。雖然有時因為一些小事和團員們有所摩擦，但大致上和同僚混在一起遊玩，感覺也甚好。

流離還曾與前來上海尋找馬戲團的禿頭見過面，他似乎是把粉伊和孩子安置在延吉，獨自一人來尋找「水路革命團」，解體的水路革命團的剩餘團員全都納編於武亭[1]將軍統領的「華北青年聯合會」。武亭將軍在大地國的共產軍裡最先創設砲兵部隊，並曾和毛主席一起展開大長征，是傳奇性的水路國出身將領。「我要去太行山，也許在那裡能見到武亭將軍也未可知。」太行山在華北地區，禿頭似乎因為能與武亭將軍見面的想像而極其興奮。

曾對火人國正式宣戰的水路國臨時政府當時已遷至重慶，但是仍有許多水路國人居住在上海，也有許多獨立運動團體的分支存在，在國民黨的支援之下，過著比較安穩的生活。雖有高喊獨立的人士，但也有強烈批判他們是「封建領袖」或「民族法西斯分子」的熱血青年，這些青年對於遷徙至內陸的臨時政府也極度不滿，他們嚮往的地方是是一般共產黨八路軍的主流駐屯的華北地區，禿頭敬仰不已的武亭將軍據說也是身處該地。

天地馬戲團即將從上海進入南京。

在上海這樣的大城市，以天地馬戲團的規模和水準是無法吸引觀眾的，肚子圓滾滾的大肚子團長和錦姬一樣，都是延邊出身，雖有些滑頭但不是壞人。「等錢再多賺一些，我就會帶你們去火人國本土，我要對他們說，你們知道馬戲團嗎？所以你們休息的時候也要不斷地練習，一定要成為世界第一的馬戲團，我們團的名字不就是天地嗎？天下第一的馬戲團。」大肚子團長豪氣干雲地說道，他原本是在馬戲團裡騎馬表演才藝出身。

與他的豪氣不同，大肚子似乎對於賺錢不太在行，在南京的時候，因為沒有租借空地的租金，他曾在地主面前下跪，磕頭拜託地主先將空地租給他，在成功表演後，以後付的方式償還。團員們也常常餓肚子，「多喝水，胃腸萎縮黏在一起就糟了；有水喝就能活下去，沒看到井裡都被屍體填滿了嗎？再忍耐一下，明年我一定帶你們去火人國本土，讓他們瞧瞧我們馬戲團的本領。」

---

1 武亭（1904-1952），北韓軍事將領、政治人物。曾任八路軍炮兵團團長，創建朝鮮義勇軍，並於韓戰中擔任朝鮮人民軍第二軍軍長。

面對著沒飯吃而登上舞台的團員，大肚子即便是用瓢子舀水給他們喝也不忘吹牛，然而之所以不曾頂撞過大肚子，是因為大家都知道團員們餓一頓飯的時候，大肚子自己餓兩頓飯所致，大肚子正是那樣的人。

「你真是天才。」錦姬說道。流離才藝中的壓軸戲是用舌頭轉盤子，流離瞞著錦姬持續練習，並且獲得成功。第一次向觀眾展示用雙手、雙腳甚至舌頭轉盤子的才藝是在南京公演的時候，觀眾們一致歡呼，這個技藝是從來沒有人試過的絕技，在其他的馬戲團也沒看過。就算說觀眾有一半是為了看流離用舌頭轉盤子而來的也不為過，他瞬間成為天地馬戲團的寶貝。

舌頭是肌肉塊，根部附著於舌骨，末尾可以自由自在地出入於內、外，長度通常只有十公分左右，但流離的舌頭卻長達二十公分以上，極為細長，因為將舌頭控制為寬坦的垂直筋和控制窄長的橫向筋特別發達之故。如果施力於橫向筋，舌頭經由強烈的收縮變窄，可輕易向前吐出，就好像箭頭的末端緩慢地向空中伸出一般。而即便吐出來的舌頭如何細長，用來旋轉盤子自然有其限制，所以流離研究並使用吐出來的舌頭末端尖頂模樣的部位，用該部位來旋轉盤子。旋轉盤子的時候，靠著比較近的人可以觀察到流離的舌頭就如同麻花一般扭動，實在是令人敬畏的技藝。

「我愛你，真的！」第一次用舌頭旋轉盤子的那天，大肚子用激動的神情抱緊流離說道。

南京之後的公演場地決定為福州，那是因為擁有數艘漁船的大肚子的朋友願意提供一切協助，所以才做出如此的決定。在該地的公演結束之後，天地馬戲團又將踏上遙遠的北行之路。在福州的海邊，如果遇上天氣好的時候，可以隱約看到太平洋中間的一個島嶼。因為和巨大的海洋相對，流離把那座島嶼叫做風流島，而人們將該島嶼稱為台灣或蘊含有美麗島嶼之意的「福爾摩沙」，如同水路國一樣，火人國在該地另設有總督府，支配該座島嶼。

某天公演結束後，一位老紳士進來休息室找流離。「看到你轉盤子，我都流眼淚了。」老紳士邊說道，邊從包裡拿出一個用報紙捲著的東西送給流離，「我去了廣東佛山，朋友送給我的。」數年前，臨時政府曾短暫停留的地方正是佛山。「這是什麼？」流離問道。「你打開看看，」老紳士莞爾一笑。令人驚訝的是，裡面是乾透的黃花魚——在大地國未曾見到的魚。

流離回想起當季的時候，母親會買回黃花魚，晾在籬笆上面。「大蟒蛇會把黃花魚叼走，你得看好啊。」母親曾如此說道。黃花魚的尾巴最美味，擺上飯桌的黃花魚會分成三等分，身體給父親，尾巴給流離，沒有什麼肉的魚頭則由母親處理，流離家的飯桌上最華麗的菜肴正是黃花魚。「這個怎麼會……」流離胸口一緊說不出話來。帥氣的老紳士輕輕拍著流離的肩膀，「因為也有我們水路國的人住在這，這裡的人把乾黃花魚叫做『屈非』，意思是不屈，因為乾黃花魚不但不彎曲，更不會折斷。世界上把黃花魚風乾而食的民族大概只有我們水路國而已，也可以解釋為不屈的民族，但是你真是彎曲得太精采了，我算是服了你了。」老紳士扶正眼鏡走了出去。流離揮淚拿著乾黃花魚，並追上前去問道，「您是……？」「我是趙素昂[2]，如果你有事來臨時政府，

---

2 趙素昂（1887-1958），又名鏞殷。一九一三年流亡上海，與申圭植、朴殷植等創博達學院，訓練革命青年，為獨立運動領袖之一。曾任大韓民國臨時政府外交部長，光復後曾任國會議員。

就來找我吧！」老紳士和在外面等待的青年一起消失在流蘇樹林的彼端。當時流離並不知道趙素昂就是擔任臨時政府外務大臣，並寫下向火人國宣戰書和光復軍文告的人。

他們有時還必須不拿一分錢，只為火人國軍人公演，那是在下達總動員令的狀態，軍部擁有可以動員一切的權利，公演場地裡擠滿火人國軍人，其中夾雜有水路國的青年，還有滿洲國和大地國的青年。身分雖是軍人，但他們的模樣與難民無異，有一些沒東西吃、瘦如槁木的軍人，還有許多一瘸一拐或纏著沾血繃帶的軍人。當時還傳來火人國軍人在與太平洋鄰接的南方某處公然地吃人肉的消息。「投靠錯頭頂的這些傢伙也真是可憐。」大肚子歎息道，他說的頭頂就是最上級的軍部內閣和火人國的天皇。

流離他們還經常為行軍中的國民軍或共產軍即席表演，有時雖然能拿到一些錢，但大部分是只能吃上一頓飯的金額。這兩個政派表面上雖說合作，但依然在處處發生衝突，合作只不過是名分而已。大地國的人民被火人國軍隊燒殺擄掠還不夠，每天更被自己國家的相異政黨之間互踢皮球。馬戲團受厚道的地主邀請是最好的了，那樣的日子不但可以吃飽，還能在溫暖的房間裡睡個好覺。當然有時錢和食糧會被搶奪，最壞的情況是被強盜或生性惡劣的地頭蛇盯上，有時候還靠流離出面以諂媚的話語和用舌頭旋轉盤子的華麗技巧度過難關。

「我真的不能理解的是，我們的國家這麼大，為什麼會被他們這個小小的島國吞掉？」錦姬在與共產軍交錯過後說道，「是不是國民軍和共產軍分裂才演變成這樣？」「不，」流離搖搖頭，「你們國家的人民太愚蠢才會這樣，我們水路國也是一樣，因為愚蠢到對惡劣的支配者長久寬容才會這樣。」「這是什麼意思？」「你們國家的孫文不是說過嗎？民族、民權、民生主義。」「這我更聽不懂了！」「第一是自己的國家應該由自己的民族治理，第二是所有的權力是由人民而來，第三是人民應該吃得好、活得好，唯有如此，才能稱得上是一個真正的國家。可是治理你們國家或治理我們國家的人根本不在乎這個，只想填滿自己的欲望，而愚蠢的人民只能眼睜睜地看著他們胡來，所以怎麼不會被島國侵吞？」「所以我用一條腿和兩隻手旋轉的碟子放上那三個什麼民的東西旋轉的話，就能變成好的國家，是嗎？」「對！」流離和錦姬相視而笑。

錦姬和流離偶爾在馬廄或野外的田野上做愛，他們脫光衣服、緊緊相擁的時候，馬匹們都會嘶叫或偷偷地走過來用舌頭舔他倆的裸體，那時，她總會哧哧地笑著，並在他的懷裡像魚一樣擺動身體。錦姬只有一條腿不方便，肉體卻是相當豐滿，正同她很早以前說過的，她把流離放在自己的身體上，就像轉盤子似的，可以隨心所欲地旋轉。流離感覺自己成為她的盤子，有時還會頭暈。「我是妳的盤子，」流離說道。「對，你是我的盤子！」錦姬唱和地回道。

兩人當中，錦姬用情更深，她自己也說過，「比起你喜歡我的程度，我喜歡你的程度更深。」「我不知道，我雖然不認為愛情能像身高一樣測量高或矮，但如果妳這樣認為，那就是了吧！」流離點點頭。「你跟其他男人不同。」「什麼不同？」「你就像詩人一樣，有時看你的眼睛，就好像遠方的星星一樣。」「遠方的星星，那不就抓不到了嗎？」「所以我有時覺得悲傷，以前和男人睡覺就像是轉一陣子盤子一樣。」「可是呢？」「因為你，我知道了不只是轉盤子而已。」流離知道團員中有幾個男人和她睡過，但自從遇見流離以後，她再也沒接受過別的男人；別的男人看來也能理解並接受她的變化。「我們錦姬真正開始戀愛了，」大肚子說道。大肚子是否也曾和她睡過則不得而知，流離對此也並不好奇，當然也從未要求她和別的男人中止關係。

大家都是在路上流浪的人，流離雖然比錦姬認為的程度更深愛她，但他不認為自己有以愛情為名目獨占她的權利，流離認為獨占的概念反而極有可能毀損本質，但他也不想跟她說她可以和別的男人做愛，因為那完全是她的選擇和權利，流離相信即便錦姬和別的男人做愛，也絲毫不會動搖自己對她的本心。

同僚中有一個在重要的節目中間上台串場，讓觀眾大笑後退場的駝背，他扮演小丑，小丑駝背還負責管理猴子，他是從西域的盡頭穿越沙漠而來的。「我不畏懼沙漠，可是最害怕餓肚子。」駝背把大肚子當作上帝一樣，因為雖然有時還是會餓肚子，但餵飽他的畢竟還是大肚子。

猴子有兩隻，一隻已經年老，另一隻還甚年幼，年幼的猴子十分調皮，常常跟在眾人後面，牠尤其喜歡流離，比起和管理自己的駝背在一起的時間，待在流離身邊的時間更長。「牠就交給你負責吧！」駝背甚至覺得厭煩。流離把這隻年幼的猴子取名為「素狐狸」，意思是希望牠像潔白而不矯飾的狐狸一樣，流離憶及在圖們江畔分手的銀狐，故取此名。流離無論在哪裡，只要一呼喊「素狐狸」，年幼的猴子就會飛快地跑過來，跳上流離的肩膀。「你是我的守護天使——銀狐，」流離說道。「不，我是猴子，你怎麼會叫我狐狸？真是太傷我的自尊心了。」年幼的猴子就好像如此說地噘起嘴唇，並用前腿敲流離的腦袋。

一天晚上，流離和錦姬光著身子躺在江邊樹下的草地上，那是個月光皎潔的夜晚。「你把舌頭伸到我的喉嚨裡，」錦姬要求道。「你會沒辦法呼吸的。」流離將舌頭伸進她的嘴裡，他可以清晰地感覺到自己的舌頭滑進錦姬喉嚨的內側，就在她無法呼吸，拍打流離的肩膀時，小丑駝背突然出現，跌坐在兩人中間，渾身滿是酒味。「我也想加入你們！」這是駝背的第一句話，流離不知道那是什麼意思，所以靜靜地坐著，錦姬沒想要掩飾自己的身體，尖聲大叫：「你瘋了？」月光照耀著她光滑的乳房。「我恨你，你這個侏儒崽子！」駝背接下來的話分明是對著流離說的，「自從你來了以後，我連一次都沒抱過錦姬，我並不想獨占，我只是想加入你們，以前我也曾經有機會的。」駝背的眼角閃著淚光，他主張自己也擁有原始的權利，流離覺得以駝背的立場而言，他只是敘述了充分可以表達的話，所以點點頭說道：「如果你想加入，我沒問題。」並想附加說明「如果錦姬願意」，但在流離說出附帶的下半句話之前，錦姬突然狠狠地打了流離一巴掌，「狗崽子！你比猴子還不如！」她脫口而出。

那天以後，錦姬有好一陣子不跟流離說話，連看都不看他一眼，在某個村子公演的時候，甚至盤子還掉了好幾次，小丑駝背的興致也不如從前。

大肚子團長看出他們之間似乎發生了什麼事，於是叫了三人來。首先如實以告的人是心軟的駝背，自始至終稟告以後，駝背哭著說道：「我錯了，團長，再也不會發生這種事了！」可是大肚子首先踢向流離，「你這個混蛋！」大肚子氣喘吁吁地喊道，「我看你可憐才收留你，你原來是這種混蛋！」錦姬跑了出去，流離卻呆呆地坐著。「你怎麼會這麼不了解女人的心？」大肚子喃喃自語道。這話對流離來說絕非無法理解，但他絲毫沒有想要接受的念頭。

流離覺得人們具有將愛情視為固有觀念和偏見的惡劣屬性，肉體反而只不過是表象而已，他認為把肉體的獨占視為愛情的標誌只不過是那些不具有定性的人的藉口，也是在該名目下，將愛情整個交付出去的不負責任的習慣。流離認為真正的愛情並非肉體，而是在靈魂裡建造一個堅固的房子，因之在自己的心裡已經有了一個名為錦姬的家。肉體不正如浮萍？相信漂浮的肉體只不過是傻瓜的行為，在流離的心裡建造的名為錦姬的家已經無比堅固地存在，但世人並無法知悉，對此，流離覺得十分悲傷。

隔天起，再也見不到駝背，應該是他自己離開了，流離覺得心痛不已，他覺得應該離開的人並非唯一畏懼飢餓的駝背，而是他自己，因為名為錦姬的房子已然進入他的內心，而且他相信堅強的自己就算挨幾天餓也不會卑屈。

曾有一次和錦姬並肩坐在江邊。「我希望辭掉馬戲團的工作，」錦姬突然說道。那時正是日落時分，因為無法獲得故障卡車的零件，馬戲團已經被困在杭州外圍兩天了。「你不是說自己喜歡馬戲團的工作嗎？」流離反問道。「以前是的，」她欲言又止，風中傳來高大的蘆葦彼此摩擦的聲音，「我也不知道，自從跟你在一起以後，身高好像越來越高，那種感情的身高。怎麼說呢？我已經厭煩了流浪的生活，這種表演工作要做到什麼時候呢？」「你想定居下來啊？」「也許吧，大概有一個女人進入了我的心裡，定居下來，為男人燒飯、生孩子、換尿布……」頓時氣氛為之凝結，就如同斷掉的橋一般不自然的沉默流瀉其中，飛往溫暖南方的候鳥列成橫隊，在霞光中飛行；流離感覺到彼時從自己的內心深處有一些如同線頭的東西為之斷裂，那是到了離開馬戲團的時候的強烈信號。他完全不能同意將黃鶯殺死之後製作成標本就是愛情表現的想法，他也不想再回去間島。天地馬戲團此刻起將只會北上，回到延吉過冬，流離覺得自己的橫膈膜內側無比疼痛。

火人國軍隊當時正揮軍南下，席捲整個中南半島，戰線日益擴大，和火人國締結同盟關係的納粹軍隊正東進至亞洲北部大陸，而火人國就好像想與其攜手似地繼續西進和南進，其戰線最終延伸至太平洋。聯合軍接連敗北的消息持續傳來，連美國也無法施展力量，許多人都說所謂大東亞共榮圈的建設即將實現。大東亞共榮圈的主旨是將水路國、大地國，甚至中南半島都納入一個全新的秩序，建設成巨大的陣營，驅逐西歐勢力，成就亞洲政治經濟的安定，但那只不過是包藏帝國主義禍心的政治騙術而已。戰爭的災難無比殘酷，到處充斥著無辜老百姓的屍體，流浪的人群超過數億，被火魔焚毀的家屋、村落不計其數，大東亞共榮圈正是野蠻猖狂的又一個名字。

即便要離開，也應該告知大肚子團長才是個道理，大肚子立刻理解了流離的來意。「以馬戲團的立場而言，雖然很需要你的才藝，但我不強留你。錦姬從小是我抱著養大的，自從和你在一起之後，就好像作了一場對彼此都沒有好處的夢，靈魂都被奪走了。你要離開，我只有一個條件，就是絕對不能告訴她你要離開的事實，今晚她睡著以後，你就靜悄悄地離開吧！」大肚子團長將一些盤纏塞進流離的褲腰裡，無語地背過身坐下。

一彎明月升起的秋夜，同僚都已睡熟，進來馬戲團的時候是空著手，離開的時候自然也沒有什麼要帶走的，流離背著一個快要磨破的背囊，離開了馬戲團的駐地，錦姬正熟睡著。此處距杭州不遠，由於擁有景色優美的西湖，杭州自很久以前就培養出許多文人墨客，這裡也是臨時政府離開上海後，第二個停留的地方。流離曾聽聞火人國的軍隊突然來到的時候，金九先生[3]經由地下通道逃往西湖，乘船而去。路，無論在何處，都會有路相連，沒有什麼可擔憂的，也毫無畏懼；流離打算先前往杭州，在西湖周邊溜達後再決定前往何處。

流離背對著月光行走，卻總是感覺到後方有什麼聲響，轉頭一看，只有月光而已，但他總是覺得好像有人一直跟著他一樣。是年幼的素狐狸，流離走了兩、三個小時以後，和不知不覺走在前方的素狐狸相遇，他不自覺地歎了一口氣，「回去吧，這不是可以帶著你一起行走的旅程。」聽完流離的話以後，素狐狸搖頭說道：「我看你的背影太過寂寞，所以跟來，比起你自己一個人，兩個人一起走會好一些，路，也是要兩個人一起走才會更美。」杭州的燈火驟然進入眼簾。

遇見「疙瘩」管家正是在那個地方——杭州。

來到杭州一週後，流離行經西湖邊上的一個混雜的市場街巷，突然有人抓住他的袖子，那是一個長著暴牙的中年男人，流離想不起來他是誰。「不認識我嗎？少爺？」如果是使用少爺稱呼的人，那一定是知道流離曾有一段時間是子爵大人養子的人，離開已十餘年的雲至山風景飛快地從流離眼前掠過。「哎呀，我是曾經服侍過子爵的暴牙光弼。」如同父親手足的疙瘩管家經常帶著五、六個力氣極大的手下，光弼正是其中一人；流離回想起在殺死父親之後，為了逃亡，曾想搭乘火車的時候，在火車站看到和巡警站在一起的疙瘩管家，那時緊緊跟隨在「疙瘩」身邊的手下正是暴牙。

更令流離驚訝的是暴牙和「疙瘩」在一起的事實，疙瘩在市場裡領著一批挑夫，並以此維生；

如果是在殺死父親後逃亡的路上相遇，必然是拚個你死我活的局面，但在異域萬里之外相遇，兩人都不由得伸出手來。在後巷的酒店裡喝著酒的疙瘩臉上已然泛紅，「真沒想到會在這裡見到少爺。」疙瘩一陣激動，眼眶紅潤。他說在流離離開的兩年後，他去了間島，來到本土是在六年前，經由上海來到杭州，當了挑夫們的大哥則是在四年多以前。

「現在在這裡沒人敢動我！」疙瘩拍著自己的胸脯吹牛道。「我對少爺哪有什麼成見？那時我是必須服侍子爵的立場，現在想來，子爵也真是可惡，」疙瘩斟著酒說道。素狐狸無力地趴在桌子底下。「你不要叫我少爺，叫我流離吧！對我也不要說敬語了。」「流離……來到大地國以後，取了新的名字？我也一樣。」「為什麼會來到這裡？」「唉，別說了，要想說盡這些年發生的事，只怕徹夜都說不完，我們拋開以前的嫌隙，今天就和我喝個大醉吧！」勞苦自是難免，但疙瘩的模樣依舊十分健康。

流離雖認為疙瘩就是地痞的頭目，但他說自己是「組合長」，他把市場裡所有挑行李或拉板車的人都吸收為自己的手下，據說是得到商人聯合會的同意。工人裡雖有水路國人，但也有大地國人或從中南半島北上的民伕。他們不但挑行李，還負責市場裡垃圾的清理、打掃和簡單的修理

---

3 金九（1876-1949），韓國獨立運動家、領導人。中國對日抗戰期間，其領導的大韓民國臨時政府亦遷重慶。被尊為韓國國父。

等，據說都是由疙瘩管理，手下多達兩百多人，收入應該也不少。「大致上區分的話，我是做七個等分的生意，」疙瘩說道。「七個等分？」「商人聯合會是為其一，火人國軍隊駐屯軍其二，駐在所其三，國民軍政府的當地官吏其四，共產黨支部其五，我們臨時政府其六，我是第七。收入分成七等分，我只占其中的七分之一，要養手下，並且維持這個位置。臨時政府是我出於道義，在別人不知曉的情況下分給他們，其餘的都是為了生存下去不得不奉獻給他們，正確地說，就是七個等分。」「要分給那麼多的地方嗎？」「大致上來說是這樣，實際上更多，子爵只需奉獻給總督府就能萬事亨通，但這裡的情況完全不同，只要疏忽任何一處，生意立刻就會泡湯，你不知道有多少人覬覦這張餅，天地之間都是盜匪啊！」

那時暴牙渾身是血地走進酒店，他說是起因於不是組合成員的人想要搶走貨品，為了阻止，和他們發生衝突。原先以為只有一人，打起來以後，從各個巷子裡衝出許多同夥，暴牙自然寡不敵眾，他們是從中南半島逃出來的難民組織。「這些狗崽子是故意想惹事而設下陷阱，從上週起已經發生第三次了，他們的背後好像有什麼靠山，這個靠山是誰還沒查清楚。」聽完說明後，疙瘩抄起木棒走了出去。

酒店外面有幾個暴牙帶領的挑夫正等待疙瘩的吩咐。「你們這群沒有用的傢伙啊，竟然打不過他們幾個？」疙瘩開始用木棒殘酷地毆打他們，好像瘋了似地。瞬時間，有好幾個挑夫的手斷了，臉被打裂，或者頭被打破，渾身是血，沒有任何人反抗，所有人都跪著承受疙瘩的無情暴力。「大家都站起來！」疙瘩大聲喊道，「我沒打過你們，我為什麼要打我們自家人？我的話，對嗎？」

沒有任何一個人敢頂嘴。「被他們那些狗崽子打成這樣的人為什麼要來找我？你們應該去駐在所，快去，兔崽子們！幾個去駐在所，幾個人去國民黨部，去哭，去大喊！大聲說雖然是戰爭期間，但怎麼會發生這麼無視於法律的事情？」流離這才看穿疙瘩的意圖，他想把事情鬧大，借用駐在所或官吏的力量解決問題。送走了這些渾身是血的手下之後，疙瘩開始到處打電話，向駐在所等主要機關說明自己所受到的委屈。「馬上就能知道這些狗崽子背後的靠山是誰了。」疙瘩微微一笑，完全是極其老練的手法。

夜深，又是漫長的一日，疙瘩把自己居住房子的門房讓給流離。「想住多久就住多久，我身邊都是一群蠢豬，像你這樣肚子裡有墨水的人在我身邊，我也安心。」疙瘩拍拍流離的背，「你有很多事情想問我吧？」疙瘩悄悄地觀察流離的神情，流離靜止不動，雖然有很多想知道的事，但不知道應不應該問。畢竟是自己把父親殺了以後逃離的故鄉，他殺死了父親，再也不能回去，不問故鄉事的原因正就在此。「倒也是，歲月無論過了多久，你的心裡怎麼會毫無感覺？」疙瘩終於說到要害，流離鮮明地憶及中槍後的父親跌入蓮花池那一瞬間的霞光。「我永遠是屬於子爵那一邊，那時候也是，我一直想跟隨他。」疙瘩的眼睛變細，流離也回憶起十數年前歲月的過往，父親倒下後，最後眼神交會的是與推開廚房的門大聲尖叫的那個女人——百合。

「我從來沒見過像她一樣惡毒的人」，終於說到百合。父親死後，疙瘩說自己想盡全力維持父親的財產，但是因肺病隨時吐血的子爵獨生子，也就是流離的堂兄死亡之後，情況為之丕變。百合與郡守終於露出了真面目，曾為內地人的郡守和他帶來家裡的百合似乎不是單純的叔侄關係。「大少爺死後，從火人國來的那個年輕的賤貨開始以子爵的未亡人自居，奪取家裡的財產，有郡守當她的靠山，駐在所長、總督府相關人士都站在他們那一邊。」郡守後來公然地超越靠山的程度，成為掠奪的主體，與強盜並無二致。所有劇本極有可能都是郡守事先寫好的，「他們甚至後來還開始一起睡在子爵大人的內室裡，收穫的果實都已經成熟了，當然可以睡在一起了。」「這對該死的狗男女，當初就是按照劇本進到那個家的，我們子爵大人連這個都不知道，還把她迎進門裡，我相信子爵大人在九泉之下也不會瞑目的。」氣憤不已的疙瘩頸部血管似乎都要爆開。

流離感覺到疼痛，緊緊地抓住胸口。

那種痛楚就如同長久堆積的高塔在瞬間坍塌一般，有一些記憶是不會隨著歲月而流逝的，中槍之後，揪住自己胸口，靠在亭子梁柱旁的父親模樣是如此，第一次見到的百合模樣亦如是。耀眼的秋天陽光、盛開的菊花、摘下帽子的纖白玉指、如箭般飛奔過來的小狗和飄揚的裙襬之間露出的白皙小腿，還有她蹲將下來向小狗招手的時候，如同幻聽一般傳來的她的聲音，「小傢伙，過來！」等盡皆如此。流離當時是多麼想向著她的指尖飛奔而去，這是滿洲事變發生的當年，十七歲的流離永遠無法忘懷的記憶。

疙瘩雖然向郡廳、道廳、總督府等各機關陳情，但完全沒有任何效用，得到的答案都是沒有兒子的遺產由未亡人繼承是合法的，火人國出身的郡守用大筆金錢進行賄賂，結果自然是可想而知。郡守和百合將父親紡織工廠的部分股票和將稻米運往本土的商船奉獻給總督府，代之以占據為數眾多的田地。郡守和百合同房共寢之後，再也無法忍受憤懣的疙瘩和手下意圖暗殺郡守，但郡守豈是如此容易對付的，他們當中有人被埋伏的巡警開槍擊中，有人被捕，活著逃出來的人只有疙瘩和暴牙。

流離在疙瘩的家裡停留了一季，這期間，流離幫忙將市場挑夫的組合改編為現代化的組織，例如流離起草了讓挑夫平均分配工資的規定，他也與其他市場的挑夫聯合，創造出官吏或駐在所無法隨意橫行霸道的框架。疙瘩一派雖處於隨時隨刻都必須鬥毆的情況，但流離為了讓他們成為較安定的組織，動了不少腦筋。

流離也曾與駐在所長和憲兵隊長直接見面，疙瘩低著頭跟在穿著很體面的流離身後，疙瘩介紹流離是水路國的某位「子爵大人的兒子」，流離熟知幾位子爵的名字及其家世，並且也知道水路國總督府高級官吏或駐屯於滿洲的關東軍將軍的名字。因為處於戰爭期間，派遣到遙遠異域官員的情報遠不如流離，例如流離動不動就以「阪本少將」、「外務部水野局長」此類的話作為開頭，用這樣的方式抬出高階人士名字的話，當地的官吏連阪本少將或水野局長是否存在也不加求證，就連忙點頭稱是。「水野局長來水路國的話，都會在我家的廂房住上幾天，他的酒量真好啊！」流離曾以極為流利的火人國話說道。

流離也因此能在一季當中充分地吃好、休息好。臨時政府[4]從上海遷移至此是在尹奉吉義士

4 簡稱「臨府」，一九一九年於上海法租界成立，先後遷移至杭州、鎮江、南京、長沙、廣州、柳州、綦江、重慶。

偽裝成菜商，在慶祝火人國王生日的當日引燃炸藥，將白川大將等人炸死之後。流離以曾作為臨時政府的建築為起點，每天走西湖周圍兩圈，這段路長達十五公里，有時流離還走上三圈，有年幼的猴子素狐狸同行，流離自然不覺得寂寞，素狐狸的氣色清朗，這段時間可以說是幸福的休眠時期。

當地人把無論颳風下雨都和猴子一起每天行走於西湖外圍的矮小流離叫做「侏儒壯士」，這裡有蘇東坡構築的蘇堤，也有白居易構築的白堤，流離最喜歡水氣升起時的西湖，湖面平靜，被霧氣遮住山腰的南屏山頂就像似漂浮在西湖上一樣；湖邊的冬季候鳥經常唧唧喳喳，以極低的聲音吟詩。「你懂詩嗎？」流離常常向坐在他肩膀上的素狐狸問道。「你想說這個西湖就是詩吧？」素狐狸故意裝懂。流離好像每天都能聽到絕世美女西施的各種傳說，以及蘇東坡、白居易等文人的聲音，在船上喝了一杯酒的蘇東坡曾歌吟〈飲湖上初晴後雨〉：

水光瀲灩晴方好，山色空濛雨亦奇，欲把西湖比西子，淡妝濃抹總相宜。

從疙瘩處聽到那個消息是在春天即將到來之時。「黑頭巾這次在我們杭州舉事了！」疙瘩說道。「黑頭巾？」流離反問。「哦！侏儒壯士也有不知道的事情？大概是上個月吧，在上海砍掉作惡多端的駐在所長的腦袋那批人，他們戴著黑色的面紗行動，來無影去無蹤。」他們這次殺死的人是在杭州一帶享盡權勢的當地軍閥組織的繼承人，「那是個腳踏兩條船的人，杭州人都知道這個事實，他過去雖然一直假裝是國民黨的人，事實上卻拉著共產黨的手，據說他還積極支持王明。」流離也曾聽過王明這個名字，他和陳紹禹等人都是共產黨內正統馬克思主義的代表人物，亦即所謂的蘇聯派。

當時正是國、共兩黨對外宣稱進行合作、聯合抗日，但私底下卻是黨派之間爭奪霸權極為熾烈的時期，這不僅是國、共兩黨之間的霸權鬥爭，在同一黨裡的內部鬥爭也相當激烈。在蔣介石的國民黨裡，具有實力的軍閥之間矛盾極深，而在毛澤東的共產黨裡，所謂蘇聯派和國內派的糾葛也極為嚴重，彼時共產黨的勢力正逐漸壯大至可與國民黨抗衡。

毛澤東在該時期陸續發表各種關於革命理念的著作，他認為為完成粉碎帝國主義的革命，非常需要符合大地國特別的情況和固有精神文化傳統的戰略戰術。他曾說「應將馬克思主義的普遍真理和中國革命的具體實踐完全統一」，言下之意儼然是應將「列寧主義」轉換為「毛澤東主義」一般。

被稱為共產黨內部權力鬥爭的「整風運動」其實是國內派、蘇聯派之間的內部鬥爭引發的必然產物。蘇聯派當時徹底地遵從國際共產黨聯合體——第三國際的列寧主義，連細部的命令都必須由蘇聯下達，黨員的基礎教育使用的教材都由列寧或史達林的書充當。國內派批判蘇聯派「卑鄙」，他們反對主觀主義以整頓學風，反對宗派主義以整頓黨風，反對黨八股以整頓文風，並認為不這樣做的話，革命無法完成。正好當時第三國際即將解體的消息在知識分子之間流傳，因之判斷蘇聯派遲早會走上衰敗道路的可能性極大。

「那些戴著面紗的人是屬於哪裡的團體？」流離問道。「誰知道呢？」疙瘩搖著頭，聽說黑頭巾首次出現是在去年秋初的南京，蘇聯派第三國際政治局委員中的一人在白天被暗殺，下一事件則發生在上海，這次是第三次了。「他們似乎是祕密暗殺團體，所屬則無人知曉，可是這類暗殺組織又豈只有一、兩個呢？」火人國、國民黨或共產黨內部依據政派的不同，為數眾多的組織都在暗中活動，再加上擁有殖民地的西歐列強的多樣情報網，以及像流離一樣離開故鄉的數十、數百個祕密敢死隊，水路國人的獨立團體就多達數十個。「只是廣泛流傳他們戴著黑頭巾、神出鬼沒的消息，若說是暗殺團體的話，那真超過幾百個。說難聽一點，如果有人給我一大筆錢，要我去殺掉某人的話，我還真不知道該不該拒絕。這年頭人的性命還比不上蒼蠅呢，國家不也是不分青紅皂白，帶頭殺掉數十人、數千人嗎？」疙瘩咋舌道。

因為那句戴著黑面紗的話，流離自然想起乞食，乞食大哥是否還活著呢？流離立刻搖頭，火人國的軍隊大肆動員，展開封鎖所有出口的三光作戰，這還不夠，還將整個洞窟完全爆破，實在很難令人想像會有人活著逃出來。而且戴著黑面紗是任誰都能輕易想出來的事情，也許是有組織偶然聽到滿洲的黑頭團傳聞而刻意模仿也未可知，但是疙瘩的下一句話令流離緊張不已。

「聽說他們使用的武器不是槍，屍體上插著針，這是直接從駐在所長那裡聽到的，」疙瘩說道。「針？」流離的聲音不由提高。「大概是毒針吧？他們是從屋頂上滲透的，先躲在屋頂上，然後進來向睡著的人發射毒針。」穿過換氣孔，進入屋頂的方法也是流離乞食團經常使用的侵入路徑，在屋頂上往房裡吹毒針的方式。

「鮫鱇弓」是乞食研發的武器，名字也是乞食取的，原理是將數支沾著毒液的細針塞在狹窄的竹筒裡，用力吹出毒針，以之取人性命。為了射出毒針，必須最大程度地吸氣，因此會像鮫鱇的嘴一樣，雙頰隆隆鼓起，所以叫做「鮫鱇弓」。距離近的地方，特別是在上方攻擊的時候，是相當致命的攻擊方式，甚至還曾發生過毒針插入筋肉或血管裡，因而找不到殺人工具的情況。「在上海似乎也使用過那個手法，據說就像鬼神一樣。」與黑面紗不同，「鮫鱇弓」並不是輕易可研發出的殺人工具，流離的心裡為之沸騰。

繞著西湖轉兩圈後，夜幕降臨，似乎即將下雨，事情發生在從蘇堤出來之時。一輛駐在所的車擋住流離的去路，三名健壯的便衣大漢圍住流離。「您是杉山子爵大人的公子吧？」其中一個男子問道。流離一時想不起杉山是何許人也，疙瘩介紹自己的時候，經常說自己是某某子爵的兒子，流離也隨口接續說明，但在何時、對誰說過這個名字，流離則無法想起。正在支吾之時，男子們迅速將流離推進車裡。「哦，素狐狸！」流離不由得大聲叫喚，年幼的猴子素狐狸拚死命地在車後追趕。

審訊室即為拷問室，各種拷問刑具兼備，大漢們不分青紅皀白地將流離的雙手捆綁起來，懸吊在半空中。流離無法聯絡疙瘩，過了一會，一位戴著玳瑁框眼鏡的中年男子走了進來，「你原來的名字是什麼？」「流離！」「不是那個，是你真正的水路國的名字。」「我叫流離！」披著皮夾克的另一位男子好像已經等待多時似的，用力鞭打流離的背部，痛楚直徹心扉。「你叫什麼名字？」「眼鏡仔」再次問道。「流……流離！」流離呻吟著再次答道，無情的皮鞭又再次揮來，流離的衣服破裂、皮開肉綻，並且流出血來。「你本來的名字？」眼鏡仔的語調沒有變化。「流……流離！」雖然知道這不是他們要的答案，但實在是想不起別的名字，流離只是流離。

「我說我叫流離！」這次輪到棒子，「皮夾克」揮動的棒子無情地亂打在皮開肉綻的部位。「你這傢伙找死嗎？」眼鏡仔說道，他不知是否因為過度疲倦，呵欠連連。拿著棒子的皮夾克從眾多拷問工具中，找出一支尾端尖銳的鉗子走近流離，流離的手腕已經被牢牢地捆綁住。「先修理他的手吧！」眼鏡仔說道。皮夾克以熟練的手法將鉗子的末端刺進流離中指的指甲裡，似乎是想把指甲直接拔下來。「慢慢拔，看看這傢伙多有耐性。」眼鏡仔拔出鼻毛，用嘴吹走後說道。

流離閉上眼睛，他感受到指甲慢慢地從手指上拔出來，「啊！」流離忍受不住而大叫，不只是指甲部位的劇痛，那是一種全身的皮肉被削下來的極度痛楚，流離頓時昏了過去。

一桶涼水潑在流離的臉上，他十分艱辛地轉醒，實在不知道究竟是怎麼回事。「我……我叫流離！」流離大喊。「無論是誰，絕對無法超過五根手指。」眼鏡仔呵呵笑著，皮夾克的臉孔沒有任何表情，也不說一句話。「下一個順序就是用電流在拔掉指甲的地方燒燙，那是他最喜歡的拷問方式，到了那一步，你這狗崽子就算活下來也會變成廢人一個，你還是快點說實話吧！你知道楊允瑞子爵大人吧？」從眼鏡仔的嘴裡說出一個具體的名字，這個名字雖陌生卻又十分耳熟。楊允瑞，流離在嘴裡喃喃自語；在春陽亭以拋物線的姿態跌進蓮花池的某位男人的剪影快速地打眼前掠過。啊，流離張大嘴巴，楊允瑞是父親，不，是大伯的名字，就如同被雷擊中一般，流離記起了這個名字。「你雖然說自己是杉山子爵大人的兒子，但我們確認的結果是杉山子爵大人並沒有兒子，而且接到情報說你是楊允瑞子爵大人的養子，把他殺死了以後逃走，你還想狡辯嗎？」「我……不知道，我的確是杉山子爵的養子啊！」流離拚死大喊，反正結果都一樣，水路國是遙遠的國度，如果想具體確認情報的真假，必須要經過很長的時間，先堅持、忍耐下去才是上策。「那你就別怪我了！」眼鏡仔呸地吐了一口痰，皮夾克的鉗子這次從大拇指的指甲之間插進去，因為被皮鞭抽、被亂棒打，流離的全身已是血肉模糊，但是他並不畏懼，因為他很久以前就知道自己的死亡。肉體的苦痛讓肉體自行承受，反覆地失神、轉醒，肉體自然會加以調節，我才不吃你們那一套，流離如此認為。

流離的三片指甲被拔掉，期間他也暈厥了三次。

之後從眼鏡仔的口中聽到「黑頭巾」的話，一旁的皮夾克則顯出極為無聊的表情，「算了，不管你殺了什麼水路國的子爵……你知道黑頭巾團吧？」眼鏡仔聲音壓低。黑頭巾團？流離無法得知眼鏡仔的目的到底是什麼，一時有些驚慌，「我……不知道。」流離困難地回答。「你知道，你一定知道，你知道第五支隊光復軍吧？羅月煥隊長[5]？」眼鏡仔反覆詢問，羅月煥是最近在大地國的報紙上看到的名字，報導內容是他原本活動於光復軍內，但因與隊員之間發生矛盾被殺。羅月煥與臨時政府保持一定的距離，率領獨自的獨立團體——「水路青年戰地工作隊」，被納編

5 羅月煥（1912-1942），韓國獨立運動家。曾就讀黃埔軍校、參加韓國光復軍，一九四二年遭暗殺。

進光復軍後，與對此表示反感的同志們發生許多內部矛盾，可以說是以無政府主義者為主軸的「戰地工作隊」瞬間被編入光復軍後所發生的悲劇。「我好像在大……大地國的報紙上看過那……那個名字。」流離結結巴巴地答道。

報紙上登載著羅月煥的照片，照片中羅月煥穿著國民軍的制服，肩上有三顆星，身材精瘦；原由無政府主義者組成的戰地工作隊何以在一夕之間納編入光復軍則無法得知，羅月煥與黑頭巾團和光復軍之間難道有何種關係？也許他們這些人意圖獲得關於黑頭巾團的任何蛛絲馬跡，現在依序對可疑的人加以審訊也未可知。原本由無政府主義者組織的羅月煥餘部可以斷定為黑頭巾團，但如果有正確的情報，質問的內容也不會如此含糊不清，很清楚的是，不只是因為父親的緣故而把自己抓到這裡來，在獲得自己殺害父親的口供以後，再意圖以其為誘餌，獲得更加具體的情報，把疙瘩抓到此地的可能性極大。「我再說一次，如果用電流燒燙，你就完蛋了，那和拔掉指甲不能相提並論，四肢、頭腦都會萎縮，你真的想見到那種地獄嗎？」接到眼鏡仔眼神指示的皮夾克取下掛在牆上的電線，似乎要轉換為電流拷問了。「我只是從這……這裡的報上看到而已！」流離說道，他的全身已然濕透，電流可以快速通過，連接電線的小鉗子夾在還在滴血的手指末端。「我最討厭的話就是那句，不知道，讓你嘗嘗說這句話的代價吧！」眼鏡仔再次打起呵欠，流離已經做好再次暈厥的準備。

流離驚奇地感受到越接受拷問，自己就愈發堅強的確信，如果需要的話，任何時刻都可以昏厥過去，那對流離來說易如反掌，他覺得肉體算不了什麼，如果得彎曲，那就彎曲，他們如果想燒燙，那就隨他們吧。「身體只是一種工具，服從於精神之下。」流離在內心說道。暈厥是對於肉體痛苦非常合理的對應方法。

另一個男人進來在眼鏡仔的耳邊說了幾句話，眼鏡仔點點頭。「飯來了，」他呵呵笑著，和皮夾克一起走了出去。流離手腕仍被捆綁著，懸吊於空中，夜已深沉，那是個完全沒有窗戶的房間，全身雖處於晃動的狀態，但睡意卻嚴襲而來。在似夢非夢之際，突然從天花板上傳來什麼聲音，流離首先看到設置於天花板角落的換氣孔鐵製遮板朝上被搬開，他懷疑自己是不是看錯了，但定睛一看，竟然看到年幼的猴子——素狐狸。

如果是普通人，絕對不可能從這裡逃出，但流離具有只要是頭部能夠鑽進去，身體也毫無問題地可以逃出的柔軟性。「為什麼現在才來？」流離用生氣的口吻說道。「你看看你那是什麼樣子？這位大叔，你都成了一塊爛抹布了！」素狐狸皺著眉頭，用前牙咬斷捆綁流離手腕的繩子，在桌上疊著兩把椅子，流離這才能艱辛地將身體擠進換氣孔裡，那是用白鐵摺成的四方形框架，手指的末端碰觸到白鐵框架的皮膚如同被剝皮一般疼痛不已；流離像飛蛾幼蟲一樣，蜷縮全身的筋肉，沿著白鐵框架前進，好不容易才從屋頂上爬出。「你可能原本就是和我們一樣的猴子！」素狐狸對於他的才能讚歎不已。「那你叫我哥哥好了，」流離敷衍帶過。

乞食還活著的可能性似乎越來越大，流離想起幫助金牙將流離乞食團家人推向死亡的「毛十字架」的話，「饒……饒我一命！拜……拜託！乞食隊長……」那是毛十字架留下的最後一句話，被流離的後腳跟踢裂腦袋的他再也發不出任何聲音。流離的心裡野性爆發的那一瞬間，毛十字架還想說什麼話？也許是「拜……拜託！乞食隊長……還活著！」也未可知。

流離在可以俯視海邊的杭州外圍一個洞窟裡躲藏了三天，靠著從附近民家偷來的衣服和食物延命，三天後，指甲脫落的部位和皮開肉綻的地方開始結痂。流離決定先在南京探聽「黑頭巾」的來路後，再前往西安。光復軍的總部設在西安，如果乞食還活著，並且率領黑頭團的話，綜合從眼鏡仔和疙瘩處獲得的情報，他的根據地極有可能是南京、西安或者共產黨總部所在地的延安。如果去西安的話，延安只是近在咫尺，去尋找武亭先生的禿頭可能也在那附近的某處。

遙遠的路程又在前方等待著流離。

為了躲避追蹤，流離行走時盡可能避開城市，身體雖尚未完全回復，但行走沒有任何問題。流離在南京停留了十日，查明黑頭巾團在南京殺死的人也屬於共產黨蘇聯派，他斷定黑頭巾團極有可能不屬於蔣介石一方，而是投身於毛主席一方的國內派暗殺組織，他也似乎明白了為什麼懷疑羅月煥追隨者的理由，因為水路國的光復軍與蔣介石的國民黨進行合作之故。

從南京到西安是非常遙遠的路程，越往內陸走，山巒就愈發疊嶂。流離反倒喜歡山路，戰爭主要是在都市裡進行，火人國軍隊占領的地方也只不過是從城市到另一城市的道路而已，雖間或有一些國民軍駐屯的地方和共軍經過之處，但仍有一些村裡的人完全不知道戰爭爆發的事實。問題在於貧窮，當時正是春天降臨之際，沒有什麼可吃的，即便如此，大多數人還是主動分享自己的部分食物。恰好當時春花開放，流離行走之際，不忘將途中的絕美風景放進心裡；遇水則游過，如遇到有山橫阻於前則以順服之心行走，他認為真正的能量存在於未被潤色的風景中。

兩週之後，走到河南省的信陽，再過十天，又走到南陽，因為素狐狸在身邊，流離絲毫不覺寂寞，有時素狐狸在他懷裡睡著，有時他在素狐狸的懷裡睡去，夜間如遇野獸靠近，素狐狸會叫他「哥哥！」將他喚醒。他很明確地能聽懂素狐狸的話，他們是生死苦樂與共的真正同行者，焉能聽不懂猴子的話語？猴子以外，他有時還能與飛翔的鳥群、野獸、全身在地上爬行的爬蟲類對話，他甚至經常感受到自己成為通靈之人。

悲劇發生在越過河南省邊界，剛進入陝西省的時候，那是在偏僻山區的村落，轉入陡峭的彎路後，該村落即呈現眼前，不知是否因為所有人都離開避難，大白天也見不到人影；歷經戰火洗禮的痕跡歷歷在目，還看到好幾間房子被焚毀，素狐狸在每間屋頂上跳來跳去，高興地玩耍著。「你看這裡，陽光真好啊！」素狐狸以向日葵的姿態坐在屋頂上，並如此說的那一瞬間，弓箭飛來，素狐狸的身子從屋頂上滾下來，掉落在站在小巷子裡的流離腳跟前面，這件事發生得太過突然，「哦，素狐狸！」流離大聲哭喊。

幾個男人從各個巷子竄出來，圍著懷裡抱著素狐狸的流離，握著老式長弓的男人、握著菜刀的男人，還有拿著鐮刀的男人。他們只有眼中露出異常的光彩，無一例外地全身瘦得只剩下骨頭。箭頭射進素狐狸的心臟，「就算是只能一起走到這裡，我們，也是走了好長好長的路了。」素狐狸閉上眼睛說道。流離的心裡如同刀割，痛楚的程度比指甲被拔掉時還嚴重。

「剩下的糧食也是被那傢伙搶走，我們已經有十天沒吃任何東西了。」握著長弓的男人說道。流離自忖還能對付這幾個鄉下男人，但是男人接下來的話卻如同箭頭一般，射進流離的心臟。「我家老母親因為飢餓，現在已經是在死亡之前了。」拿著長弓的男人說道。「我家孩子從昨天開始已經不能走路了。」拿著刀子的男人補充道。「與其把你吃掉，還不如把猴子抓來吃掉吧？」那是拿著鐮刀的男人說的話。拿著鐮刀的男人輕輕地拉著死去的素狐狸，流離好像變成廢人一樣，只是呆呆地坐著。素狐狸的表情似乎沒有任何哀怨，十分平和。

西安歷史長達千餘年，是一歷經數朝都邑的古城，在非常遙遠的某個王朝時期，僅城裡就住了超過百萬人。城牆雖處處傾頹，但其古風氣概則如前未變。流離一個多月期間在西安各處遊歷，努力探問黑頭團的存在與否，他一一接觸了光復軍的人，也見過水路國的各個獨立團體。

當時的光復軍在羅月煥事件後，將第五支隊納編第二支隊，流離也曾看過羅月煥死後暫時接任的宋浩成。「那個人就是不久之前為止擔任羅月煥隊長後任的宋浩成。」有人告訴流離。一位穿著陳舊國民服的蒼老男人和宋浩成一起沿著渭河幽靜的支流行走，那人身材高大，戴著圓框眼鏡，流離只覺面熟。「宋浩成旁邊的人是誰？」流離問道。「你連金九先生都不知道嗎？他是白凡金九先生啊！原本在重慶的臨時政府，聽說昨天來到此地。」「啊！」流離點點頭。那是臨時政府的領袖白凡金九先生，他正笑指著正開始冒出新葉的河邊垂楊柳樹，表情十分柔順，正如幼兒一般。

沒有人正確知道黑頭巾團的實際內容，「他們很有可能是延安人」，流離只聽到如此的臆測。「在延安」這句話與「難道不是共產黨內的組織」並無二致，共產黨本部所在地正是延安，以左翼為主軸的「朝鮮義勇隊」本部也是在延安。流離在西安的臨時劇場看完歌劇《阿里郎》後，回顧自己遙遠的來時路，他也曾痛哭不已；他雖然從各處接到要他加入光復軍青年訓練班的邀請，但他總是搖頭，在訓練班接受三個月的訓練後，就可以國民軍少尉的軍階任官，但流離對此完全沒有興趣。

流離再次與乞食相見正是在延安。

當時正是夏天，流離在延安中心的橋底下露宿，幾名健壯的青年突然圍上前來，「你就是在挖黑頭巾消息的那個侏儒？」他們在聽到回答之前，就已經將流離押到某個窯洞，共產黨的組織當時經常將窯洞作為據點使用，正是在該處見到乞食大哥。下令將四處探問自己實體的可疑「個子矮小的男人」抓來的主角正是乞食。滿洲一別已過了兩年半，不能不說是令人激動的重逢。「我還以為你死了，」乞食眼角泛紅。

乞食說金牙救了自己，直到那時為止，他還完全不知道正是因為金牙的背叛，事情才會發展到這個局面。「一起進到隱居地的隔天吧，金牙說自己總是覺得不安，得趕快尋找新的隱居地。」乞食說明道。流離覺得荒唐，一直低著頭。「雖然我說等你來了以後一起去找，但他不聽我的話。」長老之一的毛十字架出面附和金牙的話，在討伐隊到達之前，乞食暫時離開隱居地正是緣由於此。

乞食和金牙、毛十字架一起到了大地國最北端的國境線，再次南下隱居地後才得知此期間隱居地已被掃蕩，那時正是流離拚死命地狂奔到該處之際，以結果而論，金牙是拯救了乞食的性命。流離無法斷定金牙那個畜生究竟是還留存身而為人的最後一絲溫情，抑或著眼於如果撇下乞食離開隱居地的話，會遭到懷疑才計畫如此行動。「回來以後，連洞窟的痕跡都找不到了。」乞食淚水直流，流離也曾親眼目睹那殘酷的場面，乞食的個性是不會懷疑他人。「流離說好馬上就會跟來，我確定他也和家人一起在這裡送命了。」毛十字架對於金牙的話頻頻點頭，乞食自然也相信了他們的話，那時的混亂場面也讓乞食無法做正常判斷。不願離開的金牙和毛十字架回到延吉，乞食則選擇獨自踏上通往內陸的道路。就在流離絕望和憤怒交錯，拚死拚活地北上哈爾濱後因決意處斷金牙的決定再次南下延吉的時候，乞食啟程南下。「我到了臨時政府所在地的重慶，後來在這裡遇見那位，所以進了軍事學校。」乞食說道。「那位？是誰？」流離反問。「一位特別的人士，如果你加入我的志業，我就會把你介紹給那位認識。」流離看到每次當乞食說到「那位」的時候，他的眼裡就會綻放光芒，那是超越尊敬的崇拜，乞食曾就讀的軍事學校屬於共產黨八路軍。

流離對於乞食要求加入的提議自然加以拒絕，無論是共產軍還是國民軍，他都絲毫沒有要加入的念頭，甚至光復軍或各種獨立武裝團體也是一樣。「那麼你也不要再追問我的身分了。」乞食斬釘截鐵地說道，「現在的我沒有名字，沒有階級，也沒有黨派，只遵循那位的指示行事。」流離覺得自己好像看到和在滿洲時的乞食全然不同的人。「在滿洲的時候，我們不是不屬於任何團體的嗎？只是流離乞食團員，甚至我們還拒絕和獨立團體有任何牽連，那才適合乞食大哥您啊！」「現在情況不同了。」「什麼不同？」「大地國是巨大的國家，如果革命成功，就會產生一舉擊敗火人國的力量，那麼我們水路國也將獨立，你和我才能回到故鄉，過上不再流離乞食的生活。從滿洲來到這裡的路上，我領悟到的就是如此，像在滿洲時期的流離乞食團一樣微小的理想是不足以守護我們自己的。」乞食邊說著，邊從懷裡拿出一張皺巴巴的紙給流離看，上面寫著毛澤東在進行游擊戰的時候，對隊員強調的八條行動守則，「現在正是戰爭時期，這種軍隊除了這裡以外，還能在哪裡找到？」乞食說完之後，用感動的眼神看著流離，紙張上面寫道：

「一、說話和氣；二、買賣公平；三、借東西要還；四、損壞東西要賠償；五、不打人罵人；六、不損壞莊稼；七、不調戲婦女；八、不虐待俘虜。」

那是很久以前毛澤東率領紅軍展開游擊戰時的守則，當時的游擊隊員幾乎全部都是農民出身的文盲，為了教育這些烏合之眾，製作了包含這些幾近於苦肉之策的文件。「所以你是被這些文件感動，所以留在這裡上軍事學校？」流離問道。「不只這個……」乞食的話尾支支吾吾，流離對於被基礎游擊戰法或接受軍事教育時的單純守則所誘惑的乞食慨歎不已。當時的「紅軍」改名為「八路軍」，乞食似乎還不知道假借「整風運動」，現在正積極進行內部的權力鬥爭。「大哥，我讓你看另外一份文件。」流離說道。那是在來西安的路上遇見的共產軍軍官掉落的文件，上面引用毛主席的話寫道：

「大地國和火人國的戰爭是我們黨發展的絕好機會，我們的力量七分用來發展，兩分對付，一分抗日。在國民黨統治的地區就玩玩，和火人國戰鬥的地方就攻擊國民黨軍隊，在國民黨勝算極大的戰鬥裡，就和火人國聯合，毫不猶豫地攻擊國民黨軍隊。」

如果集團形成，就會創造制度，而制度在該集團的理念中，不得不將人們加以囚禁，個人的固有性和隱藏的夢想不得不排在理念和制度之後，所以流離不同意臣服於某種理念和制度中是守護普遍價值的論理，他甚至認為所有制度和理念都只不過是想將人類的固有性加之囚禁的虛無而已。那是當時流離的信念，而該信念在離開滿洲後愈發強化，甚至他經常後悔創立「流離乞食團」，正因為結成了這個規模雖小的集團，所以才發生了後來的悲劇，流離認為自己要負一半責任，將那些只是單純地想過像人一樣過的生活而聚集在一起的人推向死亡，這個罪孽其實十分深重，因此流離在那一瞬間只是流離，那是他唯一的路線。

但與他不同，乞食深陷對於黨派的忠誠心之中，流離對於反抗火人國未盡全力，卻僅致力於政派鬥爭的共產黨加以批判後，乞食立即大發雷霆，乞食唯一信奉的「那位」大概是毛澤東麾下的某一高階軍官，而只因為與國民黨聯合的理由，乞食視光復軍為仇寇，對此流離覺得十分驚異。他帶著手下，使用「鮟鱇弓」暗殺的三人中，有兩個人是共產黨內的蘇聯派，這非但不是對抗火人國的戰鬥，而只是跑到別人的國家進行權力鬥爭罷了，究竟是誰賦予了乞食只為守護偏頗的理念，而將別人殺死的權力？流離認為乞食陷入盲目的瘋狂信仰之中，而且根本沒有空隙可以說服他。

直接聽到鄭律成的歌也是在延安，「他是〈八路軍進行曲〉的作曲家，也是歌唱家，是我們水路國的人，和我的那位也十分熟悉。」乞食眼神發亮地說道，鄭律成只比流離大一歲，曾就讀南京的「水路革命幹部學校」，在「魯迅藝術學校」學習鋼琴和聲樂，他作曲的〈八路軍進行曲〉無異是共產黨的黨歌。延安的所有人都知道這首歌，而描寫延安風景的〈延安頌〉也是如此。「他是我們民族孕育出來的人才！」乞食以誇耀的表情附加說道。共產黨的主要幹部坐在公演場的最前排，最後開始演奏並合唱〈八路軍進行曲〉，這首歌非常莊嚴地開始，中間的曲調非常快速，最終以莊嚴的結尾完結。為數眾多的音樂家雖雲集到延安，但沒有任何一位藝術家像鄭律成一樣，在短暫的時間內獲致如此的成就。他不但音樂性極高，對於獨立的信念和革命精神也十分傑出，所以人人都稱讚他。就像擁抱太陽似的，在舞台上高舉雙手的鄭律成看起來非常俊秀而有力，此曲以「向前！向前！向前！我們的隊伍向太陽」開始，最終以「向最後的勝利，向全國的解放！」結束。

進入圍繞延安的寶塔山，烤狐狸來吃的日子是在延安的時期最幸福的記憶。流離想起很久以前的銀狐，告訴乞食不要捕食狐狸，但乞食說要幫流離補身，非得把狐狸抓來不可。他們一整天說著過去吞食野獸的生肉，沿著山脈北進的往事，說到打死老虎的山神，乞食的眼神十分渺茫，說到和金牙一起搶金礦的往事時，顯得興致勃勃，而說到在圖們江結冰的江面下水葬的同行者時，乞食的眼神又變得極為悲傷。他們彼此都不知道時間過了多久，他們還曾睡在山裡，醒來的時候，流離的身體深埋入乞食的懷中，那是溫暖而可倚靠的胸懷，他是一個多麼充滿溫情的人啊，流離祈求乞食最好永遠不要從睡夢中醒來。

數日之後，也是在該處，流離與乞食永遠地分手。

「鄭律成是革命精神十分透徹的音樂家，」乞食說道。「你最好把革命精神那四個字去掉，音樂家就只是音樂家。」流離笑著回嘴。「你現在是在嘲笑我嗎？」乞食的話裡開始隱藏著憤怒。

他們還談到國民黨和共產黨，也談到光復軍和臨時政府，國民黨有蔣介石，共產黨有毛澤東，光復軍裡則有金九，可是流離就是不希望臣服於任何框架之中。「我們本來就是各自自由地出生，」流離說道。「而且這裡是別人的國家啊，我不認為毛大叔會以革命守護我們的自由。」流離又附加說道。「那你支持蔣介石了？」「你不要用這種方式來區分，我只是我自己的一邊，你真是太固執了！」「不固執的話，拿什麼來保護你？」乞食突然發火，流離雖然想說服他，但只造成更大的誤會，他們之間沒有任何交集，路線完全不同，因此連無心的話也無止盡地冒出來。

那是在可俯瞰延安燈火的荒涼空地，深夜裡，大聲爭吵還不夠，兩人開始抓住對方的領口，並痛毆對方，那真是瘋狂的打鬥，流離的眼角裂開，乞食則嘴唇破裂，甚至還勒住對方的脖子，滾下黃土的斜坡，雖然太過急躁地喝下烈酒，但絕對不是酒醉而發生的事端，他們雖然批評彼此，但也不是因為太過厭惡才發生此事，而是因為雖然彼此友愛，但要走的路太不相同，所以才發生這種瘋狂的鬥毆。

打到筋疲力盡，躺在土坑裡好一會之後，流離一拐一拐地走下斜坡時轉身一看，乞食將頭埋在兩膝中間坐著。「大哥，我……要離開這裡！」流離哽咽地說道。乞食最終也並沒有將頭抬起來，那是我絕對不留你的意思。那時正是狂風驟起的黎明時分，乞食的身影被颳起的風沙吞噬，愈形模糊。「大哥！」可是聲音再也沒有從口裡流瀉出去。乞食看起來也是無比寂寞，風沙瞬間將乞食抹去蹤影，那也是留存在流離腦海裡的乞食最後的模樣。如果不喜歡的話，離開也就好了，何必如此撕咬鬥毆，流離的心裡一直後悔不已。

四方雖都有路，但再也沒有一條是流離想走的路了。

再次回到流離外公

「離開延安之後，我不再思考方向，因為我沒有要去的地方了。我不再詢問我走的路通往哪裡，我也不再思考我應該去哪裡。我的心志似乎從身體和靈魂抽離，我獨自一人盡可能地走著，那真可說是流離乞食，無論走到哪裡，都有遭遺棄的屍體，如果我的衣服、鞋子破掉，就將這些屍體上的衣物脫下來穿上，如果飢餓，就吃野草和草根，有好幾次還因為誤食毒草而病痛了數日。」

我的外公——流離說道：

「夏天就這樣過去了，突然想起武夷山這個地名是在某個山裡迷路時，坐在水邊的時候。剛開始看到水裡反射的我自己，然後想起雲至山洞窟內神祕的泉水，又想起紅色髮帶，也想起在泉水中看到的我的屍體。後來自然想起從間島南下北京的時候，在路上見到，一起過了兩晚的長春出身男人說的話：武夷山某個山谷裡有著『慰安所出身的女人居住的村落』，春天的時候，四處都開滿桃花的村落，唉，我為何那時才想起那男人說的話？」

Mr. 流離，我的外公的表情變得紅潤。「桃花村落，那裡也是桃源洞呢！」我在一旁應和著。「對，桃源洞！」外公的語調變得活潑起來。「來來來！現在開始，Mr. 流離的故事要從武夷山桃源洞開始說起了！」我假裝敲鑼打鼓的樣子。在說到與乞食分離的經過時，似乎無限沉重的外公臉孔幸好重新呈現明朗的氣色，「你的話還真多……」外公拿好刀子。

我們相對而坐，正削著栗子吃。

「您在那裡見到紅色髮帶了吧？」我好像唱歌一樣問道。「別急嘛！」外公微笑回答。「蔣介石、毛澤東、金九，歷史故事太沉重了。」我因為外公的緣故，領悟到人隨著年齡增長，苦痛的記憶也層層積累。外公立刻皺起眉頭，「你的生命也正是從那些沉重的歷史中出現的。」「我喜歡光明的歷史故事。」「追求光明的人通常都得擔負沉重的事物，你看，這個栗子。」外公讓我看一顆露出白肉的栗子並說道，「它也是因為穿著厚重的盔甲，內裡才會如此飽滿。」「開始說桃源洞的故事吧，Mr. 流離。」「我那時雖然也不相信紅色髮帶會在武夷山，」栗子圓潤的內裡也開始從我的刀尖下露出，那些栗子是去年秋天外公撿來，並放在缸子裡的。

外公記起武夷山是在江西的南昌附近，那是在整個夏天行走了數千里遠路之後。連接長江支流的大湖位於南昌，名為鄱陽湖。方向既已定了下來，腳步也變得輕快，雖不相信能見到紅色髮帶，但因為找到方向的藉口，腳步自然變得輕快，但也無需過於急躁，外公說他在鄱陽湖周圍閒逛，過完剩餘的夏天。鄱陽湖如海巨大，這裡也是朱元璋以二十萬軍隊擊潰陳友諒六十萬大軍，並建立新王朝的地方。外公還補充說明《三國演義》的赤壁大戰中，曹操逃逸的場面即是取自於朱元璋的鄱陽湖大戰。

我的外公，Mr. 流離接著說道：

「水之所以秀麗，是因為有土地之故；土地之所以有利，是因為懷抱水流之故。湖水的北邊是高聳入雲的廬山，因為經常有雲霧繚繞，山的頂峰無法輕易見得。真正的事物盡皆如此，不會將內裡輕易示人，回顧起來，我的人生也是一樣，為了尋找一個真正的頂峰，迷失在為數眾多的山谷中，那正是我的人生啊！蘇東坡為了看到廬山的山峰，也在這個湖邊徬徨了好幾天，然後寫下這樣的詩：

橫看成嶺側成峰，遠近高低各不同，不識廬山真面目，只緣身在此山中。」

外公——Mr. 流離到達武夷山是在秋天。「我還是第一次看到那麼秀麗的山和溪谷。」他把削好的栗子放在我的手裡後說道。刀工生澀的我連一半都還沒削完。「長得像削好的栗子一樣的小傢伙，就憑你那樣的刀工，什麼時候才能把栗子放進你的嘴裡？」外公嘲笑我的手藝。「我討厭刀子，」我放下刀子說道。外公說他用了將近一個月的時間，踏遍武夷山的每個角落，他曾停留於掛在懸崖末端如同燕巢的寺院，也曾在古老的道教殿閣中熬了好幾夜。「武夷山最有名的要屬茶了，」喝了一杯要來的茶以後，坐在如玉帶般的蜿蜒曲折的水邊，流淌至該處的所有前歷盡如前生，而永恆的輪迴、無限大的空間也一併蘊涵在一個風景之中。

經過九曲溪谷和龍泉溪谷後，繼續走向玉龍溪谷，該處人煙稀少，僅留存有幾座仙人求過道的殘破殿閣。武夷山是許多希望在生前成為神仙的人經常拜訪的名山，可說是祈願長生不死世界的道教聖地。據說有人成為神仙，飛向萬里長天，又有些人在問路之後，以端坐的姿勢死去之後變為流水。「我的心情也像似變成神仙一般，」外公說到一半，我賴皮地插話說道，「桃源洞和紅色髮帶什麼時候才會出現呢？」外公好像沒聽到我的話一樣，眼裡充滿光彩，就像是飛向武夷山溪谷充滿香氣的虛空一般。

我的外公——Mr. 流離又繼續說道：

「我在某個道教寺院裡遇見一位老人，他的鬍子超過三尺，平生獨居，連蔣介石、毛澤東、火人國都未曾聽聞；他當時正在祭祀玉皇大帝，眼睛清亮，絲毫不染塵埃，臉孔白皙猶如白玉，無疑正是一位神仙。我問他：『人死後會怎樣？』我以為他會回答我如果多做善事，死後會變成神仙，但老人卻以怎麼連這種問題都問的神情咧嘴一笑後說道：『這個嘛，死了以後當然就會腐爛啊！』我對這個回答太過失望，身為道人，怎麼能說這種話？我臭著臉再次問道：『人生而為人，應該有越來越幸福的路吧？』老人凝視了我的眼睛好一會兒，用一根手指戳了一下我的胸前，然後轉身坐下，那就是全部。現在想來，那條路就在你的心裡，嗯……大概是這個意思吧？」

在看完玉龍溪谷後，終於查到只有女人居住的村落相關線索，一個正在採茶葉的老太婆知道怎麼去只有女人居住的村落。流離穿過瀑布，艱辛地爬上陡峭的懸崖絕壁後，出現了一條狹窄的岩壁細縫，那時一條唯有橫著走才能前進的細縫，非但隱祕而且奧妙。在摸索了好一陣子黑暗的洞窟後，突然在腳下呈現出由巨大的懸崖圍繞的盆地。那是一個比雲至山桃源洞更深的山谷，清澈的流水漫淌，桃子等各種果樹上結實纍纍，熱帶的花朵漫山遍野地開放，那真是武陵桃源，還有不知從哪裡傳來雞鳴的聲音，這正是只有慰安所出身的女人們聚居的村落。

「終於找到了，外公！」我支起上半身。「不是叫妳不要叫我外公嗎？」外公咋著舌頭說道。「啊，Mr. 流離！」我吐了一下舌頭。陽光照射在窗戶上，「妳扶我起來，我想去一個地方。」「不行啊，你得先說紅色髮帶的故事，她在那裡嗎？紅色髮帶？」「她不在那裡。」「這是什麼故事？這麼平淡無奇。如果紅色髮帶不在那裡，武夷山的故事就略過吧！」「故事嘛……」外公凝視著我的眼睛，「並不是飛著過去的，而是跟隨著線索，將身體緊貼在地上，像蛇一樣爬過去，那才是真正的故事。」「所以呢？」「雖然紅色髮帶不在那裡，可是在那裡聽到了關於紅色髮帶的消息。」「真的嗎？」我的聲音不由自主地提高，外公無言地撐著我的肩膀支起上半身，他的身體太輕，像似空殼子一樣，我的心裡不由地泛起絲絲痛楚。

三月即將到來。

外公走向山中，「這條路是妳來之前，我每天走的山路。」外公說道，在我看來其實和沒有路是一樣的。巨大的岩壁迎面而來，外公一貼近岩壁就突然變得像青年一樣敏捷，真不知道那種力量是從何而來，倒是我，變得手足無措起來。「妳如果害怕的話，就回去吧！」轉身看我之後，外公呵呵而笑。「我才不害怕，我怎麼可能比一個老人——Mr. 流離還不如？」我粗魯地回答道。在岩壁的褶皺之間有許多需要手抓腳踩的地方，在爬上一段岩壁之後，越過稜線終於能遠望都市的一角。「歇一會兒吧！孩子。」都市被白色的煙霧圍繞，外公和我比肩坐著，遠望了陽光下的都市許久。

Mr. 流離在那個地方再次說道：

「慰安所出身的女人們聚居在那個村落裡是事實，水路國女人有十八個，大地國女人有兩個，台灣女人和越南、緬甸、菲律賓女人各一個，令人驚訝的是那個地方竟然有法國女人。她說在越南居住時，被火人國軍人綁架，繼而被拉到慰安所裡。那裡好像是一種家族共同體，對於最為年長的女人，人們自然地叫她『媽媽』，對於另一位年長的女人，大家則叫她『爸爸』，不要誤會了，她們可不是同性戀，只是因為懷念故鄉、懷念家人，所以組成了一個虛擬的家族體系。不僅如此，她們之間還有『叔叔』、『姑媽』、『阿姨』，還有老大、老二、老三、老四、老五、『老么』。看到她們按照年齡大小，彼此稱呼媽媽、阿姨、叔叔、姊姊時，我不由得眼眶發熱。雖然那個村裡只有女人居住，但嚴格說起來，也不只有女人而已，就好像一個大家族聚居在那裡一樣。」

我的外公——流離繼續說道：

「我在那個村落的客舍裡停留了幾天，因為我發高燒，沒法撐起身子，『媽媽』和其他好幾個女兒非常悉心地照顧我。最先自願成為慰安婦，後來從滿洲逃出來的女人就是所謂的『媽媽』，和她同歲的『爸爸』是在被押到中南半島的路上脫隊，繼而進入該地的女人。進入該地還不滿三個月的老么是越南女人，她是村子裡唯一不是慰安所出身，而是軍隊護士出身的人。被叫做媽媽和爸爸的兩個女人在很久之前，首次定居在該處後，就好像引導迷失路程的鳥回到鳥巢一樣，每年總有兩、三人陸續加入這個共同體。國籍、膚色完全不成問題，她們只是一個大家族而已。」

外公說明因為普遍化的家族文化規範，讓她們這個共同體得以產生秩序，「媽媽」的權威幾乎是絕對的存在，她在被生父強姦後離家出走，後來自願加入慰安所。「被親生父親？」我的聲音裡充滿怒火。「無論在何時何地，都會有那樣的禽獸。」外公平靜地回答道。她們這些女人的心裡都有不堪回首的往事。有非常孝順的「女兒」，自然也有不聽話的「女兒」，如果惹事的話，「父母」和「姊姊」們的責罰自是難免，嚴重的話，還得挨板子。如果說她們之間有什麼一定得嚴格遵守的道德的話，那就只有男人的問題而已，據說過去還有因為和採草藥的男人發生關係，在挨打以後被趕走的女人，話雖如此，但她們並不憎惡男人。

這些女人私底下都同意男人具有野蠻的屬性，發起戰爭的都是男人，遂行戰爭的也都是男人；「大女兒」甚至說：「如果看到一棵桃樹，男人想的只有那些果實而已。」她在進大學之前，被「處女獵人」抓住，送往滿洲。「但是女人和男人不同。」大女兒附加說明女人具有將果實、花朵、葉子，甚至陽光、風、水、黑暗等加以糅合、進行理解的感性。亦即女人具有將所有的一切加以融合，進而組成一個圓滿的世界，而圓滿的世界則內含無限抽象的價值，最終將其理解為真實的能力。她說就結果而言，男人因為無法理解抽象的價值，因而引發戰爭。「對於看到女人，只想到那個洞，看到桃樹，只貪圖果實的男人，用一句話來說，真是傻瓜，我們不需要那種傻瓜。」大女兒說道。

邊說著，前方出現了一條周圍都是松樹林的稜線路，走出只容一人可行走的山路後，又再次出現岩壁，看來十分驚險。「不會是要爬上這塊岩石吧？」我問道。「妳在這裡等我一下。」外公抓住峭壁中間松樹的樹枝回答道。我的外公——Mr. 流離瞬間從我的視線中消失。「Mr. 流離！」我大聲喊叫，外公抓住松樹轉身而去的地方約莫是巨大岩壁的中間，恐怖感嚴襲而來，「外公！」依然沒有回答，會不會是跌下去了？下方是無底懸崖，什麼都看不清。

好一會兒以後，外公才再次抓著松樹回來。「搞什麼嘛？外公！」我大叫。「妳是擔心我死了才哭的吧？」外公笑道。「我才沒哭呢，我為什麼要因為外公而哭呢？」我無意地稱呼 Mr. 流離為外公，而他也不糾正我，當時還是首次。「只要抓住那棵松樹跳躍一步，就會出現平坦的地方，雖然看似沒有路了，但終究還是有路，只要覺得有路，無論是什麼地方都不再危險。」「那裡有什麼？」「還有別的路啊，是洞窟，入口雖然得爬進去，但進去以後，會出現可以行走的綿長洞窟，我以前找到了被亂石擋住的入口。」「所以呢？」「那是一條通往新世界的通路，無限大的。」外公的眼神瀰漫著悠遠的氣息。

我的外公——Mr. 流離再次說道：

「我最後要走的路就在那裡，春天降臨的那天，我就會走上那條路。你們雖然把鋪上柏油的道路稱之為路，但道路其實是人們經過的痕跡；如果以前有人走過，我們就把那個叫做路，身體走過的路，但那也並非全部，想念媽媽的時候，妳朝著媽媽而去的思念之路也是一條路，沒有任何人，只有妳自己知道的路。假設淵泉有無盡的水加以匯聚，妳雖然看不見，但不能說那底下沒有水路吧？眼睛看得到的路只是一小部分，連接到那個洞窟的路也是如此，只有我知道的屬於我的路，雖然妳可能不相信，那條路可以連接紅色髮帶住過的雲至山、乞食兄停留過的寶塔山、大夫人的流沙縣、女人們聚居的武夷山等。」

外公聽到關於「紅色髮帶」的消息是在即將離開村子之前，是從在那個地方扮演母親角色的女人聽到的。「是一個手紋中的命運線、感情線和生命線彼此平行的女人，後脖頸上有三顆紫色的痣。」外公——Mr. 流離問道。「是曾經有過一個長著那種手紋的孩子。」那個女人——「媽媽」毫不猶豫地點點頭。「那個女人真的曾經在這裡嗎？」Mr. 流離的聲音突然提高，那是全然未曾預料到的答案。在雲至山的時候，她曾經說過因為三條平行的手紋，她和生離死別的父母永遠無法再見面，外公還清楚記得她讓自己看長著細毛的痣的模樣。「是啊，那個孩子的後頸是有那樣的痣。」她依舊不住地點頭。

他未曾料到自己能找到紅色髮帶，只是抱著問問看的心情搭話，而因為她不住地點頭之故，Mr. 流離受到極度的衝擊。擁有那樣的手紋，同時後頸上還長著帶著細毛的痣，這個世界上除了她以外，還會有別人嗎？這真是命運一般的偶然，外公那一瞬間認為紅色髮帶發出宇宙的信號，強烈地將自己牽引到武夷山來，這真是偽裝成偶然的命運。

「她說過她要去哪裡嗎？」過了好一陣子之後，Mr. 流離才向「媽媽」問道。「那個孩子說她知道自己的死亡，她說自己會死去的地方是在穿著奇怪衣服的人們居住的西方盡頭的村子。」她回答道，接著她從文件櫃拿出一張紙交給流離，「那個孩子給我的。」那個女人攤開紙張，是一張用生硬的筆法畫的圖畫，Mr. 流離那一瞬間覺得自己的心臟都要炸開了。畫裡只見許多身穿近似長衫的白衣，頭戴繡著花的各種顏色寬邊帽的人圍著一個即將死去的女人，包在襁褓裡的嬰兒被放在女人的身邊。「那個孩子不會寫字，所以留下這張畫，她說她畫了自己的死亡，說她小時候就已經看到自己的死亡。」

Mr. 流離拿著畫一看再看。

說要去遠方的十五歲少女的臉孔，就像實體一樣浮現在外公的眼前，「我知道我的命運，」外公也鮮明地記得她說的話。「我死去的地方是一個陌生、非常遙遠的地方，圍繞著即將死去的我的人無一例外地都穿著奇怪的衣服。我相信你，是，不，會，變，的，朋，友的時候，我自然會告訴你能夠看到自己死亡的祕密場所！」Mr. 流離回想到那時從紅色髮帶的眼裡傳出颼颼的風聲，怎麼能夠忘懷那時的她呢？流離那一瞬間想到所有的命運在以前的雲至山時就已經決定，在武夷山聽到她的消息也並非偶然，而是從很久以前就已經命定的。

那個女人把紅色髮帶畫的那張畫給了我的外公——Mr. 流離，「如果你想找那個孩子的話，可以把這張畫拿走，」那個女人附加說道，「聽說在大地國的西邊，沙漠的終點，有一個穿著這種衣服的人居住的地方，雖然不知道以那個孩子的身體能不能走到那個地方。」「她有沒有說這個嬰兒是誰？」Mr. 流離指著畫裡的嬰兒問道。「那個嬰兒……」女人欲言又止，沉默了好一會兒，臉上的表情充滿悔恨。「她離開這裡的時候，正懷著孕。」女人終於開口。「懷孕？」外公的語調陡然升高。女人點點頭，「是的，她是在懷孕的情況下，被趕出村子的，把她趕走……實在都是我的錯，如果那個孩子在路上死掉……都怪我吧！」那個女人長嘆了一口氣。

我的外公繼續以苦痛的表情說道：

「進來村裡的時候，紅色髮帶的子宮裡已經孕育了新生命，察覺到自己懷孕以後，她當然和『媽媽』商議，『媽媽』與『爸爸』商議，爸爸接著將這個事實告訴『叔叔』，村子裡所有女人在一瞬間都向紅色髮帶湧去，沒有任何人知道她過去從哪裡如何而來。『罪惡的種子啊！』女人中有人說道，所有『家族』都迅即加以同意，沒有任何一個人抱持異見。『罪惡的種子應該連根拔起！』另外有人說道，那句話也得到大家的同意。」

幾個女人也有懷孕的經驗，Mr. 流離的「到死也不會變心的朋友」——紅色髮帶受到驚嚇，連退好幾步，女人們圍上前去；聽到她懷孕的那一瞬間，村子裡的所有女人都回想起深藏在潛意識裡的恐怖記憶。有的是被滴著血的槍口插進陰部，有的是遭脫光衣服以後，被如同禽獸一般的火人國軍人拽著頭髮遊街的記憶，還有肛門被撕裂的記憶，即便同是慰安婦，也有死活開不了口的記憶。紅色髮帶的懷孕事實無疑再次喚醒隱藏於這些女人內心深處的憤怒，火人國軍人的孩子當然是「罪惡的種子」，也是「禽獸的崽子」。

女人們知道能夠殺死肚子裡孩子的各種方法，殺死孩子比接受火人國軍人的精液更容易，媽媽和姊姊們、阿姨、姑媽、叔叔都競相要將紅色髮帶肚子裡的「禽獸的崽子」殺死。「我可以乾乾淨淨地除去。」某位阿姨說道。「都是為了你啊，我可以毫無苦痛地殺死那個孩子。」某位姑媽插話道。每個人的眼裡都充滿殺氣，將紅色髮帶團團圍在中間。「我們不是家族嗎？」她迫切地大喊。「是啊，我們是家族啊，所以才想幫你的。」女人們就好像等待已久似地唱和起來。「不行！這孩子是我的孩子，他沒有罪！」她尖聲喊叫。

她已經不是第一次懷孕，在慰安所的時候，她雖然曾經數次懷孕，但因為在懷孕的狀態下還得工作，所以孩子總是變成一灘血水，自行從子宮流出，那時她總是受到無以言喻的創傷。因為手紋的緣故，她在小時候就與父母分離，獨自行走數萬里路，她堅信肚裡的孩子一定長著與自己完全不同的手紋，不會再與親愛的家人分離，全家和睦地住在一起。她期望這個孩子與自己的人生不同，甚至會生活在超越野蠻時代的新世界，因此絕不能放棄這個孩子。「我一定要把這個孩子生下來，孩子生下來以後，我就離開這裡，請讓我住到那個時候為止！」她哭著求情。

Mr. 流離說到這裡，擦拭眼角之後繼續說道：

「雖然在慰安所工作，但紅色髮帶從不認為自己是罪人，她就是那樣的女人，她絕對無法同意『禽獸的崽子』這樣的話，因為她自己不是禽獸。雖然我並沒有和她面對面坐下來談，但我能清楚地聽到她說的話，紅色髮帶的話和她堅定的希望就是如此。『這孩子是我的孩子，不是火人國軍人的孩子！』我能夠聽到她哭喊的聲音，她說的是事實，因為她曾說過可以稱呼這個世上所有大嬸、大叔為媽媽、爸爸，反而是一件十分幸福的事。『我不是罪人，所以這個孩子也是乾淨而純潔的，如果為了我把這個孩子殺死的話，從那時起，我就會變成真正的罪人。』我也能聽到她說這樣的話。但是沒有任何一個人願意傾聽她的話語，她們並非無情，而是太過殘酷的記憶占據了她們的心靈之故。她和圍繞在她身邊的人之間隱藏著一道可怕的斷層，無論是多長的時間以及何種名分都不能磨滅的記憶造成的斷層，那天晚上，操縱那個村子所有人的，正是那些瘋狂的記憶。」

正好那天晚上下起暴雨。

紅色髮帶那時正為數種重病所擾，就算有人在旁邊照料她，也還不知道能不能平安無事地生下孩子。當時雷電交加，每當閃電的時候，紅色髮帶就看到淋著雨靠近她的奇形怪狀的女人們。因為在砂石地上跪爬產生的傷口，她的下半身已經被血染紅，因著記憶中對火人國軍人潛在的憎惡心，某些「姑媽」和「姊姊們」終於抓住了她的雙腿，並且強行分開。「拜託……」紅色髮帶求情道。「這不是你的孩子，那是齷齪禽獸的崽子！」「姊姊們」一口咬定地說道。「很簡單，只要把針筒深深地插進去，那個禽獸崽子就會自然死亡。」「叔叔」說明道，護士出身的越南女人拿著長長的剪刀和針筒站在旁邊。

在滂沱大雨中雙臂抱胸站著的「媽媽」那時進入了紅色髮帶的眼簾，她是一位多麼慈祥的媽媽啊，紅色髮帶立時想到，她在自己生病的時候，一口一口地餵自己米湯。「媽媽！」她用膝蓋爬到媽媽的跟前，抓住她浸濕的裙襬，並大聲呼喊，「這是媽媽的孫子啊，孩子……千萬……救他一命……」可是媽媽冷冷地搖了搖頭，「這個孩子不是我的孫子，那是怪物的崽子，長大以後，又會去戰場殺人的怪物崽子！」媽媽的語調鋒利無比。村子裡最終決議將她趕走，雖然這比殺死孩子要好一些，但對於病重的紅色髮帶而言，該判決仍舊是十分殘酷。

「阿姨」和「姑媽」把她的手綁起來，「姊姊們」抓住她的腰，到達離開村子的洞窟極為傾斜，而因為雨水的緣故，變得更滑。紅色髮帶那時已是瀕死狀態，阿姨和姑媽在前方像拉牲畜一樣地拖著她，兩個姊姊在後面任意推她，她被拉上濕滑的岩壁，是夜極為漆黑，溪谷的水聲似乎在轉瞬間就能將天地加以吞噬一般。「我們也不希望殺死你！」有人在黑暗中說道。她們雖然知道將懷孕中的紅色髮帶趕走的話，她很有可能會馬上死去，但對於火人國軍人的憎恨也同時將她們的心割成千絲萬縷，所以沒有一個人站在她那一邊，她們當時已不再是「家族」，那女人——「媽媽」隔天攀上洞窟查看時，紅色髮帶已經不見蹤影。

我的外公流離氣喘吁吁地說道：

「我立即離開武夷山，懷裡揣著慰安婦村子裡『媽媽』給我的紅色髮帶的圖畫，走了幾個月，到達武漢的時候，春天已經到來；該處雖是宣布新的大地國成立的辛亥革命發生的地方，但我卻無心停留，我立刻沿著西北邊的道路行走，越過武當山，進入陝西省境內。那裡的風景雖然不變，但人心卻時刻變動。在西歐列強曾插下『吸管』的地方，火人國軍隊均加以焚燒，離開之後，共產黨、國民黨軍隊又再次炮製，輪番搶奪，到處都是人間煉獄、慘不忍睹。到達陝西省的時候，我聽到收音機裡播放日本天皇下令無條件投降的肉聲，戰爭終於結束，萬千民眾走上街頭高呼萬歲，身處他們之間的我只是默默走過，雖然巨獸終於倒下，但很奇怪地，我並沒有特別的喜悅，對我而言，只剩下必須走到大陸西域邊緣的迢迢遠路而已。我越過安康和漢中，終於進入甘肅省境內，那期間也經歷過幾次面臨死亡的絕境。」

我的外公——Mr. 流離繼續說道：

「到達敦煌的時候又再次迎接冬天，我離開武夷山已經過了一年，你一定也知道敦煌這個地方是在久遠的歷史中，一直作為東西交流的據點，也是絲綢之路的關口。遠方有崑崙山脈和天山山脈圍繞，並連接著廣大的塔克拉瑪干沙漠，我在那個地方停留了一個冬天，雖然火人國敗亡，但寒冷、乾燥依舊沒有絲毫變化。我每天爬上沙丘綿延的鳴沙山，觀看形如上弦月的月牙泉，月牙泉即便位於沙漠中間，歷經數千年也不曾乾涸；當月光映照在清澈的水面上時，鳴沙山沙子的哭泣聲經常會沁入耳朵，像似在戰爭中死去的數萬個冤魂發出的聲音，也像是用鑼敲響的安魂曲，更像似數千騎兵滑進沙漠的聲音。

「我也曾被撕裂肌膚的沙塵風暴吹襲，於是走進充斥著彩色佛畫的石窟，在千餘個石窟中，堆滿祈求輪迴的佛畫。我走過數萬里路，後腳跟更加堅硬，心胸也更加深邃。剎那間消散卻又再次堆積的沙丘只不過是一種現象，我來這裡尋找什麼？我經常思索這個問題，雖然我是來尋找紅色髮帶，但我並不覺得我思念的只有她，也許她只是一個藉口罷了，啊啊！因為太過苦痛，我也曾尖叫過；啊啊！我究竟是在思念什麼而在這裡徬徨？嘆息如爆發一般釋放出來的日子，我也曾經在佛畫前跪上一整天。我不只看到釋迦牟尼佛，還看到三世佛、七世佛、十方諸佛和賢劫千佛，我也看過文殊、普賢、彌勒、地藏菩薩。也許在極凍的沙漠中，人們對於永恆的渴望是如此深切，菩薩都一致性地被表現為萬歲的母親，我也曾經因為思念母親，在菩薩面前跪著痛哭不已。」

說到這裡，我的外公——Mr. 流離站起身來，小木屋已近在咫尺，外公的背愈發佝僂，疲憊的神情愈發清晰，但是外公似乎不想停止。「現在……我想說說在那麼遙遠的路上……與我同行的朋友，」外公跌坐在小木屋的門檻說道。「有同行的朋友？在那條路上？」我很快地反問道。「是一隻地鼠。」「您睡醒以後，再跟我說那隻地鼠的故事吧！Mr. 流離累壞了。」外公點點頭，窗戶被霞光染紅。

「春天……馬上就要到了。」進到房裡躺下後，外公猶如喃喃自語般說道，語調就如從深淵發出一般深沉，我看著外公緊閉的眼窩，因為心痛，眼角為之模糊。「我離開妳的時刻快到了。」外公艱辛地說道。「外公別來這一套！」我擦拭眼角後氣鼓鼓地回答道，「Mr. 流離就算春天來了也不會死的，你爬山比我還強。」「我的死亡……我自己決定。」外公的呼吸立刻變得十分平穩。

我第一次看覺到即將到來的春天竟是如此悲慘，我凝望了好一會兒外公的臉孔，為數眾多的粗、細皺紋布滿外公的臉龐，我突然領悟到，這每一條皺紋都是外公無休止地走來的路程，赤腳的。

赤腳的舌頭和耳朵裡虛空的道路

流離的同伴是坎貝爾西安種地鼠。

那是在離開慰安婦村子的時候，為了感受紅色髮帶的痕跡，流離在村子入口的洞窟停留一晚，他一解開背囊，那隻地鼠就從裡頭竄出來。牠的體積非常小，甚至可以放進口袋裡，小傢伙長著一雙紅眼，毛皮黑白相間，十分美麗，是流離生平第一次看到的可愛的小動物。牠似乎是慰安婦村子裡的某人飼養的，也不徵求流離的同意，小傢伙就躲進背囊裡，因為是一起從武夷山離開的，所以「武夷」這個名字正適合牠。在路邊坐著的老人看到「武夷」就說：「是地鼠呢！」流離這才知道小傢伙是坎貝爾西安地鼠，「坎貝爾西安主要在沙漠生活，應該是從蒙古、滿洲來的，這些東西原本就是住在那裡的。」老人說明道。

「武夷」身軀雖小，但性格卻非常乖戾，雖不想離開，但一點也無法親近，流離的手指還曾被牠咬過，「瞧你那性格！」流離喃喃自語。「不要想成為我的主人，否則我還會再咬你！」武夷回答道。那是第一次知道他們能夠溝通，也是在一起行走的一個月後。「我是聽到你說要去沙漠，所以才跟你一起離開的，因為那裡是我的故鄉。」武夷附加說明。「我也絲毫不想成為你的主人，如果成為主人，就想監視你，甚至還得睜開眼睛睡覺，非常累！」流離回答。「我是沙漠專家，我們在一起的話，對你也沒有壞處，作為朋友的話。」武夷的語調這才變得比較柔和。

此時傳來戰爭又再次爆發的消息，這次是內戰。

如同禽獸一般的火人國軍人撤退之後，到來的並非安定的和平，國民黨政府和共產黨之間為了搶奪火人國軍隊撤守的區域和他們留下的戰爭物資，已經開始激烈的戰鬥，以美國為中心的仲裁努力也沒有任何效果。流離在到達敦煌後，即聽說滿洲等東北的廣袤區域已大部分為共產黨所掌控，且正乘勝追擊進攻內蒙，敦煌等西部地區當時則為隸屬於國民黨政府的軍閥下級組織所掌控，但他們的風評不佳，非但傲慢放肆，必要時還進行燒殺掠奪。蔣介石的國民黨政府最令人詬病的問題正是貪腐，從前朝起盡享權利的軍閥組織不僅無法加以管理，而且這些軍閥根本就是慣於追求私欲的集團，民心自然傾向共產黨一方。

在荒涼的敦煌，流離也曾攤開紅色髮帶畫的圖畫向人問道：「穿著這種衣服的人群居的地方在哪裡？」某位農夫搖頭反問：「戴著這種帽子的人是女人嗎？」圍繞在死去的紅色髮帶身邊的女人們身穿長衫，頭戴各種顏色如碟子般的帽子——是男人款沒有帽簷的帽子。「不可能，怎麼可能有這種不敬之事？女人們露出自己的臉孔，還敢戴著男人的帽子。」敦煌的穆斯林女人通常用蓋頭遮住頭髮和脖子，雖有人稱其為「Hijab」，但他們將其稱為「蓋頭」，「這個地方如果有女人穿戴這樣的服裝和帽子，她一定會立刻被趕到沙漠去。」農夫十分肯定地說。

第一次獲得線索是從一個牧羊的老人處聽到的，「我曾經看過那些人。」牧羊老人說道，「我在沙漠裡迷路，差點死掉的時候，救我的人就是穿著這樣的衣服，他們將我送到這裡，男人、女人都戴著一樣的帽子。」「他們的村子在哪裡？」「那裡。」老人瞇著眼睛指著霞光照耀的沙丘，柔軟隆起的沙丘被霞光照耀，正令人神往地升起。「我聽說就在越過沙丘的地方。」「有路嗎？」「哪有什麼路？大概沒有人越過那個方向的沙漠，駱駝也無法通過啊，因為有很多流沙。」

流離在某個飯館遇見一位男人，他說的話和那老人說的極為相似；他說曾有一位絕世美女嫁給前朝天子作為後室，後來返回西域，她治理的綠洲村落正位於沙漠中間，只要是見到她一面的人，無不跪倒在她跟前，向其敬拜。「聽說從那女人的身上傳出香氣，曾有一段時間，許多人說要去看她，往那個方向而去，但沒有一個人回來，那是死亡的沙漠啊！」所有的話都只是誇張的傳聞而已。「從這裡走大概三天，會看到一個小村子，你在那裡問人的話，會聽到更加詳細的消息，聽說那些人偶爾也會去那裡。」男人附加說明道。那個男人說的村子位於絲綢之路的關口——玉門關西北方的沙漠。

春天終於降臨在沙塵暴是主人的沙漠。

在春天來臨之際，流離聽說臨時政府的要員在冬天已經回到水路國，由於未能獲得美國軍政的正式認可，可能是以個人身分回國。據說在水路國，為數眾多的政黨、社會團體如雨後春筍般出現，反對信託管理的動員大會在全國擴散。更令人受到衝擊的是水路國的北部區域由蘇聯軍隊、南部地區由美軍占領，流離三月才聽到所謂「三八線」的消息，他覺得無法理解，火人國的軍隊撤退後，外國軍隊如何能夠進來，任意分割、治理國家？他還聽說南部區域有得到美國支持的李承晚，北邊則有獲得蘇聯支持的金日成。在滿洲的時候，雖曾數次當耳邊風地聽過金日成這個名字，但作為北部區域的首領、膾炙人口的金日成這個名字則十分生疏。流離覺得內戰的火焰開始燃燒的大地國和南北分裂的水路國都一樣，在火人國軍隊焚毀、破壞的地方，現在又被政派和意識形態的怪獸所吞噬。

乞食現在如何？

流離聽說在延安隸屬於共產黨的人已進入滿洲或北部區域，其中也有一部分進入南部，乞食的故鄉雖在南部，但以他的忠誠心推斷，乞食極有可能進入北部區域，但很明顯的是，無論進入哪一邊，結果都是一樣的。在歷史的經驗中，這個民族從來沒有一次自己和平地解決過問題，蘇聯和美國不也已經將水路的國土分割成兩半了嗎？就算是李承晚和金九聯合、金日成和金策合作也無法將這個異常的結果加以挽回，流離預感又會有另一陣狂風襲擊半島的國家——水路國，因此心裡至為酸楚。他還曾夢到水路國的山河被新血染紅，分斷成一半；很清楚地，他們雖瘋狂射擊，但連自己究竟在幹什麼都不清楚。大地國的今日已經說明內戰的狀況中，必定會流更多的鮮血，歷史正是犯罪和災難的紀錄。

「我不想回去！」流離喃喃自語道。他在殺死父親的時候，自己就已經否定了祖國，路途永遠不會結束是他唯一的希望，能見到紅色髮帶固然很好，但就算無法見著也無所謂，聽從道路的召喚對於流離而言，是生命的起始，也是終結，由沙子形成的沙漠路途正在前方等候著流離。

流離終於踏上沙漠的路程。

在敦煌男人告知的小村落裡，流離聽到了更多的情報。「至少要走一個星期以上，雖然在半路上死去的人不計其數。」某個人告訴他。「我不會死的！」流離微笑回答。流沙十分可怕，用腳踏一踏，就會陷入沙子中的陷阱。「小心，有流沙！」如果武夷不告訴他，流離極有可能無法熬過幾天，即葬身於沙漠墳墓之中。白天陽光熾熱，夜晚的風卻寒如刀刃，流離還曾因沙塵暴襲來，全身被埋在沙漠墳墓裡。沙漠雖一片死寂，但卻十分驚人地充滿活力，沙漠可說是暴風的心臟、陽光的骨架、死亡的嘴巴，流離雖曾走過數萬里路，但沙漠之路與任何一條路都不相同。

流離白天用準備好的蓋頭遮蓋自己，躲在岩石的陰影下睡覺，在太陽西斜之際起身，就著星星和指南針行走，五天後，帶著的水完全耗盡，無可奈何地即將要被陽光曬死。「我不會死的，」流離喃喃自語道。「嘖，你會死的！」武夷邊咋舌邊火上加油，「你死了的話，我會把你埋在沙子裡的，埋在沙子裡的話，絕對不會腐爛，筋肉會被風洗盡，骨頭會粉碎後，變成沙子。」惡毒的陽光似乎能將活人的肉剔出，也能將骨頭絞碎。皮膚脫皮、頭髮也如被火燃燒過一般，極易粉碎。流離也經常看到海市蜃樓，「那，那裡……綠洲……」流離喃喃自語。「那是海市蜃樓，沙漠要把你抓走的計謀！」武夷立刻將僅存的一絲希望斬斷。流離暈厥並從沙丘上不斷滾下是在飲水斷絕的隔天。

因為冰涼的東西滴在嘴唇和臉上，流離霍然地睜開雙眼，他似乎是在滾下來的途中，跌進岩壁下方的傾斜地穴中，流離先是對自己身體濕潤的事實感到詫異，那，那不是水嗎？武夷把濕透的腳放進嘴裡。「啊，怎麼會……」流離喘吁吁地問道。「我找到了綠洲，」武夷趾高氣揚地回答，「那邊是流沙，如果你從那邊滾下去的話，早就已經沒命了，你問我怎麼找到水路的？」武夷露出先知者的微笑，「出現流沙的原因之一就是因為水路，在地底深處流動的水往上湧出，上層部的沙子濕透之後，就形成流沙。哇，累死我了，你看我的腳，朋友，為了救你，我拚死拚活地挖沙子，腳變成這個樣子，從現在開始你挖吧！」流離像瘋了一樣，拚命挖著濕潤的沙子。「算你運氣好，就算有流沙也是很奇怪，我還是第一次看到水氣冒出來。」武夷搖頭說道。往下挖了許久，沙層中的水開始逐漸匯集。

武夷的說明只不過是部分論理，流沙雖有可能是因為地下水的緣故產生的，但也有可能是因為太過細微，沙子和沙子之間的摩擦力降低所形成的乾涸流沙。沙漠裡的流沙大部分都是乾涸的流沙，除了受地震等因素影響，導致地盤大為動搖的少數情況外，幾乎不可能出現地下水往上流至接近表面的情況，這是日後才知道的事實。但是武夷堅持主張那是因為地下水的緣故。「你貼近沙坑的地面聽聽看，那底下是不是好像有水在流動？」武夷把耳朵貼近沙坑說道。流離當然什麼聲音都沒聽到，就算底下有水路，那也是在極深的地層下方，自然不可能聽到任何聲音。

無論如何，流離因為那個沙坑的緣故活了下來，到了白天，沙坑又在瞬間為之乾涸，一時之間冒出的地下水似乎又再次尋找該走的路。然而就算有水，當時也並非能自由自在地喝水的狀況，舌頭就如同裂開一樣疼痛，嘴裡都是凝結的血。從沙丘上滾下來的時候，沙子進到鼻孔和嘴裡，砂礫似乎就是那時撕裂舌頭的。「現在可不是擔心舌頭的時候，明天如果還找不到村子，你必死無疑。」武夷猛地拍打膝蓋。

村子進入眼簾是在一天後的深夜，當時正是滿月，在爬上沙丘的時候，流離先看到若干稀微的燈火，那是由沙丘和傾斜的岩石所圍繞的凹陷寬廣盆地。在月光照耀下，看到潮濕的森林和如棋盤橫亙的民家，那個村落不小，海市蜃樓吧？流離心想，像這樣的沙漠中間怎麼可能有如此的森林？大概也有月光照耀的海市蜃樓吧？

那時正是無風的安靜夜晚，從沙丘上流瀉下來的月光反射在安靜的村子裡，如果有能撈起月光的水井的話，大概就是這個模樣了。流離覺得自己是看到幻影了，但揉揉眼睛後，再次俯瞰下方，一切如前，沙丘稜線完美，村落正如柔順的過客肩膀，十分安靜，將天地萬物融合在一起的月光皎潔而圓融。「那不是幻影！」武夷用被風景感動的輕聲細語訴說之時，從村子裡似乎傳來什麼聲音，就好像緊繃的弦樂器的弦在風中響起的聲音，而因為像水井一樣凹陷的地理特性，無法分散的聲音在盆地內部繚繞許久，這也極不尋常。

那是細而尖銳，且極長的回音，有時聽起來像似美麗的曲調，但有時又像剜肉般的痛苦悲鳴，不像是人世間的聲音，似乎是從超越的深壑中傳出的聲音，不分善惡、也沒有內外之分。流離看到比白骨更白的月光濡染了沙丘，連那來歷不明的聲音都加以浸透而流動。「村子正在下沉！」流離無心地喃喃自語，他感覺那個聲音一點一點，然後完全地將村落拉進沙子底下，流離的身子驀地發抖。

就這樣，流離進入了流沙縣。

加上「縣」這個字完全是流離的想法，由於幾乎未曾接受王朝的實際支配，自然也沒有「縣」

這個劃分，這個地方不只四周都是岩山和沙丘，而且必須通過無數流沙隱蔽的沙漠才能到達此地。

流離從村子老人的口中聽說在許久以前，雖有裝載著絲綢和香料的隊商成群地經過此地，但當時已經沒有任何人記得那段歷史，誰會行走既遙遠又危險的路途呢？要走當然也會走更近的天山南路或較舒適的天山北路。「不知從什麼時候開始，村子裡的井水開始慢慢地乾涸，」老人說道，已經是數十年前的事了，但他還記得十分清楚。流動的水路開始減少一事是最具決定性的災難，那時連飲用水似乎都即將用盡，有部分人已經整理好行李離開，剩下的人對於未來也充滿恐懼。

「就在那時，水雲夫人回到村子來。」老人以充滿感念的表情回憶道。老人說那女人原本的名字是水雲，但村人們都叫她「大夫人」。身為世世代代治理這個村子的縣長的獨生女突然回到村裡，縣長已過世許久，雖曾短暫說她嫁給天子作為後宮，但被趕了出來，但這不過是傳聞而已；還有人說她住在印度一段時間，後來越過喜馬拉雅山回到村子裡，那也是不足為信，沒有任何一個人知道在回到村裡以前，水雲夫人在哪裡、如何生活過。

「不要離開，水路會再回來的！」

這是回到村子後的「水雲夫人」說的第一句話，據說那時她的年紀在三十歲左右，她威風凜凜而又美豔絕倫，還有人說從她身上散發出神祕的香氣。當時正在打包的人們半信半疑，「在十五的月亮升起之時，井裡會積滿水的！」她斬釘截鐵地說道。雖有一些人不相信她的話而離開，但立刻就發生了令人無法置信的事情，井裡真的再次開始積滿水，那是長三十尺，寬六十尺的井，而正如她所言，在十五的月亮升起的那天，井裡積滿了水。

村人們自然如神一般尊奉女人，而治理村子的法統也為她所擁有，這個村子是由女人家族世世代代所治理，村人們相信是阿拉為了拯救這個村子而將她派送回來，從那時起，人們開始叫她「水雲夫人」或「大夫人」，還有人叫她「水雲娘娘」。

「大夫人」立刻召開村落會議，提議選出區域代表，並開墾更多的土地。「現在有水了，我們不要再依賴外界，我們自己可以活下去！」她提議埋下涵管，讓可以種植穀類和棉花的土地更輕易地獲得灌溉供水，這就是所謂的「坎兒井」，可說是沙漠特有的灌溉方式，對此，沒有任何人表示反對，四處都造成了水路，農田裡的用水開始另外徵收水費。即便如此，村裡也沒有單方面頒布命令的事情發生，所有重要的事項都交由代表會議自律決定，任何瑣碎的規則也都由代表協議後決定。

當然，大夫人的權威是絕對的，然而這並不是沾家族的光，而是自然而然地獲得鞏固的權威。村人們栽培穀類和蔬菜，也飼養羊和小牛，他們撒下棉籽，並以其織布，農田日益擴大。「大夫人如其名，是水和雲的女神。」男人們說道。「大夫人生氣的話，井水一定會再次乾涸的。」婦女們也接話說道。離開的村人自然一個一個地回來，流離到達那裡的時候，那個村子的人口大約有三千名。

村人們的服飾和紅色髮帶的圖畫裡的人都一樣，從衣著無法分辨男女，那裡的男女都穿著長衫，他們將其稱為「准白」，這是從阿拉伯傳來的名詞，基本上接近穆斯林的服裝，只是男女不加區分，也不像其他地方的穆斯林一樣，他們並不使用蓋頭，女人也無需遮蓋臉孔。「在大夫人回來之前，女人們都遮蓋著臉，」老人回想道。不只帽子，幾乎不存在因為是女人而受到的不平等待遇，甚至可說女人們的權威更高。女人們在帽子上繡花，這是唯一和男人不同的，男女之間絕對不會因職業、年齡而受到差別待遇，這是從大夫人回來以後，經過數十年間變化的傳統。

只有一項是用來區分世代的標示，據說這也是大夫人創造的傳統，例如孩子們戴綠色帽子，成為少年、少女後，在結婚之前，原則上男女都戴著藍色帽子，結婚以後到四十歲以前的基本色是淡紅色，四十、五十歲的人是黃色，六十歲以後僅使用白色。流離看到戴著白色帽子的人經過的時候，大家都起身表示禮貌。這些區分的設計是為了考量擔任的勞動種類，戴著紅色帽子的人要負責最吃力的勞務，戴著黃色帽子的人次之，而戴著白色帽子的人可以不做任何事情。

村人們都非常親切，好奇心也非常強，曾發生過有數十人同時聚集來看衣著奇特、身材矮小的流離的事情。女人們非常活潑，男人們則十分慎重；他們認為太陽是女人的象徵，月亮則是男人的象徵，這可說是極為獨特的世界觀。在夕陽西下的時候，經常能看到男女聚集在空地跳舞或遊戲，「你是月亮，我是太陽，月亮和太陽原本不曾分開！」村人們唱著歌，他們好像天生就能歌善舞，他們非但有餐館，還有烤麵包的商店和販賣日常用品的小店；在跳舞、遊玩之際，只要時間一到，他們和所有穆斯林一樣，都會趴下祈禱。流離欣然地接受人們提供羊肉串、麵條和餃子的款待，被稱為「饢」的扁平麵包是他們的主食。

三天後，流離見到了大夫人。

戴著繡有特別紋飾帽子的青年們引導流離，那是大夫人家族傳統的紋飾，大夫人住在現出紅光的西邊峭壁洞窟的家中。「你要小心那個女人！」趴在背囊中的武夷小聲說道。一進入洞窟的入口，泉水立即湧現，空氣十分寒涼，經由涵管流入的水在圓形的泉裡流動。流離背著行囊走進鋪滿地毯的通道，構造是以中央大廳為中心，分為好幾個房間，和流離乞食團的隱居地類似。寬敞的圓形房間出現，沒有特別的裝飾，流離看到鋪在地板上的地毯和樸素的椅子、茶桌，牆上掛著波斯風格的圖畫，房裡不太黑暗，香氣柔和地在房間裡縈繞。

有三個女人坐著，左邊戴著紅色帽子的女人非常年輕，右邊戴著黃色帽子的女人面頰削瘦，坐在中間的女人穿著白衣，戴著白色的蓋頭，來到這個地方以後，還是第一次看到使用蓋頭的女人，她的身軀十分龐大，流離一下子就認出她就是大夫人，她用面紗遮住臉孔，所以看不清楚她的表情，戴著藍色帽子的少年、少女將茶水端進來，他們看到流離的衣著後嘻嘻笑著，氣氛非常自由自在，大夫人正沏著茶，與房裡的裝飾不同，茶壺等各種茶具都是可供皇室使用的最高級製品。

「您是從哪裡來的？」首先發話的是戴著黃色帽子的中年女子。「我從武夷山來。」流離回答。「從那麼遠的地方來的啊？」戴著紅色帽子的年輕女性用明亮的聲音插話道，她看來剛過二十歲，眼神充滿好奇。「之前呢？」黃色帽子再次問道，大夫人無言地將茶倒進杯中。「我曾經在杭州、上海、西安住過……」黃色帽子略微皺了皺眉頭。「她是在問你故鄉在哪裡。」紅色帽子用忍住笑意的聲音補充說明。「我是水路國人，經由滿洲進入本土。」大夫人將茶杯推到流離面前，那時才轉過身來，流離感受到極為深奧的視線。「你來這裡做什麼？怎麼來的？」語調雖然柔和，但黃色帽子的話中很清楚地有所意圖，流離感到好像是一種審問。「那個，那個……」流離暫時語塞，茶杯裡也散發出香氣，不，也許就如同在敦煌聽到的，是從大夫人的身上散發出來的香氣也未可知。

「聽村裡的人說，你是來找某個水路國的女人，那是真的嗎？」黃色帽子好像從一開始就想問這件事，流離也正想問這事，流離從懷裡拿出紅色髮帶畫的圖畫，並且在那些女人面前攤開，「這張圖裡即將死去的女人是水路國女人，圍繞在她身邊的女人們如同你們看到的，和這個地方的女人穿的衣服極為類似，這個女人有沒有來過這裡？」黃色帽子用冰冷的表情搖頭，「沒有水路國的女人來過這裡。」「可是畫裡……」「那是誰畫的？」「這是事先畫出自己死亡情景的圖，我知道在西域只有這個地方的男女使用相同的帽子。」「事先畫出自己死亡的情景？這是什麼話？有誰能預先看到自己的死亡？」說明起來十分困難，而且很明顯的是就算說明的話，黃色帽子也不會相信。「從那麼遠的地方來到這裡，她大概是你的情人吧？」紅色帽子又插話道。「她是我妹妹。」流離不想多費唇舌，他強烈感受到她們隱藏自己內心的意圖，好像知道什麼但又不說。

接下來，大夫人用手指指著流離的背囊，「那裡面裝了什麼？」大夫人突然問道。和她龐大的軀體不符，聲音非常細柔，好像擁有非常敏銳的感覺，武夷仍舊連呼吸都不敢呼吸，但大夫人一下就知道武夷的存在。「好像是動物吧？」大夫人再次問道。「不，不是動物……」流離猶猶豫豫地答道。「不是動物？」「是我朋友，我的同伴。」流離沒辦法，只好從背囊裡將武夷掏出來，武夷靜止不動。「哦，是地鼠呢！」大夫人的聲音非常開心地提高，「說地鼠不是動物，是自己的朋友，我還是第一次看到這麼說話的人！」說話的口氣愈發寬厚，她似乎十分滿意流離的回答，大夫人摘下戴在頭上的蓋頭，突然站了起來。

那是一張皺紋極多的臉孔，肌膚如白玉一般，頭髮完全是銀白色，身高似乎高達七尺，腰身如同年代久遠的罈子一樣渾圓，臉頰和下巴都是圓滾滾的，好像立刻就會爆開一般，每當她移動身體的時候，身上隱藏的肉感覺好像朝四方擴張，手臂比流離的腰還粗。「別擔心，這個小傢伙，我知道牠的性格很凶猛。」流離根本還沒有時間勸阻，大夫人已經伸過巨大的手來，將武夷一把抓住，機靈的武夷一動也不動。「你好，地鼠！」和武夷眼神相對的大夫人呵呵大笑，笑容近似於男人，整個臉孔就像巨大的海浪湧來一般，由極深的皺紋區劃的一團團肉就如水波一樣襲來。「牠的名字叫什麼？」大夫人問道。「牠叫武夷，」流離回答道。

從那天以後，流離就成了大夫人的「客人」。

大夫人的洞窟家人約有數十人，沒有人照料的老人和沒有人照顧的兒童都寄居在那裡，照顧老人和兒童的人也不少，此外，還有為了訪問村子或迷路的旅人而準備的客舍，就好像是村裡的養老院、孤兒院和客舍的集合體。

從洞窟的家中開始傳出那個聲音是在大家都睡覺以後，就是第一次發現流沙縣的瞬間，流離趴在沙丘上聽到的尖叫聲，十分尖細、銳利、令人迴腸九轉的極長回音，和在沙丘上聽到的感覺又有些相異，那完全是充滿痛苦的尖叫，毫無疑問地，聲音是從最裡面的大夫人的寢室裡傳出來的，還能聽到急忙跑去的人的腳步聲，尖叫聲間歇地持續。

「大夫人好像有耳病。」隨著腳步聲出去的武夷回來後說道。「耳病？」「女人們在挖大夫人的耳朵，膿血好像都挖了出來，四肢掙扎的大夫人，唉！真是令人目不忍睹！」武夷咋舌道。尖叫聲著實令人感到胸口絞痛，從九泉之下傳出來的聲音約莫就是如此。

沒有人正確知道大夫人從何時開始患上耳病，白天沒有任何異樣，但一到深夜，尤其是月圓日子的午夜，痛苦就會到達頂點，搔癢的程度比痛楚更甚，就算挖到出血，搔癢也未曾停止。大夫人身軀龐大，縱使年歲已大，力氣仍巨大無比，搔癢的程度到達極致的時候，沒有任何一個人能夠壓得住她。身體就如巨浪一樣抖動，或者來回滾動，發出尖叫聲。「可確信的是……」人們交頭接語，「如果大夫人的耳病無法治癒，井水終究會乾涸的。」數十年前隨著大夫人回返的水路最近又開始變窄，他們單純地認為這是因為大夫人耳病所致。村人們相信如果大夫人的耳病不能治癒，村子極有可能再次回到可怕的過去。

村裡有專門負責製造大夫人耳勺子的鐵匠，也有製造挖耳朵時使用的棉棒的女人，還有專門負責挖耳朵的女人，曾有一個女人因為沒能正確處理，導致大夫人從耳朵裡流出一大灘血，她自覺罪孽深重而離開村裡。

最近專門負責挖耳朵的女人是第一次見到大夫人時隨侍在側的「紅色帽子」，村人們叫她「麵條」，可用棉棒感覺極限的麵條可能是想像到用麵條可以緩解耳朵裡的搔癢感，她原本是麵店家的女兒，一個多月前開始使用好不容易從本土和從阿拉伯隊商處買來的各種搔癢症特效藥，她將各種黏糊糊的材料放進藥材裡攪拌，研發出雖彎曲但不會折斷的麵條；有人說大夫人的耳朵太深，這些麵條放進去一大把，前幾天真的發揮功效，大夫人的耳朵裡沒有再流出膿水，她也才可以睡幾天好覺，可是很可惜的，效果只持續了幾天，再次月圓的時候，耳病又立刻復發。

所有村人們都日復一日地加以努力，有人從遠處請來專治搔癢症的名醫，有人請來據稱可斷絕萬病根源的術士，還有人帶巫師來，但是一百種的術士、一百種的醫藥都無效。最近大夫人的病況更加嚴重，因之井水水位也日益降低，甚至到了必須停止澆灌農田的地步。如果到了月圓之日，全村的人幾乎都睡不著，這並不是因為大夫人的尖叫聲，而是因為擔憂、恐懼即將到來的悲劇所致，井水乾涸也意味著所有人的死亡，正如同流離在皎潔的月光下第一次聽到大夫人的尖叫聲時的景象，全村陷入沙墳的光景即將成為現實。

住在大夫人洞窟家中的大多數人幾乎都稱呼她為「母親」，「老人就不用說了，如果有父母死亡的孩子，都會被帶來這裡，大夫人會扮演母親的角色，大夫人是我們所有人的母親。」某個女人說明道。剛滿二十歲的紅色帽子據說是在小時候被大夫人帶來這裡撫養的，還有幾個少年、少女，還有不到五、六歲的孩子甚至還有新生兒，洞窟的家裡還有學校。所有人都是大夫人的「弟子」，也是她的「子女」。

又到了月圓之日。

大夫人的耳病沒有絲毫起色，所有的處方雖都試過，但都沒有成效，這是流沙縣所有人的難題，隨著月亮升起的比例，大夫人的叫喊聲也愈加綿長而尖銳，每當那時，所有村人的身體都會不自主地發抖，因為自覺到只能眼睜睜地看著井水乾涸的結局即將到來之故。

流離在十五那天再也無法忍受，不顧客人的身分，奔向大夫人的房間，月光明亮的程度達到最高潮，沙漠就好像要爆發一般地隆起。大夫人的房間在洞窟家中的最裡面，「請讓我進去！」流離向著阻止的人大聲喊叫。「男人不能進夫人的房間，這是我們的規定！」答話的人是剛來到這裡的時候，代替夫人詢問各種問題的面頰鼓起的黃色帽子，她不但要處理家裡大大小小的事，流離還看過她在祈禱室裡引導禮拜的進行，她在最近距離輔助大夫人，可以說是一種執事，也是村裡位階的第二位，村人們管她叫「穆斯林」，意謂順服神的人，是大地國式的標記。那時，大夫人也持續地尖叫，流離覺得自己心裡就好像火燒一樣痛苦，希望把耳朵捂起來。「我來治大夫人的病。」流離說道。「你只說要治療夫人的病是不能進去的，如果你承諾一定能治好，我才能讓你進去。」那女人——穆斯林冰冷地回答道。「我承諾，我承諾，我來治療大夫人的耳病！」「如果治不好呢？」「如果治不好，我就立刻離開村子。」「光憑這個是不行的，用話語承諾的責任是在舌頭，我會叫人割下你的舌頭的，可以嗎？」「好的，可是我有一個條件，我治療大夫人的時候，任何人都不能觀看，包括妳在內，如果接受我的條件，就引導我進去吧！」雖然不知道是什麼緣故，但流離當時明顯覺得大夫人和自己具有緊密連接的關係。

大夫人的尖叫聲停止了，那是在流離進去大夫人的房間裡約一個小時以後，月亮圓鼓鼓地升起，不僅寄居於洞窟家中的家眷，村裡所有人都直搖頭，沒有人知道流離究竟用什麼方法讓大夫人的叫聲停止，穆斯林也信守她和流離的約定，在流離進入大夫人房間的時候未曾觀看；大夫人的尖叫聲停止以後，走進大夫人房間探視的穆斯林無法相信自己的眼睛，因為她在月圓之夜第一次看到大夫人睡得如此安詳，穆斯林十分驚訝地看到流離滿身大汗、步履蹣跚地走出黑暗的通路，月光依舊皎潔無比。

流離在早上接到大夫人的召喚，她的表情有些困頓。「你的臉色看起來好多了。」她微笑說道：「這都得感謝您的悉心照料，真是非常感謝！」「我們擁有厚待客人的傳統，嘴裡的傷口都結痂了嗎？」傷口雖已結痂，但幾粒撕裂舌尖並嵌入的砂粒沒法夾出，只覺舌尖突起。談話暫時中斷，大夫人似乎不想具體地訴說前一晚發生的事情，流離也是一樣。「我覺得我們之間，好像有一種不知名的深切因緣連接。」過了好一會兒，大夫人才啟口。流離點點頭，雖無法知道緣由，但一想到大夫人的痛苦時時刻刻轉移到自己身上來看，他完全同意大夫人和自己之間具有某種因緣。武夷不知何時已鑽進大夫人的懷裡，「牠比想像中要乖呢！」大夫人撫摸著武夷說道。「牠也很容易變心呢！」流離輕微地貶低武夷，牠相當機靈，很能迎合別人的脾胃，所以過得很舒服，有時流離還覺得牠很煩人。「我想聽聽水路國的故事，水路國的山川如何？」大夫人的好奇心極強，她的表情不知從何時起，已經回到安穩的日常。

流離也難得感到心情愉悅，於是說道：

「我們水路國的山極多，但是天地之間都有水路相通，所以自古以來就有錦繡江山之稱。因為山川峻立，所以形成了至高的山勢，另因流水潔白、碧綠，自然獲得純然的深度。一座山就蘊涵有數百、數千的水路，因此流水無分季節，總是如玉石一般青翠，如冰泉水一樣清澈冰涼，人們都說自己與孕育自己的山、水極為相似。住在該處的水路國人和流沙縣的老人一樣，主要穿著白色的衣服，也有人稱呼為白民，我們認為意味天空和土地的最終顏色是白色，也是深度不可測量、寬度也無窮無盡的顏色，更是無限的尊敬和崇拜的表象。看到流沙縣的人們穿著白衣，我還以為自己回到了故鄉，實在是非常高興。歷代王朝雖曾多次下達白衣禁止令，但水路國的人並未遵從，因為最終的白色已然進入我們本源當中所致。那就是無論火人國的軍人如何燒殺擄掠，永遠不屈服的水路國人的本源。」

原本以為會很快結束的談話持續了一整天，大夫人好奇心極強，流離的口才相當好，在描繪風景的時候，形容得極為傳神，而在講述人們的生活時，饒有風趣，而談論世上的結構時，則十分犀利。大夫人看來被流離的口才所吸引，可以說是幸福的一天。「你不是一般人，」大夫人說道，「從你說這隻地鼠是同行者那時開始，我就已經知道。」「您任何時候召喚我，我一定毫不猶豫地前來。」「明天你告訴我滿洲的故事吧。」「水路國人是喜歡故事的民族，還有很多來不及說的故事。」「這樣的話，前一個月只能聽水路國的故事了。」大夫人呵呵笑道。

從隔天起，大夫人每天早晨都會傳喚流離。

流離三歲時已經能讀會寫，五歲的時候就能夠用全身心領會柔美和悲愁，七歲時能夠完全正確地讀出並寫下枕邊書架上的書名；流離對於大夫人好奇的所有事情，都能毫不猶豫地加以訴說，大夫人也能完全接受流離所有的話語。從流離的立場來說，這還是有生以來第一次遇到如此偉大的聽眾，流離的舌頭是這個世界上最長的，大夫人的耳朵則是這個世界上最寬、最廣大的，不能不說他們是最佳組合，聽故事的大夫人的眼神發光，而說故事的流離的眼睛也每天綻放光芒。「故事」才是連接內與外、天空與大地、現象的有限和超越的無限的大道，也是至高的水路。

「我現在好像知道是什麼如何將我們連接在一起了。」幾天後，大夫人以清朗的語氣說道，「世上萬物都必須遇見適合自己的另一半，才能發揮自己的功用。例如菜刀要配上好的砧板才能跳舞，廚房要配上清澈的井水才能發光，如果都能如此，那就不會生任何病了。」大夫人的眼睛清澈明亮，流離則感到自己全身緊張，這個女人擁有無法用語言形容的深邃而奧妙的美麗，那一瞬間，流離竟升起想全身投進她寬廣懷裡的欲望。「你覺得我為什麼會得到耳病？」大夫人問道。「不就是因為太久沒聽到值得自己聽的話了嗎？」流離立刻回答道。「沒錯！」大夫人拍手說道。

聽不到大夫人的尖叫聲，平安過了一夜的人們早晨都彼此握手，以歡喜的微笑問安。「瑟拉穆！」人們說道。「阿拉伊庫姆薩伊拉穆！」人們大聲回答道。這是穆斯林讚美神的問候語，傳聞比神的旨意更快速地傳播開來，幾乎沒有人不知道終止大夫人尖叫聲的是來自水路國的矮小男人的功德，至於用什麼方法治療大夫人的病則是意見紛紜。有人說他從水路國帶來神祕的藥材，也有人說他原本是水路國的術士。他不只終止了大夫人的尖叫聲，她的臉色一天比一天好，圓圓的滿月正是大夫人自己，一個月很快就過去了。

月亮西斜又升起，十五之日再度來臨之時，大夫人的尖叫聲是否能夠不再出現，村人們都緊張地等待夜晚的到來，滿朔之月，月亮已升至中天，整個沙漠都充滿銀光，村人們都全身心感受到滿月因冰涼的陰氣累積成水，形成精氣神的結晶。當時大夫人的房裡只有大夫人和流離，內室的門鎖上，正如宇宙的一個空間般，那是一個十分寧靜的夜晚，流離雖是跪趴著的姿勢，大夫人則是十分舒服地躺著，她已入眠，黎明終於到來。

流離用手擦拭滿是汗水的臉孔，施術期間雖非常安靜，但非常甜美，動作雖不大，卻非常激烈。流離當夜用了渾身的力氣，破曉之時，做完該做的事情的流離以完成自己畢生渴望的高塔的工匠表情凝視著熟睡中的大夫人。流離看到美麗而光亮的絲綢之路，那是連接自身和大夫人之間的絲綢之路，那也是在朔月之時連接滿月的路，更是從滅亡連接到生成的道路。大夫人的臉孔是皎潔的月亮，也是圓形的沙漠，更是漫無邊際的天空，流離過去未曾見過如此完全的寧靜，不知名的感動震撼了流離，他真想撲進大夫人的懷抱，放聲大哭。

村人們不住地稱讚，他們跑到流離跟前，連呼「瑟拉穆！」、「阿拉伊庫姆薩伊拉穆！」還有人緊緊地抱著他，甚至有人跪在流離面前，行最高的大禮。拯救大夫人就等於是拯救整個村子的事實，沒有任何人提出異議，大家都認為開始乾涸的井水遲早會再次積滿，流離就如此成為「從遙遠東方的國家——水路國來的先知」。

當然不是沒有心懷不滿的人，黃色帽子的「穆斯林」和紅色帽子的「麵條」就屬此類，她們自然並未表示不滿，也按照大夫人的吩咐，將流離視為最重要的客人，沒有一絲怠慢。但是流離知道她們有所不滿，因為作為最近距離輔佐大夫人的地位，從來沒有像最近一樣動搖過，她們唯一期待的，就是大夫人的病完全康復，流離亦可早日離開村子。

「你是怎麼治療大夫人的？」武夷問道。「你不需要知道！」流離莞爾一笑。「還好大夫人的尖叫聲停止了，但是你怎麼會拿自己的舌頭當賭注啊？我還以為你的舌頭會被剪掉呢！」「我也沒有怎麼治療，只是大夫人和我談得來而已，我的舌頭和大夫人的耳朵相通，因為再也沒有比『談得來』一事更讓人喜悅了！」獲得治療的堅實基礎當然是言語，流離擁有說給大夫人聽的數不清的故事，而大夫人也擁有能高興地聽他說話的耳朵。對於大夫人而言，從來沒有見到像流離一樣能持續說故事給自己聽的人，那是迷人的境地，是去往廣大海洋的曼陀羅道路。

但僅憑如此是無法獲得治療的果效的，基礎既已準備好，在該處建立精巧且完全的高塔的實際舉措是相當必須的。例如切開發生傷口的部位，吸除掉膿液，塗上消毒的藥品就是如此。流離極長的舌頭在此過程中，就成為最突出的工具。交合的舌頭的橫向筋和縱向筋可完全掌控深入、皺褶和彎曲的傷患部位；嵌進砂粒的凹凸不平的舌尖可擠出傷口的毒素，細長舌頭的柔軟根部在消毒、縫合傷口時，發揮了最大效果，那也一樣是通往廣大海洋的曼陀羅之路。

大夫人的耳孔如九轉羊腸，有的地方變窄，細如針孔，有的地方如同武夷九曲高聳、彎曲，有的地方形成琪花瑤草漫開的丘陵。有些類似至今為止流離走過的路，舌頭行走的道路可說就是流離赤腳行走的路。在狹窄的通路中用細筆前進，在彎曲的道路上曲身前進，經過空曠丘陵的時候，用完全擴散的匍匐姿勢前進。流離擁有可仔細地安撫、填滿虛空的舌頭，高、低之地，精煉和偏僻的地方、明亮和陰暗的地方，流離的舌頭盡全力前進然後又彎曲地縮回。在隆起的山丘溫柔地拍打，寫下歌曲；在結實或被折斷的地方盡全力安慰，不給它們抵抗的機會，任何藥材、何種數術都已不再需要。

一晚，大夫人突然睜開眼睛起身，眼神明亮，臉龐盡如白玉。「跟我來！」她拿起燈盞，那是十分突然的舉動，她推開床頭書櫃，令人驚訝地出現了一條祕密通道，並立刻出現一個小房間。「這個房間只有我知道，」大夫人說道。那是一個極度靜寂的空房間，裡面擺設有一尊小佛像，佛像？流離覺得相當意外，不合理的風俗雖可說大部分都已被改革，但村人們不都全是穆斯林嗎？流離甚至看過大夫人都以穆斯林的方式敬拜祈禱。「這是我冥想的房間，沒有任何人知道。」大夫人盤腿而坐說道，「這尊是阿縛盧枳帝濕伐邏，千手千眼觀音菩薩。」「您不是敬拜穆罕默德嗎？」流離反問道。「是啊，是敬拜的，當然，我侍奉阿拉，也侍奉佛祖，這樣不是更好嗎？」大夫人的表情十分柔和。

「扎西德勒！」大夫人接著說道，「這是西藏的問候語，我在回到這裡以前，曾經在西藏當過比丘尼！」這真是令人驚訝的告白。「西藏是虛空的國度，喜馬拉雅山雖高，但一切不都是跪拜在虛空之下嗎？」曾經身為比丘尼的告白令人驚訝，而圓滿地在穆斯林文化中順應而活更令人驚訝，以佛祖之心進入穆罕默德的羽翼下生活數十年，也許那正是耳病發生的原因也未可知。西藏平均高度超過四千公尺，正可說是虛空的國度。「那裡有歡喜佛的宮殿，人們都說那裡的門四時開啟，經常有明光照耀，我也如此相信，因而在那裡度過我的年輕歲月。」大夫人的眼神變得非常渺遠，「今晚讓我舌頭說的話進入你的大耳朵裡。」大夫人附加說道。

她在不過十歲的時候，進入只有比丘尼寄居的古老寺廟，阿縛盧枳帝濕伐邏，正是侍奉千手觀音菩薩的寺廟，直到她二十八歲離開該地為止，她從未離開那間位於海拔四千七百公尺的高山、掛在無底懸崖上的寺廟。剛開始的五年間，她負責打掃和洗衣，其後五年，負責做飯，剩餘的八年間，她被關在難以躺下的小房間裡，只能跪著祈求。八年間，她從未離開那個小房間一步，那是朝向永恆前進的道路，這條渾沌不明的路，她日復一日地前進。

過了八年，她的額頭上終於升起明月，同僚們看到在黑暗的深夜裡她的額頭依然綻放光芒，大家無不歡呼雀躍，同僚們覺得她經由修行最重要的真諦——正見、冥想和行為，終於到達領悟的大海。她打開鎖上的門、走出來的時候，同僚都向她跪拜，她已經勝過前世的業障，既是活佛又是偉大的導師，同僚們主動地侍奉她。

但是她直至那時還無法完全甩開無名。「佛祖有言，清朗的天空升起的明月雖好像照在清澈的湖面上，但月亮卻未曾接觸到湖面，我的修行也還是如此淺薄。」大夫人的眼裡突然升起痛苦的氣色。她對同僚大聲斥責說黑暗尚未過去，黎明之前的根本性單純仍十分遙遠，她雖如此告白，但沒有一個同僚接受她的話。「導師的額頭上升起月亮，請成為我們偉大的導師！」同僚們跪拜請求。若不經由導師，絕對找不到未來前進的路，這是以西藏為中心的怛特羅佛教的核心修煉法，對同僚而言，導師的存在是絕對需要的。

她就這樣成了同僚們的達賴喇嘛，偉大的導師。

當時那一帶饑饉的情況十分嚴重，只有比丘尼聚居的寺廟更難得到信徒的關心，因營養失調而臥病在床的比丘尼日益增多，已經到了一個接一個死去的階段，連樹皮都已經剝下，再也沒有什麼可吃的東西。

用千兩黃金製作的千手觀音菩薩坐在佛壇的正中間，自從寺廟建成以來，這個寶物就從來沒有移動過，並且也是根源性光明的表象，當初寺廟之所以會建在該地，亦是為了侍奉那尊千手觀音菩薩像之故，但是被擁立為導師的大夫人沒有絲毫猶豫，「把菩薩的手拆下來！」她說道。導師的決定就是佛祖的決定，千手觀音菩薩的手毫不留情地被卸下來，被拿到市場上賣，這完全是她的意思。曾經擁有千手的觀音菩薩變成了沒有手的菩薩，這個消息傳遍了整個近東地區。

西藏佛教大致可分為四個宗派：寧瑪、格魯、噶舉、薩迦等，每一個又可細分為數十個宗派，即便占領了布達拉宮，那也並不意味所有宗派都會跪拜，區分宗派與宗派之間的理念和支配權的流血戰鬥，曾經數千次地發生在西藏的法堂裡，卸下千手觀音菩薩的手，以之換取穀物的消息當然引發極大的事端，怎麼可以發生這樣的事？因之侍奉還生佛的其他宗派的首長將大夫人和她的同僚抓起來也就是因為這個原因。

大地國內的革命火焰雖日益蔓延，但西藏高原仍受前朝權勢的支配，雖不斷受到空出寺廟的要求，但她堅持抗拒，在她的想法裡，黃金佛像並非佛祖，「佛祖在我們的心中！」她說道。但她的話卻引起更大的災難，武裝的其他宗派的年輕比丘最終不分青紅皂白地攻擊寺廟，其實他們只是仰仗前朝勢力的地痞暴徒罷了，他們的行動意在掠奪黃金製成的千手觀音菩薩和歷史悠久的寺廟，同僚比丘尼們用肉身將身為導師的她圍在中間，但終究寡不敵眾。有些比丘尼被毫不留情地丟下懸崖，有些比丘尼被亂棒打得頭破血流，手臂斷折，眼珠子蹦出來。大夫人用平淡的聲音接著告白道：

「他們假借佛祖的名義將我的手腳捆綁起來，丟到絕壁底下，我不知道自己究竟是如何活下來的，究竟是佛祖救了我，還是長在絕壁中間的樹木將我接住？我失神以後醒來一看，只有一隻手骨折而已，那一瞬間，我竟然憶及這個村子，父親當初並不希望我離開，但是我以前非常厭惡這個沒有水的沙漠，即便是幼小的年紀，每天都會不斷地懷念起一些東西，泉水是從哪裡、怎麼來到這裡，每天都是這些想法；鳥是怎麼飛越沙漠、飛離沙漠，每天又都想著這些，所以有一天跟著商人離開，再也找不到回來的路，隔天又隨著其他商隊離開，再隔天又跟著其他駱駝群離開，就這樣去到西藏。但是越過死亡醒來的時候，真是太奇怪了，想起的竟不是佛祖，而是這個村子、故鄉的家。我自己認為冒著九死一生的危險才走到西藏，但一切都只是原地踏步而已。我在輾轉徘徊了兩年之後，終於艱辛地回到這裡，那時泉水乾涸，村人們正紛紛打包著行李。」

「聽說您又再次把泉水召喚回來？」流離問道。「是啊，」大夫人點點頭。「這個洞窟的家是我們家門世世代代居住的地方，你過來這裡！」大夫人把千手觀音菩薩像放下，推開牆壁後，出現一個通往下方的狹窄階梯。「從這個地方下去，會出現連接這座岩山背後的出口，任何人都不知道這條路，你覺得這是我挖的通路嗎？」「好像是很久以前就已經存在了。」「對，我也不知道這是誰、什麼時候建成的，不要以為以前的人只有吃飯和睡覺而已。」流離想起流離乞食團在滿洲隱居地的時候，自己直接考察、建築的洞窟出口，這裡也是相同方式的隱藏之路。「佛祖正是引導生命的存在，只要是人，任誰都不會坐著等死，都會尋思如何活下去。」莞爾一笑之後，大夫人繼續說道。

「我們村裡的泉水也是一樣，流進井裡的水都是從遙遠的山上流過來的，水路有兩種，第一種是水本身造成的，第二種是人們辛苦建成的水路。你是我見過的人當中學習能力最高的，因此我相信你也知道坎兒井是什麼，正是數百年間人們一點一滴接續建成的水路，就光是這一帶的沙田下面就有長達數千公里的地下水路坎兒井。經過長久歲月，雖多少會有一些被填補或被遺忘的地方，但最重要的就是水路──知曉水路，在這裡，那就等同於權力。我知道這附近所有的水路，父親留下地圖，只隱祕地傳授給我關於那些水路的枝節。你來這裡的時候，不是說力氣用盡後暈厥過去，後來因為岩壁下方地穴的潮濕沙子才活過來？就是那個，那個岩壁下方就有進入這個村子的坎兒井的一個枝節，那個地方只有我知道，在那個地方的沙層往下挖十尺的話，就會出現隱藏在岩壁根部的這種通路，把那通路打開走下去的話，就會出現水路。最近我們村子的泉水減少的原因，我覺得是因為那裡堵塞的緣故，你暈過去的那地方的沙子潮濕就是證據，堵住的水暫時向上沖，如果把堵塞的地方打開的話，水路就會再次回來的，就像我以前做過的一樣。」

「為什麼，為什麼您沒有把那些水路的細節告訴村民們呢？」流離緊接著詢問他想問的問題，因為他覺得也許是大夫人也是為了掌握、維持權力，而獨占這些祕密也未可知，如果真的是這樣的話，則流離絕對無法同意她的戰略與戰術。「問得很好，但是我想先問你一個問題，如果大家都知道水路的各個枝節的話，你想我們村子會變成什麼樣？」「這個嘛，也許會有男人要求女人再次戴上面紗也未可知。」「你真是一個有智慧的人啊，不僅有令人驚訝的舌頭，還擁有智慧的耳朵。」大夫人滿足地點點頭。

「當然啊，你說得對，對於掩蓋了數百年間臉孔的女人來說，我是怎樣脫掉她們的蓋頭的？我要用什麼力量教導他們這個世上的神不分男女、都是公平的？如果從一開始就公開水路的話，我是絕對無法改變他們的，女人們得繼續蓋住臉孔，神也只有阿拉一位而已，除了阿拉以外，所有神都應該被破壞或消滅，但是現在我們流沙縣成為了西域一帶唯一男女平等、不會因宗派和身分的不同而憎恨他人的地方。我認為這是不急躁、經過長久的時間考驗，沒有任何犧牲所得到的結果。明天早晨你站在洞窟的入口眺望村子的話，你會看到塔俏，也就是經幡，我們村子已經發揮了這個本質。」

大夫人說明道，「經幡」是西藏人為了懇切祈求他們的願望，在特別場所掛著的一種旗幟，由綠色、藍色、黃色、紅色、白色旗幟連接而成，寺廟、住家前或越過險峻的山頂時，西藏人都會懸掛蘊含有懇求意味的經幡。綠色象徵風，藍色象徵水，黃色象徵土地，紅色象徵火，白色象徵天空。「這五種要素就形成了萬物，這些要素必須均衡形成，無論是人還是世界才能平安、健康，可是現在卻是火氣沖天的世界啊！」流離內心頻頻稱是，村人們日常所使用的帽子正是這五種顏色，幼童是綠色，十多歲的少年、少女是藍色，二十到三十多歲的人是紅色，四、五十歲的人是黃色，老人們則戴著象徵天空的白色帽子，這無疑是大夫人以帽子的顏色為手段，在堅持唯一真神阿拉且十分排斥其他文化和民族的村人們的頭上澆灌西藏的靈魂，她暫時凝視流離的雙眼後說道：

「很早就一統大地國的忽必烈說過，他崇拜四位大先知，耶穌、穆罕默德、摩西和釋迦摩尼，忽必烈利用穆斯林殺害為數眾多的人，並且掌控了大地國，但他仍堅持敬拜這四位先知，並公平地參與各宗派的儀式，我也想成為忽必烈，不，我和他不同，我不想犧牲任何人，希望能達到這個境地，也就是這個佛像和穆罕默德、十字架比肩放在一起。永遠不會因宗派和理念的不同而發生彼此殺戮的悲劇，如果想達到這個目標，還需要更多的時間，我為了讓女人脫掉蓋頭就花了二十年，讓他們知道男女平等也花了五十年的時間；如果不是自然而然地滲進，而是急就章的話，怨恨就會如同沙丘一樣積累，時機還沒成熟，現在是野獸的時代啊，我多麼盼望人類的時代趕快到來，如此，我也可以早日將所有水路的枝節告訴眾人，可是我的年紀太大了，我已經一步一步走向死亡。」

流離那一瞬間感覺到一股熱流在心裡迴旋，大夫人真是慈愛的母親，也是真正的導師，在寸草不生的沙漠裡，她正夢想建造真正的綠洲，風、水、火、土地、天空調和的地方不就是真正的綠洲？

從隔天起，村子裡開始傳開新的預言，正如大夫人過去一樣，這次是治好大夫人痼疾的流離會將開始乾涸的水再次召回的預言。流離也回應這個傳聞說，「下個月的朔日，泉水將會開始回流。」村人們半信半疑地等候，朔日當天全然看不到位於地球和太陽之間的月亮，可以說是流離對全體村人做出的承諾，如果水路回不來，這次流離的舌頭就真的要被剪下來了。

「明天就是朔日了，朋友！」武夷說道。「瞧你那語氣，就好像已經期待我的舌頭被剪下來很久了。」流離寬厚地回答道。「你在說什麼？大夫人說的那個位置，就是你暈過去、再次活過來的那個岩石下方的坑道，從這裡過去需要一整天呢，得早點兒出發啊！」「你是怎麼知道的？」「你進去大夫人房間的時候，不知道我鑽進你的口袋裡了嗎？」「不知道！」「你比大夫人還不如，她立刻就知道我鑽進了你的口袋裡。」「大夫人是真正的母親啊！」流離感歎道，因為她知道和武夷同行的話，在沙漠裡就不用擔心會迷路了。

黎明時分，流離悄悄地和武夷一起離開了村裡。

流沙縣再次尋回平靜，非但再也沒有聽過大夫人的尖叫聲，而且泉水奇蹟似地再次出現。朔日之時，村人們都看到泉水再次漲滿的光景，如同流離的預言一般成就，村人們自然向流離致以超越大夫人的敬意，其實這是大夫人希望並計畫好的結果，村裡再次出現舞蹈和歌聲，村人們的臉上再次充滿生氣，他們無不希望能一握流離的手。越是如此，流離就愈發謙虛、愈發仁慈地微笑；恰好那時大夫人發表將把流離收為養子，那也意味著流離即將成為大夫人的繼承者。

慶典之日終於到來，大夫人正式將流離收為兒子，慶典非常盛大、華麗而豐饒；所有人都走出來喝酒、分享食物、跳舞。如果從上方俯視的話，聚在一起的村人參差不齊的模樣正如同西藏的經幡一般，那正是大夫人夢想世界的理想。流離也戴上黃色的帽子，到村裡的每個地方和戴著五種顏色帽子的村人們親切交談，正式以大夫人後繼者的身分進行拜訪。

大夫人當時身體已不太好，只有非常少數的人知道這個事實，曾經非常豐腴的身軀開始消瘦，眼眶也日益凹陷，急著將流離指定為繼承者的原因也就在此。最明顯的徵候是隨耳病痊癒，原本豐腴的身體開始消瘦，繼肩膀、雙腿之後，臉頰也日漸失去往日圓潤的光彩。原本比滿月更加皎潔的皮膚突然開始呈現黃土色，唯一沒有減少的只有腹部的肉，甚至肚子愈發隆起，宛如即將臨盆的產婦。「裡面充滿了水，我好像在肚子裡裝滿如滿月般的湖水。」大夫人指著自己的肚子笑道，非常奇怪而荒誕。

慶典結束後的翌日，大夫人在侍奉千手觀音菩薩的房間召喚了流離。「兒子！」大夫人在佛像前面坐定之後，第一次如此呼喊流離。「是，母親！」流離鑽進張開雙臂的大夫人的懷裡，他的額頭只能勉強碰觸到大夫人的胸前。大夫人的乳房雖已乾癟，但依然寬廣和豐厚，似乎還能餵飽十個孩子且還有餘；不知是否出於對於根源的渴望，抑或是因為對親情極端的思念之故，流離踮起腳、將頭埋進大夫人，不，母親的胸前。「母親！」他痛哭流涕。離開故鄉的家已過了十七年，實際年紀雖不過三十四歲，但流離亦因皺紋太多，從臉孔已經無法判斷年齡，大夫人波濤洶湧的乳房如水一般輕柔地滲進流離的皺紋中。「我剩下的日子不太多了，」大夫人輕撫著流離的頭說道。流離泣不成聲，不知是因為懷念在雲至山下做著針線活的美麗母親，抑或是赤腳來到遙遠的異域見到如菩薩一般的母親，當時已無法分辨原因。「母親，我愛您！」流離只想如此放聲大喊。

摯愛的母親如何可以是兩個母親呢？那一瞬間對流離而言，雲至山的母親就是流沙縣的母親，流沙縣的母親就是雲至山的母親。「你會愛上這個地方的人的！」大夫人說道。「我已經愛上他們了。」流離用哽咽的聲音回答。「凡事都沒有偶然，我在這個地方等候你的到來已經很久了，最近才領悟到這件事，謝謝你在我死之前到來，兒子啊！」順著大夫人臉頰流下來的眼淚滴在流離的額頭上，永存的歲月似乎如網眼一般，將大夫人和流離緊緊包裹住。

「我怕你會離開……叫底下的人不要走漏風聲……」過了好一會兒之後，大夫人才緩緩說道，流離擦掉眼角的淚水看著大夫人，「你一直在尋找的那個水路女人，」她終於說出這個祕密，來到流沙縣不覺已近兩年，紅色髮帶的模樣如電光一般閃現。「水路女人……紅色髮帶……」流離太過驚訝而喃喃自語，大夫人深陷的眼眶就在眼前。「我雖然不知道你要找的人是不是她，但確實是有一個懷著身孕的水路女人來到村子的入口。」大夫人繼續說道。

「大概是你來到這裡的一年前吧，一個女人在越過村前的沙丘時生下孩子，她是水路女人，雖然我沒看到，但穆斯林親眼見到她，因為收養孩子的正是穆斯林。沒有人知道那個水路女人是如何拖著即將臨盆的身子來到這裡，村人們跑過去的時候，孩子的頭已經從子宮裡出來了，那時正是黃昏，在閃耀著血光的沙丘上，女人獨自生下孩子後死去。在我們村子的立場上，因為她是客人，所以為她舉行了隆重的葬禮。我還記得包在襁褓裡，抱到我面前的孩子全身都沾滿沙子，是一個女孩，因為想到她是在沙漠裡生下的智慧孩子，所以給她取名沙恩。那個女人還帶著幾樣遺物，因為可能是故人極其珍視的東西，所以沒有丟掉。」

噢……流離吶喊著，他已經知道住在洞窟房子裡的幾個孩子中名喚沙恩的女孩，她如同承載著沙子的命運，眼神十分靈巧，她的皮膚像母親一樣有些黝黑，頭髮是卷髮。「卷髮……」流離太過激動而喃喃自語，紅色髮帶不就是卷髮？流離眼中呈現經常坐在溪邊梳理頭髮的紅色髮帶的模樣，那頭因陽光和水光的照耀而發亮的曲卷頭髮。

大夫人從架子上的盒子裡取出的紅色髮帶的遺物只有兩種，一個是已經無法再褪色的紅色髮帶，另一個是小石頭，那不是一般的小石頭，而正是形似雲至山山頂的那塊小石頭。

因為駐在所巡警的襲擊，整個桃源洞的村子變得支離破碎，流離當日見到獨自留存的紅色髮帶，並在她的引導下，看到自己的死亡，翌日她自己說要去駐在所，在她說「去駐在所的話，可以去遙遠的地方」的時候，這塊小石頭突然進入眼簾，石頭像似雲至山山頂。「妳如果要離開，就帶著這個石頭離開吧，雲至山的山頂不就是這個樣子嗎？」流離將那塊石頭塞進紅色髮帶的手裡說道。「真的呢，謝謝哥哥！我絕對不會忘記雲至山的山頂！」噙著眼淚的紅色髮帶如此答道。

歲月雖已流逝，但只要開始憶起，所有的記憶都會清晰地湧上心頭。

沙恩很自然地跟隨著流離，她雖然很健康，但身上沒有什麼肉，照顧孩子的女人們說她雖然很能吃，卻不怎麼長肉。從那天以後，就如同對大夫人所做的，流離也告訴孩子很多故事，她能否聽懂並不重要。水路國的山河與歷史、雲至山的世界、桃源洞的人怎麼生活等都告訴沙恩，流離有空的時候就教沙恩水路國的話，她最先會說的水路國話是「爸爸」。

穆斯林也清楚記得紅色髮帶死前的情景。「我到達沙丘的時候，孩子已經分娩，沙子都被血染紅了。」穆斯林告訴流離。那時正是沙丘被染成紅色的黃昏，沙漠的晚霞不會容許任何吶喊、任何柔美，那只是極具壓倒性的紅光，在被血液染紅的荒涼大地上，身材矮小的水路女子——紅色髮帶獨自躺著。「孩子的臍帶也是她自己用門牙咬斷的，等於是紅色的沙丘接生了這個孩子，她如此說道：『這是我的孩子，這個孩子的……世界馬上……就會來到。』這是我聽到她說的最後一句話，我覺得那也不算是最壞的死亡，因為闔上眼睛之後的女人表情十分平和而開朗。」這是穆斯林的記憶中，紅色髮帶最後的模樣。

內戰正式開始的消息傳進流沙縣。

流離經過的東北地區在火人國軍隊撤退之後，已經大部分被共產軍所掌控，共產軍的政治本部在延安，軍事的重心則是山東地區的沂蒙山區，國民黨軍隊計畫先攻擊延安，瓦解共產黨軍隊的指揮部，再乘勝追擊，進擊沂蒙山區，並一舉殲滅東北地區的共產黨軍隊。但是蔣介石的國民黨軍隊只是體積龐大，並擁有強大的武器，但是全然無法發揮作用，最重要的是人的問題，內戰愈持久，共產黨軍隊就愈發堅實，但國民黨軍隊卻愈發萎縮，連一次戰鬥都未曾遂行，就發生許多國民黨軍隊指揮部向毛澤東的共產黨軍隊投降的事情，戰爭的勝敗已然浮現。

翌年秋天傳來部分共產黨軍隊為掌握往西延伸的天山南、北路一帶，決意出征的消息，戰爭的慘禍似乎終於也將波及這個沙漠的盡頭。大夫人禁止村人們的進、出，流沙縣的優點在於具備可以自給自足生活的結構，就算被孤立，亦能維持許久，只要泉水不乾涸，就算和外界斷絕也可以生活下去。

沙恩叫流離「父親」，別的孩子也跟著沙恩稱呼流離「父親」；遺傳自母親的沙恩十分靈巧，也特別調皮，她常常到流離的房間玩，有時還睡在流離的懷裡。「父親！」沙恩叫道。「我的女兒沙恩啊！」流離就如此回答。武夷經常嫉妒沙恩，還曾經劃傷沙恩。「你和我是朋友，如果是父親的朋友，在我們水路國要叫叔叔，或稱叔父，意思是和父親是相同的輩分，你應該跟我一樣照顧沙恩，怎麼可以討厭她呢？」「那你也教沙恩叫我叔叔！」武夷如此要求，所以流離也教沙恩怎麼叫「叔叔」，「武夷雖然身體很小，但牠是我的朋友，所以你要叫牠叔叔！」聰明的沙恩很快就明白流離的話，立刻叫武夷「叔叔！」「很好，我的侄女！」武夷咳咳答道，他們就如此成為了一家人。

悲劇的情況降臨流沙縣是在深秋之際，原因在於被意圖掌控西部區域的共產黨軍隊所追趕，部分國民黨敗戰兵跟隨駱駝商隊越過沙漠，逃竄到流沙縣所致。他們共計有五十餘名，還有兩門大砲；從指揮官的階級是中校來看，極有可能是部隊成員中堅持絕不投降的軍、士官兵統合部隊。當時傳聞在內戰中已有數億大地國的士兵死亡，雖有許多輕言投降的部隊，但也並不是沒有決死抗戰的國民黨軍隊，這支部隊從他們越過死亡的沙漠進到流沙縣來看，他們可說是屬於決死抗戰派，其中還有數名傷兵。

流離作為村裡的代表迎接他們，流沙縣擁有無論是任何人，只要是越過死亡沙漠的客人都必須加以款待的悠久傳統。「我們能為你們做什麼？」流離問道。「所有洞窟的住家都必須空出來！」中校指揮官說道。「我們無法清空所有的洞窟住家，我們會為軍人提供居住的空間。」以大夫人的洞窟為中心，周邊共有二十多戶住家，流離原打算將其中一部分空出來，但指揮官搖頭說道：「這不是請求，這個村子從今天起由國民黨政府軍正式接收，這是命令，你難道不知道在戰時對於不服從命令的人都可以槍斃嗎？你想把村人們都害死嗎？」指揮官眼裡充血，流離跪下求情，洞窟裡的住家不只有大夫人和孩子們，還有一些沒有家人照料的老人。「這裡有老人、病患和孩子，其他所有的洞窟我們都會清空，還會為你們準備充分的飲食。」流離說道。「把駱駝也充分餵飽，以後政府都會補償的！」指揮官點頭說道。好不容易才將老人和孩子住的大夫人的洞窟給保住。

住在別的洞窟的人都將行李搬到親戚或鄰居家，穆斯林雖反對流離的決定，但她也沒有更好的方法。村人們大部分時間都留在家裡，軍人們以泉井和洞窟住家為中心，構築防禦陣地。指揮官還算是通情達理的人，軍人們不但不妨礙村人們每天例行的祈禱，也從不引發特別的事端，甚至有時候軍人還和村人們像鄰居一樣圍坐在一起談天說地。

時節雖已是深秋，但陽光仍舊極其酷熱，過了好幾天都相安無事；村人們原本就具有非常樂觀的天性，他們認為共產黨軍隊的信念和凝聚力雖十分出眾，但掌握了交易路中心的天山南、北路也就罷了，幹嘛冒著生命危險，越過死亡的沙漠來殲滅國民黨軍隊的逃竄殘兵？他們相信只要忍耐一陣子，這些軍人自然會離開村裡，而且不管是國民黨軍隊還是共產黨軍隊，他們都是大地國的百姓，所以村人們不僅供應軍人們糧食，甚至連治療傷兵的藥品也主動獻上，並且把他們帶來的駱駝照顧得非常好。

出現不祥的預感是在黃色帽子穆斯林和紅色帽子麵條突然從村裡消失之後，對於流離成為大夫人的繼承人心懷不滿的只有她們二人；穆斯林自十來歲起就在最近距離輔佐大夫人，麵條則在父母雙亡之後由大夫人收養，在流離來到村子以前，專門負責照看大夫人的耳病，流離的突然出現自然讓她們心生不滿，流離深知這無疑是鳩占鵲巢，因此十分理解她們的不平，流離更加慈愛地細心對待她們的原因亦就在此，可是她們突然從村裡消失，不得不讓人感到不安。

那是個驕陽似火的下午，流離看到在沙丘上站哨的士兵非常惶急地比起手勢，他當時正茫然地看著洞窟外面，卻偶然地看到這個場面，頓時胸口像是被撞擊一樣，他整個人跌坐下來，就好像整個村子即將被巨大的黑影籠罩的不祥預感。沙丘上時刻出現陌生的軍人和駱駝，那是來追擊國民黨軍隊的共產黨軍隊，數字比國民黨軍隊多出太多，還擁有好幾門大砲，整個被沙丘圍繞的村子被如同死亡的靜寂所籠罩，沙丘在柔美的稜線下，徹底隱藏了不吉和陰凶的真面目。接到信號的國民黨軍隊快速地就戰鬥位置，很快就聽見從沙嶺上的共產黨軍隊陣營裡傳來擴音機的聲音，約莫是要求投降的內容。

大夫人當時在自己的臥室裡，老人和孩子們則聚集在相反方向的中央大廳，人民解放軍的安撫廣播因為是在盆地裡迴盪，所以只是嗡嗡作響，內容則聽不分明。依稀在共產黨軍隊裡看到綁著頭巾的穆斯林的那一瞬間，突然颳起暴風，刷的一聲，被颳向空中的沙塵和彼此摩擦所發出的刺耳噪音掩蓋了共產黨軍隊的廣播，當時的氣氛就如箭在弦上一般的緊張，但還是有幾名不明就裡的村人站在路邊，呆呆地眺望沙丘。

就在那時，突然響起一聲槍響。

槍聲響起之處是在泉水附近，從只有一聲槍響來看，似乎並不是根據命令進行一絲不亂的槍擊，而是當時正埋伏著的國民黨軍隊中有人朝沙嶺上的人民解放軍方向扣下扳機，但這已經足以打破緊張對峙的均衡。不知是否中槍，只見一匹沙嶺上的駱駝開始狂奔，而騎在駱駝上的共產黨士兵騰起於空中之後，直插入沙丘下方，頓時槍聲大作，局面的轉換甚至比沙漠風暴的到來還要快速。

「父親！」沙恩因為懼怕而跑了出來，如同打雷一般的怪聲瞬間震破了流離的耳膜，那不是槍聲，洞窟裡的天花板和牆壁動搖，很明顯地是人民解放軍發射了炮彈，從天花板上掉出許多細石，國、共雙方開始混戰。流離手上抱著沙恩，首先全速地跑向大夫人的房間，一定要從這個洞窟逃出去，流離只有這個想法。洞窟內側的房間還沒有什麼事，「母親！」流離叫喊。「我沒事！」只剩下骨頭的大夫人支起身子，炮聲陣陣傳來，「先讓孩子們避身！」大夫人使出全身力量打開侍奉千手觀音菩薩像的房門喊道。祕密通道就在那房間裡，流離將沙恩放下，為了去帶上其他孩子而轉身時，隨著極大的聲響，整個洞窟都為之動搖，天花板上的石頭如冰雹一般落下，流離在倒下之時，本能地抱起沙恩，可確定大炮對準這裡發射，流離頭上不知何處被撕裂，只覺血流進入眼中，眼前一片漆黑。

「母親！」

雖然放聲大喊，但聽不見任何回答，流離將沙恩揣在懷裡，在石堆上爬行摸索，終於找到了大夫人。孩子們聚集的中央大廳通路已經被巨大岩石阻擋，而由於洞窟已經崩頹，流離再也無法去任何一個房間。「啊……母親！」流離哭喊道，好不容易才摸到一個人的手，正是大夫人。流離用手撫摸大夫人的臉龐和身體，腰部下方被巨大的岩石壓著。「我……不行了！」大夫人好不容易才說出話來，「我等這一天……已經……很久了，終於到了……我的靈魂可以從……這副臭皮囊解脫而出的時刻了，快……從這裡出去，從那條路……絕對不要回頭……一直……往東……

往東邊走，太陽升起的地方……」大夫人說出最後一句話，流離立刻就知道了大夫人已經往生。炮彈聲繼續傳來，石頭再次落下。「啊，父親！」沙恩大喊。流離用手摸索，終於找到那條路，那條大夫人打開的祕密地下通路。

流離將沙恩揣在懷裡，在黑暗中用全身爬行。

再次回到我的流離外公

我的外公——Mr. 流離說道：

「我背對著槍聲和大砲聲，一直向著東邊走去，要我別回頭的大夫人的聲音一直在我耳邊迴盪，如果只是我一個人，我絕對不會離開那個村子、那座洞窟，但是我有沙恩，也許是要救出沙恩的高度啟示引導著我也未可知。我沒帶上一滴水，我背的好像不是孩子，而是一團火球，當沙恩無法忍受烈日即將氣絕的時候，我咬破自己的指頭，將我的血餵給她喝，因為我想如果連那個孩子都不能救活，我就會當場死掉。在神志不清的情況下，沙恩就像吸著母親的乳汁一樣，死命地吸著我的手指，如果不是遇上從西域回來的大地國商人，沙恩和我無疑就會在沙漠裡死去。」

「武夷呢？外公。」我問道。「武夷好端端地在我的口袋裡。」外公這才露出微笑，「因為牠無論在何種情況下，都會保存自己的性命。」「討厭死了，武夷！」「無論是何種家人，總是會有一個令人討厭的，牠雖然令人討厭，但卻十足發揮了自己的功能。牠不但指引道路，每當力氣用盡的時候，牠還會像小丑一樣，逗我和沙恩發笑，甚至還跑在前方，尋找可以隱身的地方。我按照大夫人的吩咐，一直往東走，路程非常遙遠，如果沒有武夷，我在中途可能就因為迷路而打退堂鼓或死去。走到福建省泉州的時候，突然想起島國——風流國，台灣，大夫人要我往東一直走的吩咐直到當時還完全支配著我。」「在那裡坐船到台灣的嗎？」「我和沙恩雖然坐上了船……」外公的眼睛眺向遠方。

外公和武夷分離的地方正是泉州。

在搭乘開往風流國的船之前，武夷才搖頭說道：「你這人啊，我沒法住在島國！」要回到原本住過的武夷山慰安婦村子完全是武夷自己的選擇，武夷的意志堅定，而外公也能充分理解牠的想法。「牠那時太瘦了，簡直就像一隻老鼠，但是牠還一直恥笑我的模樣。牠的話太多了，說什麼如果我掉進水裡的話，別忘了游泳上陸後去武夷山；還說一開始就不喜歡我等等，牠當時說這些話是為了掩飾離別的悲傷啊！」外公也回想起一起越過綿亙的山脈，最終在圖們江邊分手時的銀狐模樣。「當時正是禽獸守護人們丟棄的故鄉的時節啊！」流離外公喃喃自語道。

外公和我正攀上岩山。

那段期間，外公總固執地每天一定要去爬山，他害怕一旦得離開的時候，自己可能無法行走，「我一定要走上最後一段路，所以一定要持續鍛鍊膝蓋。」爬的山路都一樣，從小木屋出來後，經過一個山谷，就會出現褶皺的岩壁小路，越過那個岩壁後，就會出現一座更大的岩山，外公自己命名為「我的路」的洞窟入口就在該處。

外公先抓住松樹，將身體拉上去，松樹的根部嵌進石縫裡。「輪到妳了，」外公在上面說道。我伸手抓住松樹的樹幹，手掌微微顫抖。「不要看下面。」我寧死也不想讓外公看到我畏懼的樣子，我把腳踮在松樹下方分岔的石縫裡，用力將身體拉上去，幸好比想像中容易；緊接著出現約莫一坪大小的平坦磐石，磐石的盡頭又出現數十公尺高的直壁，外公的洞窟就在那塊岩壁的底部。

「啊！Mr. 流離！」我大聲尖叫，一條大蟒蛇在洞窟入口曬太陽後，慢慢地轉身消失在岩山方向，好像就是上次只看到尾巴的那條蛇，金黃色的鱗片在陽光照射下閃閃發光。「沒事！」外公抓住我的手，「不是告訴過你牠是我的朋友嗎？不用驚嚇，這個洞窟，原本就是牠的家。」蟒蛇體積相當龐大，我嚥了一口口水後問道：「您和那條蟒蛇也能溝通嗎？」「當然，當然能溝通！」原本我想嘲笑外公，但外公卻大為點頭道：「妳想想我的舌頭為什麼會這麼長？就是我從在地上爬的時候開始，因為沒有朋友，只能和蟒蛇一起玩的緣故啊。」外公的白髮在陽光照耀下，正如蟒蛇的鱗片一般閃閃發亮。

Mr. 流離，我的外公在那個地方又說道：

「到了風流國以後，我立刻就開始後悔了，如果事先知道的話，我絕對不會去台灣的。風流國——台灣在前代王朝時期也獲得高度的自治權，在火人國殖民時期也是一樣，和水路國完全不同。比起通往大陸關口的水路國而言，治理可說相當鬆散。那裡雖然也有總督府，但不像水路國總督府一般惡毒。我之所以去那裡，也是考慮到這個因素，我以為比起因國、共內戰再次重複殺戮歷史的本土一定好上百倍，但那簡直是極大的誤判，島國反而更集中出現悲劇的情況。火人國軍隊雖已撤離，但國民黨官僚卻渡海而來掌握了那些位置，他們比火人國軍人還狠毒。」

我來尋找外公以前所住的地方正是外公所說的風流國——我的台灣。我在那裡成長，從那裡來到此地，但是從外公的口中聽到關於我的祖國的歷史，實在是令我覺得非常羞愧。「妳聽過二二八事件嗎？」外公問道。我的記憶十分模糊，內戰結束，蜂擁而至台灣的大地國本土人，亦即所謂的外省人大部分都是國民黨政府的官僚、軍人和眷屬。「那真是極其殘酷的事件，大家都以為戰爭結束後，生活會變得更好，但老百姓的處境經常都是與之相反。」外公咋舌說道。因為無法忍受不平等的待遇，原本生活在台灣的所謂本省人起而示威，國民黨政府強行鎮壓的事件正是「二二八事件」。

我的流離外公繼續說道：

「火人國軍隊敗亡之後，國民黨政府立即指派行政長官兼警備司令到台灣來，他們十分貪婪，火人國總督府留下的所有東西大部分都被從本土來的外省人占據，他們強占最好的房子、土地、企業，當然高階管理職位也被他們所占領，對於以為殖民統治結束後，生活會有所改善的本省人來說，這不啻是青天霹靂，不平等待遇甚至比殖民時期還更嚴峻。他們等於是占領軍，官員們忙於剝削，本省人則經常受到祕密警察的監視，為了生存權的爭取，本省人開始示威，束手無策的警察朝示威的群眾開槍，憤怒的示威群眾自然也開始武裝，狂焰席捲了台灣全島，本省人忍讓再三的憤怒於焉爆發。當時僅憑警察的兵力，已無法加以鎮壓之時，從本土來的支援兵力到達，狀況一夕變天，派遣而來的國民黨軍隊是精銳部隊，而示威隊只有一股熱情而已。國民黨軍隊肆行殘忍的屠殺和掠奪，全島幾乎被焦土化，數萬名的本省人因此喪生，真是有史以來最大的悲劇。」

洞窟的入口十分扁平。「今天想不想跟我一起進去洞窟裡看看？」外公問道。「好啊！」我不情願地點點頭。「就是這個地方，我即將走上的迢遙遠路的入口！」外公先將腹部貼緊地面，扭動著身子進入洞窟裡，我在後方跟隨著，心裡雖然不情願，但我不想被外公看不起，於是死命地磨蹭腹部，稍微進去一點之後，洞窟變為可以蹲著走的寬度，蹲著走好一陣子之後，頭上的高度終於提升到可以站起來行走，洞窟暗黑而陰涼。

「稍等一下，」隨著外公的聲音傳來，突然眼前一亮，因為外公將煤油燈點燃之故。那是一個如同密室的地方，不知是不是因為外公常來的緣故，裡面有露營用煤油燈、燃燒過的蠟燭、登山用的墊子，還有一個老舊的睡袋；特別的是在內側的腰間牆上供奉著一尊佛祖像。「那是千手觀音菩薩，就好像大夫人，不，母親也在這裡一樣，她供奉千手觀音的房間也和這裡一樣大。」我看到外公的眼裡充滿懷念。「這裡還不是盡頭，」外公指著內側，洞窟可以往裡面延伸。「從那裡進去，還有比這兒更大的房間。」「我不想再進去了。」我冷淡地回答，好像是來到其他星球的感覺，「您不是說過這裡是蟒蛇的家？不就是Mr. 流離掠奪了蟒蛇的家？」「不是掠奪，是同居地，」外公笑道。這裡的感覺就好像被放在真空膠囊裡，流向距離數百光年的某個宇宙一樣，非常陌生而寧靜。「是不是很幽靜呢？我要從這條路去尋找母親、尋找大夫人。」「一點兒也不幽靜！」我覺得鼻頭一酸，轉過頭去說著氣話，我的聲音在洞窟裡回響著，回音讓人覺得不舒服。

外公——Mr. 流離坐在地上說道：

「我進到風的國度——台灣是在國民黨政府正式在台灣立足之後，當時處於戒嚴時期，內戰敗北的後遺症牽連到無辜的台灣，不是風流國嗎？希望如風一般自由自在生活的本省人的夢想遭到踐踏，所謂『先保衛台灣，以後攻擊大陸』的『反攻大陸』是當時國民黨政府的口號。反對內戰的人、主張和平或提出民生問題的人都被公然視為匪諜；依據政黨成立的本省原就如此，我為了逃避這些現實，走遍滿洲、本土、武夷山、沙漠，甚至去了風流國，但無論是何處，都不能躲避這火焰，國家也是一樣，台灣也沒有我尋找的自由。」

我的外公繼續說道：

「我很討厭除政治集團主義外目空一切的台北，對於在沙漠誕生的沙恩來說，那時的台北也只是一個如同怪物的都市，我往南一直走，在台南附近的美麗平原見到一位水路國女人，她經營一個鳳梨農場，她曾住過滿洲，後來去到台灣和當地的男人結婚、定居，我到那裡的時候，她的丈夫已經往生，二二八事件當時，她的丈夫只是一個非常淳樸的農夫，為了販賣鳳梨到市裡去，他看到軍人們拿軍刀要捅一個未及從示威現場逃走的老人，於是加以求情，但也因此惹禍上身。她的丈夫被刺了好幾刀，像垃圾一樣被丟棄在自己種的鳳梨堆上，那女人當然也看到全身是血，橫臥在鳳梨推車上的自己丈夫屍體。如果抗議的話，她也可能會被殺掉，唯恐別人看見，她拉著裝載丈夫屍體和鳳梨的推車在大太陽下走了十里路，這件事發生在陽光、微風無限柔和的三月天。」

「鳳梨農場如同廢墟一般無人看管，她好像瘋了一樣。農場位於安平平原，距離荷蘭人支配時堆起的城牆不遠處，我留在農場裡幫忙農務，如果沒有人幫忙她的話，只怕她也會死去。頭一個月我住在庫房裡，以後搬進了內室；同樣都是水路國出身，彼此都有個依靠，那個女人只剩一個跟沙恩一樣大的女兒。雖然住在一起，但彼此並沒有感情，她忘不了自己的丈夫，我的心裡也忘不了大夫人。那時我經常靠在傾頹的城牆邊望著大海，在那裡看到的大海真美啊，我也在那裡聽到我的祖國，水路國爆發了戰爭的消息。」

Mr. 流離打起精神繼續說道：

「水路國的戰爭消息引發我的怒火！真的，我雖曾有預感，但戰爭竟然真的爆發，我感覺自己快要瘋掉，同族之間怎麼會發生戰爭？直到那時為止……我仍舊否定我的祖國，以為自己不想再回去，我是個殺了自己父親的人……怎麼能回故鄉？我的流浪是從大伯中槍、倒下之時就已經決定好了的，可是一聽到水路國爆發戰爭……我的心裡立刻升起火焰，那是隱藏在心裡的對祖國的思念，我覺得太過委屈、憤怒，全身的血管都豎了起來。火人國軍人撤退、大地國內戰也結束了的當時，為什麼兄弟之間……？憤怒完全控制了我。這不就是因為當初美國和蘇聯任意將這個國家分占所引起的戰爭嗎？意識形態的世界史結構緊緊掐住我們的脖子才發生這場戰爭，我感覺到巨大的炮彈……偶然地掉落在我們無辜的土地上才發生的戰爭。」

「我聽聞台灣的國民黨政府將派遣支援部隊到水路國南部的消息，對於被共產黨逐出大陸的國民政府來說，這是不得不為的選擇。我把沙恩託付給那女人，然後到了台北，我想無論如何……我都應該回我的祖國——水路國看看，可是聯合國反對台灣參戰，因為擔憂戰爭會擴大成與大地國共產黨政府的全面戰。以國家的立場沒有參戰的資格，但是部分因為共產黨導致家破人亡的熱血軍官堅決希望參加水路國戰爭，國民黨政府的想法應該也是如此，部分軍事教官團……在漆黑的水路國南部海岸登陸是在戰爭爆發的第二年春天，既沒有階級，也沒有身分證，未曾留下任何一個正式的紀錄……這次派遣是最高機密，我作為通譯官，與該部隊一起行動，隔了二十年才踏上故土。」

外公說到這裡以後，突然多條電線進入我的眼裡，電線穿進被鑽孔的岩石細縫中以後消失不見。「那是什麼？」我打斷外公的話後突然問道。「妳……不需要知道，我因為無聊才鑽那些洞。」外公看來非常疲倦，我的心開始七上八下，外公雖避不回答，但那很明顯地是一種爆破裝置。「妳那是什麼聽故事的態度？」外公突然發脾氣。「我怎麼了？」我也不耐煩地頂撞外公。「正說到最重要的部分，因為那場戰爭……是民族最大的悲劇。」「我們世代是必須聽著搖滾音樂讀書才能記住內容的，像 Mr. 流離一樣，認為一定要姿勢端正才算真摯的這種想法太俗氣了。」「那妳也得坐在我面前啊，我……想看著妳的……眼睛。」外公的話中透露著一絲莫名的蒼涼，我這才看著外公的眼睛。

我的外公看著我的眼睛繼續說道：

「那時傳來即將休戰的消息，不久之後聽說主張繼續北進的麥克阿瑟將軍被解除職位，休戰也只是……按照大國的口味進行料理罷了。前線的情況稍微緩和下來，我被分配在美軍部隊，在審問大地國俘虜時進行翻譯。我跟著司令部移動，在需要的時候被召喚進行翻譯，我雖然見到很多悽慘的場面……但是不想一一細說，從分配到最前線的軍人立場來看，戰爭……只不過是累積絲毫沒有意義的殺戮行為的罪惡而已，我負責翻譯的某個大地國少年兵……對於自己為什麼參加戰爭，連自己……究竟在哪裡都不知道，甚至他以為自己被俘虜的地方是在滿洲的某處。」

外公的話突然變得嚴重緩慢，好像是因為疲勞，所以舌頭急速僵硬。「我們快從洞窟裡出去吧！」我扶著外公起身，到洞窟外面後，刺骨寒風襲來，春天雖已到來，但仍找不到具體的徵兆。「戰爭結束後，您沒有立刻回到台灣吧？」離開洞窟之後我再次問道。「那還用說！」外公點點頭，「我去了仁川，」疲倦的外公眼角低垂，「那個時代……根本沒有回台灣……的方法，我雖然想念沙恩，所以才去了在海邊的仁川，好像……能看到沙恩……」樹葉隨風飛揚，「那也得做點什麼……才能活下去。」外公的聲音愈發沉寂，我們短暫坐在洞窟外面的磐石上。

外公在磐石上坐定後說他到仁川後，一開始是在大地國食堂裡洗碗，後來學了做菜的方法，因為格外聰明，口才又好，外公很快就得到人們的信賴。如果有人問起故鄉，外公總是回答是大陸西域的甘肅省流沙縣，他被大夫人收為養子，倒也不能說他騙人。比起水路國話，外公的大地國話更加流利，手勢也一樣，他完全是大地國人。他將自己的父親殺死後潛逃，自然不能說自己是水路國人，即便是說了，也沒有人可以作證，他的名字依舊是「流離」，也在法務部做如此登記，外公的故鄉是甘肅省，渡海過去台灣，然後進來水路國，他在身分上完全是台灣人。

大地國人大舉移住到仁川是從壬午軍亂時開始，那時水路國的情勢非常危急，大地國前王朝派遣原本住在山東的數千名軍人進入水路國，商人也於此時一起到來。根據《濟物浦條約》仁川開港、設立租界，大地國人的流入更快速增加，甚至山東和仁川之間開設有定期船隻往來。當時兩國的貿易和海運十分盛行，大地國飲食店也如雨後春筍般成立，絲綢生意是最能賺錢的事業，從山東飲食中流入的炸醬麵成為水路國人最喜歡的飲食，人們把他們稱為華僑。由於固有的勤勉和信實，華僑很快地成長為有錢人，乾燒大蝦、糖醋肉、涼拌兩張皮、月餅、幸運餅乾等也成為韓國人耳熟能詳的食物，還能輕易看到穿著旗袍的女人。

休戰結束兩年後，外公在仁川的中心商街首次開了一家大地國飲食店。「太成功了，」外公說道。成功的祕訣是將大地國的飲食慢慢地改變成適合水路國人口味的食物，客人中的一半是水路國人，甚至食堂前面還大排長龍。「我非常了解大地國人，也熟知水路國人的心理，那可能就是我的本錢吧？」外公當然擴大了店面，還經營貿易商社，主要交易品目是絲綢和水銀。外公大量進口大地國的絲綢，代之以出口相當數額的水路國產沙金。「賺錢這件事是我做過的事情中最簡單的，」外公說道。我相信外公的話，在水路國發生軍事政變之前，我的外公——Mr. 流離的生意始終如日中天。

外公和我開始下山。「牠跟著我們呢，Mr. 流離！」正是在洞窟入口遇見的那條蟒蛇，牠在離我們不遠的地方慢慢跟隨我們而來。「不用管牠，就好像我常常在牠的家裡進出，牠也有來我家的權利。」「好噁心哦！」「聽到了吧？我們家孫女……說你很噁心！」外公對蟒蛇說，蟒蛇立刻轉身，好像真的聽得懂外公的話一樣。小木屋已在咫尺。「今天就別再說了，Mr. 流離！」外公已面如黃土，好像馬上就要暈倒。「我的舌頭……事實上已經……非常僵硬，」他連說一句話也需要一些時間，「可是我還有一些話……要說……妳的耐性……已經到了頂點了吧？」「不，我還可以聽很多很多，您看我的耳孔比您的舌頭長很多！」「那麼……妳繼續聽下去！」看來外公的心裡開始著急起來。

「我在中心商街買了一棟三層的樓房，大餐廳……也是我的，我還在首爾的興天洞……買了一塊商業用地，在短時間內……像我一樣快速累積財產的人不多，為什麼那麼……忙於賺錢呢？原因之一是……為了沙恩，想要把她帶回來，讓她吃好、穿好的話，需要很多錢啊！但是……那只是微小的藉口罷了，帶一個孩子回來養育，哪裡需要什麼錢……那是為什麼呢？」

我的 Mr. 流離用力地繼續說道：

「那時並不清楚，現在我知道了，拚死命賺錢的時候，我覺得自己還是……一直赤腳走著，雖然被停戰線分割，但戰爭已然結束……雖然回到了我的祖國，但因為原罪的緣故，不能回去故鄉；因為沒有地方可以去，只好瘋狂地賺錢。水路國……是一個被停戰線和海洋阻絕的監獄，這個半島南半部的土地上，有很多人不知道自己被關在狹窄的牢房裡，只是瘋狂地追求欲望，那個時代就是這樣，我當然也不例外，軍事政變後……更是如此，因為他們也只是高喊打倒其他政派的一個……政派罷了！所謂革命主體的人向群眾……時時刻刻揮舞著巨大的鞭子，開發……反共……新生活……，這些話都是鞭子，所以我根本不知道該往哪裡去……我們所有人都拚命地……赤腳行走，走向金錢的地獄。」

回到小木屋以後，我想去熬一些米湯，但外公堅決地阻止我。「我不需要……

吃東西，妳……在我的舌頭僵硬之前……一定要聽完……我的故事。」「我會聽的，但是您今天中午不也沒吃飯嗎？」「我不是告訴過妳……還要再減輕我的體重嗎？」「您已經減得夠多了！」「還有很多無用的……筋肉……太多了！」「Mr. 流離是一個固執不通的老頑固！」我的話愈見鋒利。「妳聽故事……的耐性……已經到了極限了！」外公故意跟我作對。「是啊，Mr. 流離的故事已經變得索然無味了！」「妳……跟我……定了契約。」「我跟您是說好有意思的話才聽下去的。」「那麼……把契約打破……妳現在可以立刻……從這裡離開。」外公哼的一聲轉過身去，筋肉已然消逝的外公背影令人不忍卒睹。

我走到樹林裡，坐在乾草地上無聲地哭了好一會兒，我是捲髮，我以為那只是天生的，從來沒想過領悟到為何我是捲髮的這一天會到來，我現在終於知道我為什麼是捲髮了，對我來說，那是無法忍受的痛楚，我摸著我的頭髮，含著眼淚看著外公正躺在裡面的那個小木屋良久。小木屋就如同外公消瘦的身軀一般，逐漸消逝在地平線底下。「外公！」我邊哭邊無聲地大喊，夜鶯咕咕地啼叫著。

無國籍者

流離就像他自己的說法一樣，奔向「金錢的地獄」，別人雖然說他成功，但他並不幸福，他感受自己似乎依舊被什麼所追趕，也依舊赤腳奔跑著，「白色的百合」存在於那種心理背景中。雖然想忘懷，也不想向任何人言及，但仍無法否認這個事實。那個在如花綻放的十七歲時節，因郡守的薦舉進入家門，不久之後就搬進大伯寢室的火人國女子——「百合」。

流離憶及在杭州偶然見到的管家出身「疙瘩」的話：「我還是第一次看到像她一樣奸邪的婊子，」「大少爺死了之後，那個火人國婊子以自己是子爵老爺的未亡人身分自居……」「從某一天起，郡守乾脆就和她在子爵老爺用過的內室裡同寢……。」也聽疙瘩說過大伯那些巨額財產被郡守和百合搞鬼，他們和總督府各分得一半；聽了這話之後，流離覺得自己畢生努力堆積的高塔在瞬間為之倒塌，並不是因為自己原本可以繼承的財產在一夕之間被百合所掠奪，而是因為徹底失去第一次相遇就愛上的那個女人——百合之故。

那是流離的初戀，或許也是唯一一次的愛戀。

但是流離在仁川的時候，其實已經忘了百合，或許歲月正是良藥，或者真的想忘記百合也未可知。有時候會突然想起雲至山的風景，但從未想過回去探望；他在殺死大伯的那一瞬間，記憶的迴路已然斷絕，對此，流離反而覺得那是一種幸運。向大伯開槍後轉身，卻恰巧與從廚房走出來的百合四目相對的記憶也是如此，流離經常想像她已經進了墳墓裡，如果不是在仁川碼頭再次遇見疙瘩，也許永遠都不會再記起也未可知。

再次見到疙瘩是在仁川碼頭上。

時間是在首爾市廳對面的全新餐廳開業之前，現在雖叫做北倉洞，但當時是叫興天洞，如同仁川大地國人街道一般，興天洞也有很多大地國人聚居。疙瘩在碼頭上拉著手推車，雙腿瘸著，衣衫襤褸，「那時在杭州……」疙瘩哽咽著說不出話來。他說雙腿殘廢正是因為流離的緣故，因為猴子「素狐狸」的幫助，流離逃出杭州駐在所後，疙瘩立刻被逮捕，並且接受拷問。「真是地獄啊！」疙瘩說道，警察要他說出流離的下落，膝蓋的韌帶無法再使用亦是因為那時的電流拷問之故。「別說了，因為那件事，我被趕出杭州，歷經許多生死交關的時刻。」流離覺得十分對不起疙瘩，如果不是遇到自己，也許現在已經是杭州有名的富豪了。兩人都不願鬆開緊握的雙手，回顧起歷經數十年的恩怨情仇，他們怎能不感到激動？

興天洞的建築已經蓋好，新開業的餐廳也獲得成功，疙瘩原本就極其機靈，又經歷過無數的風波，對於飲食的生意也很快就能上手。剛開始的時候，他只幹一些雜活，流離很快就把櫃檯結帳的工作交給他，甚至後來還以社長自居，他正式的頭銜是總經理。客人也增加許多，於是流離將興天洞的餐廳交給疙瘩打理，他自己主要待在仁川，流離覺得首爾太過一般，因此不太喜歡，他喜歡位於海邊的仁川。

有一天，流離路經某一條街，看到廣告牌上寫著「雲至紡織」的商號，那是一家大量生產棉織布的公司，流離發現自己穿的衣服也是使用雲至紡織的布料，雲至……流離想著，瞬間在腦海裡閃過雲至山、大伯和那個女人——百合。流離當然未曾想像過雲至紡織和那女人有所牽連，他以為只是偶然的一致，後來在見到疙瘩的時候，他在不知不覺間說出「雲至紡織」四字，他也認為只是偶然而已。「聽說有一家叫做雲至紡織的公司……」聽到流離的話，疙瘩飛快地把眼睛轉向旁邊，「那個賤女人！」疙瘩罵道，「我怕你傷心，原本不想說的……」疙瘩的話穿透流離的耳膜。

流離只要想起那女人「百合」，經常都會浮現粉紅色的陽傘，就好像紫薇紅花蔭下一朵花安靜流瀉的形象，接著是白色的陽光，白色的連衣裙；輕輕蹲下時，飛揚的裙襬之間露出的腳踝，流離也不能忘懷似乎向跑近她的小狗說：「小傢伙，過來！」而伸出的纖纖手指。「小傢伙，過來！」「小傢伙，過來！」再次復原的記憶太過強烈，豎耳傾聽的話，任何時刻都能清楚地聽到她的聲音，就好像在碧波上一朵白色的百合悠悠地流下的白色聲音。

雲至紡織的主人正是那個女人——百合，當初大伯是大股東的那家紡織公司，可能是再次買回當作賄賂總督府的持分。更令人驚訝的是百合的國籍竟然是水路國的事實，以大伯的未亡人身分取得的國籍。有人說是因為對國家建樹頗豐，特別取得了水路國的國籍，也有人相信她原本就是水路國人。她不只擁有紡織公司，還擁有食品公司和貿易公司，據說那女人的火人國人丈夫也在火人國經營相當大的公司，經常在大伯的家裡進出的郡守正是她的丈夫，他用從大伯那裡掠奪來的財產在火人國經營生產口香糖的工廠，獲得巨大的成功。

在大統領邀請企業人士進行懇談會的新聞裡，流離看到百合坐在最前排，還聽到她對經濟建設的貢獻有目共睹。流離是華僑的身分，百合則是身為子爵的前妻，對於戰後的水路經濟貢獻良多的水路國人企業家，世道實在是令人感慨。流離在新聞裡第一次看到她的瞬間，心裡又再次悸動不已，但是卻和第一次看到她的時候的心悸全然不同，可以說是流離拚死奔向「金錢地獄」的心理場面之一。

流離飛到風之國度——台灣是在軍事革命發生之後，距離從黑暗的南海偷渡入境已過了九年，之前沒有飛機航班，而且忙於賺錢，所以未能前往台灣，那年冬天，流離經由香港進入台北，他一想到即將見到沙恩，心裡無法平靜，沙恩想必已經成長為窈窕淑女，流離的心情就好像要去尋找初戀情人一樣。

沙恩定居在台北，照看沙恩的鳳梨農場女主人也住在台北，那是透過書信往返已經知道的事實，沙恩的年紀當時已是滿十五歲。「爸爸！」見到面過了好一陣子以後，也許是從沙漠逃出來的片段記憶再次湧現，所以沙恩不停哭泣。流離雖不間斷地將大筆款項匯給那個女人，但是一見沙恩，就覺得她如同被丟棄的孩子一般，變成那女人再婚男人的下女，鳳梨農場處分後的款項看來也落進那男人的口袋裡，流離實在無法對著仍在谷底生活著的女人大發雷霆，就好像過去九年來一直在水路國支援著未曾謀面的男人賭資一樣的心情。

那年，流離帶著沙恩回到仁川。

流離買了一棟溫馨的住家，將沙恩送進華僑就讀的中山學校，她就像她母親，十分聰慧，過了半年，立刻恢復原本健康的氣色，學習也快速進步。不管多麼忙碌，流離一定提早回家，盡最大努力和沙恩一起共度時光，沙恩吃的菜通常都是流離親自做的，和她相視而坐時，就好像和紅色髮帶相視而坐一樣。「爸爸你為什麼這麼矮呢？」「昨晚您睡著以後，我看到您的腳，那簡直不是人的腳，就好像熊掌一樣，為什麼呢？」沙恩隨意問道。流離每當那時只是看著她笑著，直爽、活靈活現的語氣也像極了她母親。「很久很久以前，我常常隱隱約約地想起，好像是沙漠，我們是不是住過那樣的地方？」她也曾如此問道。神奇的是她竟然記得武夷。

雖然很難求得，但流離還是為沙恩買了一對地鼠。「牠們是你叔叔，」流離說道。「這兩隻小東西怎麼會是我叔叔？我可能是牠們的姊姊吧？」沙恩立即反駁。「以前那隻地鼠你還叫過叔叔，」流離經常懷念那段時期，他懷念流浪的時候變成自己同伴的所有動物。很小的時候唯一的朋友——家裡的那條蟒蛇、山脈的路上遇見的銀狐、年幼的猴子「素狐狸」、地鼠「武夷」等的存在都超過以前的朋友。和以前那些動物很容易溝通，但和新購入的地鼠無法順利溝通，他將新買的地鼠也取名「武夷」，「武夷，過來！」流離叫喚牠倆時，地鼠卻總是愣乎乎的，牠們充其量也不過是寵物而已。

流離不再流浪於流動的路上，仁川的地鼠也被關在籠子裡，流離感覺自己和被關在籠裡的地鼠並無二致，和動物無法溝通也只是必然之事，覺醒到這個事實的那夜，流離徹夜輾轉難眠。

因軍事革命的緣故，戒嚴狀態為之持續，由於眾人的犧牲獲致的民主政府完全解體，革命主體建立的「國家重建最高會議」取代了政府的所有功能，掌控立法、行政、司法部的「國家重建最高會議」議長是身形矮小的陸軍少將「朴統」，他連續公布了情報部法、農漁村高利貸整頓法、非法斂財處理法等，並設置軍事革命裁判所和革命監察部，制訂《反共法》。那是一個動輒得咎的年代，為數眾多的人被下獄或遭整肅，還有人說「朴統」是因為對統一的堅定信念故而名之。有一則令人印象深刻的新聞是「百合」的雲至企業，報導中說那女人無緣無故地說要「將全部財產捐獻給國家，作為建設統一國家所需。」民眾都對雲至企業致以熱烈掌聲。

「朴統」議長將經濟建設和反共設定為國家施政的最優先課題，水路國的經濟基礎最重要的是土地，華僑也不例外，他們賺錢的手腕極其出眾，且遺傳勤儉節約的基因，所以從不胡亂花錢，甚至傳聞華僑只要一賺錢就購買金塊積存或者全國黃金地段的土地都落入華僑手中；這雖是誇張的傳聞，但以華僑的個性來看也不無可能。流離亦將大部分資金投入購買興天洞等地的土地，不知朴統議長是否聽到各種此類傳聞，他制定《外國人土地法》，並公布其施行令的正是朴統議長所領導的革命政府，名義上雖是外國人，但外國人所持有的土地大部分都是華僑所有，因之實際上是針對華僑所制定的法律。

外國人土地法施行令非常強力，外國人若想購買土地，大部分的大城市都規定只能購買國防部長核准的限制地區，事實上是封鎖了土地的取得。這在華僑社會裡掀起極大風波，自己持有的土地極有可能在一夕之間被搶走的不安感支配著華僑界。妻子如果是水路國籍的華僑還可以進行名義變更，但像流離此類的人則別無他法，連名義變更也十分困難。

流離只是默默埋首於事業的經營，他認為自己當然是水路國人，疙瘩和百合都可以證明此點，所以可說流離因為外國人土地法的公告所受到的心理衝擊要比其他華僑少。事實上，他心存「不會吧？」的僥倖心態，華僑中已經有許多人數代都居住在水路國，他們在情緒上、文化上都已經可說是水路國人。雖然華僑經商的手腕極其高明，但對於國家的認同原本就較為薄弱，而因為《外國人土地法》的全新制定，他們才十分明確地認知到自己並非水路國人的事實，因此覺得十分恐懼而狼狽。「我現在才知道我是大地國人！」甚至有人如此表示，當時幾乎沒有歸化的法律。

水路國和火人國之間為清算戰爭後遺症，雙方同意進行請求權的協商，反對示威雖接連發生，但盡皆無效。許多人在此過程中被逮捕，甚至下獄；輿論遭到審查，政治人物都不敢發聲。朴統脫下軍裝，經由選舉成為大統領，雖意圖結束軍部統治的口實，但其實沒有任何改變。水路國和火人國欲清算黑暗的過去，並積極進行建立外交關係的協商，在此同時，反對「屈辱外交」的示威更加激烈，焚燒派出所因而被捕的人不計其數，因而政府再次宣布戒嚴，依據政派不同所形成的壓迫和被壓迫的緊張關係始終持續。

水路國和火人國建立外交關係後，最先進入韓國市場的是「雲至口香糖」，表示要將全部財產捐給國家的百合的承諾如何進行則無人知曉，但雲至企業反而氣焰日益升高，百合的丈夫——前郡守已經以口香糖的生產與銷售在火人國獲致成功。雲至食品與郡守的企業訂立技術合作，迅速地在水路國設立生產線，分別開設於火人國和水路國的兩家企業其實就是一丘之貉。印有雲至企業商標的口香糖迅即獲得旋風式的成功，原本只知道泡泡糖的人開始對於各種味道清爽、口味新奇的口香糖如數家珍，雲至食品超越雲至紡織，成為集團內的主力企業。百合說要捐獻給國家的只不過是體積雖極為龐大，但內在已呈現空洞化的雲至紡織而已；而讓流離內心更感沮喪的正是雲至食品的神話式成功，雲至食品設立雲至建設，雲至貿易也為之擴張，幾年後負責流離擁有土地的興天洞一帶開發的正是「雲至建設」。

沙恩成長為如花似玉的姑娘，但因為太晚回到仁川，無法進入好的大學，語言是最大的障礙。「爸爸，我想去台北讀大學。」沙恩說道。流離不住點頭，台灣對於華僑實施大學入學優待政策，以外國人的身分在水路國選擇職業時亦受限制，但台灣並無類似限制，沙恩去了台北讀大學，再次與流離分離。

那時的流離與拚命賺錢時期的本身變化極大，尤其是將沙恩送往台北後，變化的速度更快，他感覺世界都是空蕩蕩的，強烈的無力感持續困擾著他，以形同竊取來的財產為基礎成立的雲至企業在火人國和水路國都獲致成功，對於如此現實世界的絕望也加深了流離的無力感，究竟賺錢是為了什麼呢？流離也曾躺進澡盆，端視自己已然開始軟化的後腳跟的老繭許久，他依舊懷念如風一般赤腳流浪的歲月。如今因為強調開發，睡了一覺醒來，整座山就不見了，或者一覺醒來，整片森林竟然完全消失。間諜組織事件接連發生多起；茅草屋頂被石板瓦取代；每天清晨，人們被〈新農村之歌〉喚醒；如果不反共，就被視為敵人；夢想人性化、自由生命的人被逮捕或被淘汰；反共與否的政派主義則被無限上綱。板房競相遷建於都市邊緣，企業如恐龍一般擴張軀體。

這是一個火焰的國家，流離的生命也被投擲於火焰的道路上。

「母親……」

流離偶爾在夢裡呼喊道，母親正是生母，同時也是大夫人，但她們兩位都沒有回答。夢裡的大夫人用面紗蓋住臉龐，你在火焰的道路上啊！有時流離如同幻聽一般聽到這話。受到大夫人悲傷的轉移，流離有時竟在夢中哭泣。雖然已經成為獨立的國家，但祖國對他說，這不是你的國家；雖然賺了錢，但世界告訴他，如果你要賺更多的錢，就必須投身在更炙熱的火焰裡，流離覺得自己已經快要被火燒死。大夫人對於水、火、土、風和天空調和的夢想，終究只是幻影。

一個男人來找流離，他留著落腮鬍子，只覺十分面熟。「您是我們餐廳的常客吧？」流離問道。「不，只是最近來看過老闆您幾次。」男人說道。「您有什麼事情？」房間裡只有那男人「落腮鬍」和流離兩人而已，「一位認識您的人要我來看您。」落腮鬍當下壓低嗓音。「認識我的人？誰？」「這個嘛，在北邊的人。」落腮鬍磨蹭了好一會兒之後才說道。在北邊的人？流離睜大眼睛，他實在聽不懂落腮鬍說的話。「他叫做乞……食，他說如果提到以前的名字，您一定會知道。」「乞食？乞食大哥？」流離的聲音提高了八度，落腮鬍「噓」的一聲將手指抵住嘴唇。「聲音放低，他說只要跟您說一起在滿洲待過的乞食，你一定會知道。」落腮鬍低聲說道。

該男子表示乞食在北邊是兩顆星的將軍，流離對於乞食大哥還活著的事實感到激動，大哥還活著……流離的眼前淚水滿盈，他也曾因為太想念乞食而覺得心痛。太平洋戰爭結束後，乞食最終還是回到北邊，但是流離的感性只是暫時，北邊的將軍？這是極度危險的情況，他們是怎麼找到流離的也無法得知，對於北邊，落腮鬍絕不吐露一語半句，乞食也不知是不是構築藏躲於南邊的對南戰線的首領，流離覺得自己頭髮好像都豎了起來。

「我並不是來拜託您讓您難為的事。」落腮鬍說道，「少將同志的意思是請您去共和國一起住，就只有這件事，我就是來轉告您這件事的。他說你們是兄弟以上的情分，過來北邊一起度過餘生，那就是全部。」「他也曾以這種方式來過南邊嗎？」流離問道，「這個嘛，我們不知道，如果您下定決心後，接下來的事我們就會處理的，不必害怕，我們正在尋找安全的管道。」「這像話嗎？」「不像話嗎？」「我可以立刻去檢舉你！」流離大喊。落腮鬍立即起身，「會有這麼簡單嗎？」他用近似嘲笑的語調說道，「您真是太天真了，我會乖乖地束手就擒嗎？如果您去檢舉，那就只有您會被記錄是北邊少將同志的兄弟，南邊的情報部會先把你押走拷問，那麼你的事業基礎都將泡湯，我只不過是來轉達少將同志的兄弟之情罷了，決定權在你手裡。如果你願意聽從少將同志的意思，那麼後天中午您就把這個房間的兩個窗簾綁起來，如果不是的話，我就會向少將同志報告您從頭到腳都已經成了反動分子。」落腮鬍轉身走出了房間。

根本沒有必要苦惱，流離想見到乞食大哥雖是事實，但他絲毫沒有越過停戰線去北邊的心意。不用看到乞食都能知道他成了徹頭徹尾的共產主義分子，流離曾問他是否相信大地國的革命能守護水路國人的自由，對此，乞食問道：「那麼你是蔣介石那一派的？」在延安荒涼的曠野上，他倆互相抓著衣領痛毆的當晚情景如在眼前；想要掐死對方似的緊抓脖子，然後從黃土山崗上滾下來的情景也好像發生在昨日。他們在延安時已注定是分開而活的命運，並不是沒有感情而分開，但受到世道人心的撕裂，個人關係的兄弟之情又有何用？參與了水路戰爭，並升至將軍，可以想見乞食的瘋狂執著只會愈發嚴重。

落腮鬍再也沒有出現過。「雖然如此，聽到您還活著，我還是非常高興啊，大哥！」每當想起乞食的時候，流離總是如此喃喃自語。無論是乞食或他自己，他們都擁有十分頑強的生命，當時仍是只要不反共就是被視作匪諜的年代，新聞裡也報導即將派兵前往參加越南戰役的消息。

沙恩經常消息中斷，敏感的青春期在仁川度過，想必在台北的生活也不能立刻適應。水路國的各種情勢瞬息萬變，流離無法輕易前往台北，不，甚至可說那時的流離對於沙恩的執著也降低許多。沙恩轉瞬間已成為大人，流離心想反正以後也不會住在一起，那麼選擇權完全是取決於沙恩自己。他已經在台北購置房子，而且生活費和學費等都充分加以供應。

《外國人土地法》的修訂在不久之後發生，這實在是雪上加霜，全新修訂、公告的外國人土地法較諸從前更加強勢、更不合人道，對於世世代代認為這裡即是故鄉而居住的華僑而言更是如此。

最強勢的是《外國人土地法》第五條，規定所有外國人以居住為目的的，只能擁有二百坪以下的住宅，以商業為目的的土地亦不得超過五十坪，而且連租賃也加以限制，外國人如果取得五百萬元以上的不動產，可處以死刑、無期徒刑、十年以上有期徒刑等。這實在是非常恐怖的限制，流離超過五十坪的餐廳自然成為非法，只能縮小規模或結束營業。價格也是另一個問題，法律規定原則上不允許有所區別，就算投資再大的資金，建造如何高級的餐廳，炸醬麵的價錢都得統一，都市邊陲地帶小食堂的炸醬麵和市中心豪華餐廳的炸醬麵價格依據法律必須相同，甚至還有大地國食堂裡不能賣米飯的條款。娛樂飲食稅、營業稅、營業附加稅、所得稅、執照稅、特別行為稅等稅金都如前，另還有在同一場所長久經營餐廳的情況所適用的重課稅制度。不僅關稅法，連出入國管理也愈加嚴格，如果在許可的期間結束前未能再次入國時，居留許可就喪失效力；此外，外國人不許向銀行貸款、不得以大地國人的名字購買汽車，這些作為無異於叫外國人離開。

為數眾多的華僑整理行李後，遷往台灣或美國，有淵源的華僑則移往第三國。有些人怨恨水路國，有些人則捨不得離開水路國而哭泣，怨恨裡還有愛戀，愛戀裡夾雜有傷痕和怨恨。

當時又制定了《都市計畫法》，如果開發計畫決定，個人擁有的土地就會以最低廉的價格被徵收，在此過程中，迅速累積財富和公司規模的只有受到開發委託的財閥企業而已。位於首爾市中心的興天洞大地國聚居地也在一夕之間瓦解，流離的土地也以低廉的價格被徵收，恰巧爭取到興天洞一帶開發權的正是雲至建設，就如同是百合的雲至建設將流離的土地吞噬一般。而且連這些土地的出售所得並非支付給流離，數月前流離因為太過心急，將所有土地的名義都轉移到疙瘩名下，超過百坪的仁川餐廳、甚至和沙恩一起住過的住宅用地都因為超過兩百坪，與外國人土地法互相牴觸，這些全部都移轉到疙瘩的名下。

全新的《外國人土地法》公告之後，有好一段期間沒見到疙瘩，似乎是早就盤算好了的，流離深切感覺到找回自己財產的路越來越遠。過了幾個月以後才出現的疙瘩穿著高級布料的西裝，顯得相當體面，他以一副已決心要併吞流離所有財產的表情理直氣壯地說道：

「就算你出面說你是老闆也沒用，所有的土地、餐廳已經都登記在我名下，有誰能搶得走呢？我們水路國是法治國家啊！我早就知道這一天會到來，所以做了萬全的準備，我從侵占子爵老爺的財產，一半作為賄賂，一半充當自己所有的雲至企業那個賤女人身上學到很多。你如果想去市廳或檢察廳申告的話，那就隨你便吧，我已經在各處埋下了眼線，絕對不會有人相信你的，能夠作證的華僑都已經離開，反正那些財產不處理的話都會被沒收，交給我的話不是比較好嗎？細想起來，因為你的緣故，我的一隻腳瘸了，我也應該獲得這個程度的補償，所以接受現實吧。你如果安靜點兒的話，我把你和女兒住過的房子賣了以後，分給你一半，那也是一筆不小的錢，我答應你。但是你如果製造任何問題的話，我保證你連一口湯都分不到，要是你想在這裡當經理，我再考慮考慮！」

後腳跟的老藺縱使不如從前，但如果一定要殺掉疙瘩的話，立刻也可以做到，但是流離聽了疙瘩的話以後，嘻嘻地笑了，很奇怪地竟然還能笑著。「是啊，因為太過荒唐所以失笑吧？呵呵，我也一樣，無論是以前還是現在，都是這個世道啊！」疙瘩也跟著笑著，如果別人看到這個光景，一定會以為他倆是情誼深厚的好兄弟。

曾經繁華一時的大元中藥店已經結束營業，經過中藥店後，就是仁川基督教會，過了教會，走進對面的巷子裡的話，就是功夫道館義善堂，此處就是仁川大地國街道的起點。大地國餐廳「紫禁城」、「上元」、「華僑協會」和銷售大地國日常用品的「福來春」都連在一起。流離剛經過義善堂前面的時候，突然一輛黑色的吉普車擋在他的前面，從車上下來三、四名健壯的年輕男人，抓住流離的手臂，力氣十分驚人。「你……你們要幹嘛？」「先上車再說！」因為太過突然，流離根本無暇反抗，一上車坐定後，眼睛就被蒙起來，在杭州時被火人國的巡警逮捕的場面瞬間從眼前掠過。

「你什麼時候見到吳漢久的？」一個瘦巴巴的中年男人問道。「吳漢久？」流離自然反問。不知從哪裡傳來慘叫聲，就如同筋肉被撕裂一般的慘叫。「你想說你不認識吳漢久？」「我不認識。」「瘦子」瞬間狠狠地劈臉給流離一個耳光，「還說你不認識嗎？」「不……不認識！」流離用力說道。瘦子的手掌又打了流離另一側臉一記耳光，「我再問你一次，吳漢久，你為什麼和吳漢久見面？」「真的，我第一次聽到這個名字。」這是事實，那名字連一次都沒有聽說過。「這傢伙想考驗我的耐性。」瘦子對著站在旁邊的年輕男人使眼色，看來要正式開始拷問了。

似乎是在地下室，裡面只有一個灌滿水的浴缸，房間裡沒有任何擺設，間歇傳來陣陣慘叫聲。「你見過他。」站在瘦子旁邊的年輕男人這才讓流離看一張照片，那是流離自己在大地國餐廳前面和某個男人握手的場面。落腮鬍子立即進入眼簾，正是那個來傳達乞食消息的男人，流離的心裡涼了半截。「這個人……我……他是我過去經營的餐廳的常客。」流離吞吐說道。「常客？」瘦子咧嘴笑道，笑容像極了在杭州時拷問自己的男個男人的笑容。「你以為你是大地國人，我就會對你比較客氣嗎？沒聽到那些慘叫聲？」瘦子用陰沉的語調質問道。流離覺得自己陷入了非常棘手的陷阱中，當時正連續爆發大規模間諜組織的事件，而為了抗議朴統大統領企圖長期執政進而修改憲法作為的示威亦接連不斷。朴統大統領意圖長期執政的名義之一正是反共；如同在延安與乞食訣別前的黎明，自己和乞食因為理念的對立而拚死鬥毆，如今又是一樣的情況緊緊掐住流離的脖子。

流離不分晝夜地接受審問，核心在於與落腮鬍吳漢久接觸的原因為何，他十分頑強地堅持住。看來他們似乎還未能抓住落腮鬍，流離也絕口不提關於乞食一個字，可是瘦子不相信流離說的話。「還有呢？」「還有呢？」瘦子一直問道。真是非常頑強而執著的審問，流離被棒子毆打過，也經歷了一、兩次灌水的拷問，但是比起在杭州時指甲被活生生拔掉的痛楚，這個過程還能忍受，似乎是考慮到他是華僑的身分。沒有辦法睡覺是最痛苦的一件事，第二個是必須一直聽到從其他房間傳來的慘叫聲。流離如果閉上眼睛，就會立刻被打耳光，或者受到在臉上潑水的待遇，白熾燈持續強烈地壓迫著流離，他想像自己走在殘酷的太陽下的沙漠裡。

過了兩天還是三天，完全無法得知，流離努力讓自己不要暈厥過去，但卻無法如他所願，他自覺到比起在杭州的時期，自己的心志越來越孱弱，所以內心非常悲痛。他曾在半夢半醒之間呼喊「素狐狸」或「武夷呀！」；隨著馬戲團行經的數萬里迢遙遠路也如傳送帶一樣流轉，在帶子上出現錦姬驚險萬分地坐著轉盤子的臉孔，也出現被炮彈擊中洞窟時的大夫人的臉孔，也曾出現做著針線活的新嫁娘似的母親樣貌。那裡好像滿洲，也好像沙漠的終點，更好像杭州陰暗的審問室；流離還曾睜著眼睛夢到炮彈大肆爆發的流沙縣，卻矍然驚醒。

「我不是華僑！」流離如此狂叫是在忍受三、四天不能睡覺的痛苦之後，當時處於昏迷的狀態，卻也是懷著自暴自棄的心情。「我原本是水路國人！」流離說道。「你在放什麼狗屁啊？」

瘦子笑道。「我……殺了……大伯父，不，養父。在發生滿洲事變的那年……我的大伯父是……子爵。」他不間斷地告白著，對於自己突然想起故鄉的地址，爺爺、大伯父、父親的名字感到神奇，這一個一個名字就如同被釋放出的彈簧一般彈起，刺痛著流離。「我……有著水路國的血統！」流離依序高喊著爺爺、大伯父和父親的名字，令他驚訝的是他竟然想起了母親的名字，那名字是他從來沒查過，也從來沒想過要查的名字，徹底地隱蔽在遺忘之中，卻突如閃電一般出現圍繞著流離。「啊，我母親的名字是……」那一瞬間，眼淚如暴雨一般狂瀉，流離突然清醒過來，狂瀉的眼淚清澈地洗淨了自己，也如同扔掉長久戴著的墨鏡一般。「我說的是真話！」流離更大聲地喊著，「我……我是……水路國人……，我殺了……大伯……而且也拋棄了母親，不，是母親……拋棄了我。雲至……雲至企業……的董事長認識我，把那個……那個女人帶來。」瘦子繼續笑著，站在旁邊的年輕男人皺著眉頭。「這傢伙瘋了！」年輕男子說道。「哎，他媽的！」瘦子拍打著桌子。「我是說真的，請……相信我，真的，雲至企業……」照著臉孔的白熾燈在那一瞬間爆破，什麼都看不清楚。

流離被釋放出來是在第六天。

在得到流離絕不洩漏關於被捕後任何一切事情的誓約後，他終於被放了出來。「間諜罪最高可以判處死刑，華僑也是一樣，你能夠活著走出去，就應該感到慶幸，絕對不能向任何人提起這裡的事情，如果被我們發現你亂說話的話，我真的會以間諜罪來辦你。」瘦子輕聲地安撫。「我不是說了我不是華僑嗎？」流離清楚地說道，「我原本是水路國人，雲至企業董事長知道，因為她曾經是我養父的妾！」他不想失去經由告白如同獲得新生命的喜悅，大不了償還殺死父親的代價。

為什麼沒能早些告白呢？

流離感覺到過去在黑暗中迷失的原因就在於此，此刻到了再次回到水路國人身分的時刻了。

「如果你們去我經營過的大地國餐廳，那裡有一位疙瘩社長，你們去問問他，他當初是我大伯父——子爵老爺的管家。」流離感到如同涼水流過全身般地舒暢，但是瘦子如同十分仁慈的人一般微笑著。「那個人，我們也見過，你也許是太心急了，你突然說你是水路國人，這樣一句話就能改變國籍嗎？」瘦子很明顯地還是認為流離神志不清。「我的精神很正常，拜託，雲至企業……」流離懇切地呼喊道。「別說了！」瘦子終於皺起眉頭。「雲至企業董事長的第一任丈夫雖是子爵沒錯，但怎麼會是中槍而死？紀錄上明明寫著他因為對於先親協助火人國感到羞愧而自殺，這在歷史上是兒子償還父親罪孽的偉大決定，你怎麼會拿一些大家都知道的事情來說事？嘖嘖，你清醒點兒！」瘦子咋舌說道。

瘦子的話沒錯，雲至企業發行的資料裡清楚說明父親，不，大伯父的自殺原因和過程，內容中說自己身為因背叛祖國而立功的父親繼承人，繼承子爵的封號後，在長久思考之後，大伯終於深切反省上一代的罪過，因而舉槍自決。雲至企業的設立者正是大伯，他決意自殺的贖罪舉措足以抵消上一代的罪孽。人們將雲至企業稱為民族企業，雖是惡人先告狀的造假，但也沒有任何推翻的方法，流離的絕望因而更加深刻。

從情報部被釋放出來之後，流離第一次回去雲至山的故居，大伯父住過的房子改建為美術館，據說是雲至企業捐出該建築，當地政府將之改建為市立美術館，那裡正是槍殺大伯之後，意圖乘坐火車逃走而偷偷接近，最終由於火人國巡警和疙瘩布下天羅地網，因而轉向山脈的那座城市。整座城市已被快速擴張，大伯以前的房子被高層建築和電梯大廈所包圍。家裡的蟒蛇住過的那個草房位置已經無法辨識，紅色髮帶住過的桃源洞村子的位置建了一間大廟，那時正在興建新的殿閣。瀑布的水已經乾涸，連接可以看到死亡的那口泉的洞窟入口已經被擴張成可以慢慢行走的空間。

流離走進曾跟隨著紅色髮帶爬進去的那個地方，因為洞窟已經擴張，所以可以走進去。清澈的水流淌的情景再也遍尋不著，紅色髮帶和流離看到自己死亡的那口泉水的位置供奉著一座金黃色的佛祖，旁邊建有一塊碑石，上面寫著此佛像係雲至企業捐造的說明。「母親……」流離搖晃地癱坐下來喊道，他想起切下千手觀音菩薩像的手臂、餵飽挨餓的比丘尼的大夫人，也憶起做著針線活的母親，可是洞窟裡供奉著的金黃色佛像的表情都不像她們。

流離再次見到疙瘩，他的臉龐圓潤，氣色非常之好。「我是水路人！」流離不由分說地說道，「你知道，我知道，去世的父親、大伯都知道的事實，不是嗎？」疙瘩像似寬宏大量的老人一般慈祥地笑著，「你呢，是生在大地國甘肅省，不就是這樣登記的嗎？那裡是沙漠吧？」「不，我剛回去過故鄉，大伯的家已經變成美術館，您知道的，雲至山是我的故鄉。」「你這人真是，人老了以後都會變得寂寞，你從那麼遙遠的沙漠來，想必更是寂寞吧？我怎會不理解你的心情，但是出生地怎麼可以竄改？」疙瘩的話語太過柔和，好像達摩大師現身一樣。

流離並不是想要回被疙瘩侵奪的財產，只是想找回自己失去的國籍，但是無論如何求情或大聲呼喊都沒有用。「甘肅省流沙縣是我母親的故鄉，您不也知道嗎？在子爵老爺底下做過管家……」「什麼管家？我聽不懂你在說什麼，我原本務農，無奈地去了滿洲，就是因為火人國人太過惡毒才去的。」疙瘩裝出一副可憐的表情，亂世將疙瘩訓練成十分傑出的演員。「現在想來，當初沒能捨身參加獨立運動是我畢生最悔恨的事情，但我也不是什麼事情都沒做，啊，我不是賺了錢以後捐獻了一筆獨立軍的資金嗎？在杭州的時候。我還正想向政府申請將我登記為獨立運動家呢，你能不能幫我作證呢？你看過的，在杭州的時候。」疙瘩成為火人國的走狗，不知做了多少傷天害理的事，他受到大伯父的庇護，對許多佃農橫徵暴斂，還把少女帶去駐在所，轉送到慰安所；將紅色髮帶住過的雲至山桃源洞夷為平地的幕後指使者正是疙瘩，但是他竟然想把自己的罪孽一筆抹去，還想留下捐助獨立軍資金的偉大紀錄。百合的雲至企業捏造大伯的真實面貌，變為一個膾炙人口的傳說，與此相比，疙瘩的計畫更是輕而易舉。

「我是水路國人！」

流離大喊著。他認為要想把扭曲的歷史撥亂反正的第一個步驟就是再次找回自己的國籍，如果找回自己的國籍，就會成為揭發經營雲至企業的百合捏造歷史的線索，其後也可以揭發疙瘩的罪惡，他們都是強盜，流離覺得自己無法對被捏造的歷史袖手旁觀。

「我知道你是太委屈了才說這些話，但是有什麼辦法呢？你就是華僑。」疙瘩用惋惜的表情回話道。「我的父親……」「你的父親也是甘肅省人吧？」「我的大伯父……」「大伯父也是甘肅省人。」「我死之前應該找回故鄉，您知道的，我是水路國人的事實。」「你否認本籍是沒有用的。」「我是水路國人！」「你是大地國人。」「我是水路國人，水路國！」「你隨便去找個人問問，看看你是哪國人，大家都知道嘛！」「不，我是水路國人！」「你不要再強詞奪理了！」疙瘩繼續笑著。流離的喉嚨沙啞，四肢也為之抽搐。「我是水路國人！」流離一時心急，抓住了疙瘩的領口。「唉，你這人！」疙瘩像喜劇演員一樣，做著誇張的動作，「這個大地國人要打我這個水路國人啊！」幾個健壯的手下跑過來抓住流離的手臂和肋下。「我，我是水路國人！」流離喊道。「你乾脆要我看在往日的情分上，給你一點錢好了！」疙瘩嘖嘖嘖地咋著舌頭。

流離正是從那天起患上耳疾。

剛開始的時候只是耳朵裡很癢，用棉棒挖，但還是無法止癢，於是用手指挖，後來流出膿水，膿水流出來之後，稍微感到爽快，但那只是暫時，產生傷口的位置結痂後，耳朵裡又再次癢得無法忍受，流離用耳勺子挖、用棉棒掏，也放進手指，但膿水混合著血一起流出來，還曾因為流血，染紅了整個肩膀。夜深四處寂寥時，痛苦更加劇烈，無論如何忍耐，慘叫聲總不自主地從嘴裡流瀉出來，流離每天都回想起大夫人經歷過的痛苦。

「你把手指放進去才會這樣的。」耳鼻喉科醫生說道。「耳朵實在太癢，所以受不了！」流離訴苦道。醫生似乎很同情似的搖了搖頭，「這個嘛，簡單說就是黴菌在耳朵裡蓋了房子，你知道黴菌吧？要把這傢伙的房子打碎、趕走的話，需要很大的耐力，因為膿血對它們來說是最好的糧食。」醫生似乎對於自己的表現十分滿意，所以聳了聳肩。

塗上殺死黴菌的藥後，流離想讓這些黴菌無法再施展活力，因而常常曬太陽，但效果只持續一、兩天，夜深時分，黴菌又成群結隊地起身在耳朵裡折騰，感覺就好像數千隻多足類昆蟲各自突進。搔癢還不止於耳朵裡面，多足類昆蟲隨著耳朵陰暗的通路，一路快速轉進至鼻孔、眼睛和喉嚨，並任意爬行至頭蓋骨、甲狀腺、氣管、肺、心臟、小腸、大腸和膀胱、尿道等，甚至連骨頭裡面的每一寸都無限搔癢。流離的舌頭因為僵硬，無法到達耳朵，就算是用棉花棒也無法插進骨頭裡去，還曾經因為挖得太厲害，從耳朵裡噴出血來。「唉，不是叫你不要用手挖嗎？」醫生嘆氣說道。流離真想在耳朵裡澆上汽油，然後拿打火機點火；慘叫聲很自然地從嘴裡冒出來，就如同大夫人痛苦的喊叫聲。

「您是不是有什麼病？」公寓管理員來訪問流離並問道。「不是的。」流離爽快地回答道。幸好白天黴菌都在睡覺，管理員來訪的時間是大白天。「鄰居們經常申告，說從先生您的家裡經常傳出慘叫聲。」「那應該是野貓經常爬上陽台發出的聲音，我也因為這些野貓，晚上都睡不好。」流離很自然地回應道。「也對！」管理員噗地一聲笑了出來，「也有人說是發情的野貓喊叫的聲音。」「是啊，我也非常好奇牠們為什麼偏偏要跑到我家陽台上呼朋引伴呢？」「是不是因為先生您是單身啊？」「就算是這樣，我也不能因為野貓的緣故，隨隨便便就討個老婆吧？」「那是當然。」管理員直搖頭，流離非常悲傷地笑著。

不久之後，流離終於知道並非完全無藥可醫，答案正是風，如果躺著的話，搔癢症會達到最高潮，但如果站起來走路的話，搔癢的程度就會降低許多，如果跑起來的話，啊哈，效果更是加倍。晚風刷刷地進入耳朵裡的話，搔癢症就會立即停止，這真是令人驚奇的發現，電風扇的風無效，如果要起風的話，一定得奔跑，奔跑的時候，風會與耳管碰撞，造成令人感覺非常愉快的旋風。所以流離在夜深之時，一定獨自在附近的公園跑步，只有這個方法才能從耳朵裡搔癢的痛苦中解放出來。

口耳相傳的速度非常快，一下子大家都知道了每天半夜有一個矮小的男人在公園裡一圈接著一圈地跑，一直跑到天際泛白的時刻，大家頻頻搖頭，很多人都認為他瘋了。「小心點，他是侏儒，可是聽說他的力氣很大。」有人如此說道。「每天晚上，而且是跑到天亮，那是人嗎？是鬼吧？」還有人這麼說。「更令人驚訝的是他竟然光著腳跑，看到的人都說他的腳後跟幾乎和馬蹄一樣。」有人這麼說道。後來甚至有人故意在半夜到公園觀看奔跑的流離，一群使壞心眼的年輕人擋在流離的前面，要求他讓他們看後腳跟，記者也曾前來採訪，可是流離無論在何種情況下都不停止。

剛開始的時候，流離只是在公園裡跑，但在人們加以關注後，他脫離了公園，沿著海岸線奔跑，海邊連接著其他村子，村子又連接著其他都市，沒有什麼地方是沒有路的。流離的路徑日益擴大，從海岸跑向山丘，從山丘跑向村落，從村落跑向都市，再從都市跑向另一座都市。他經常在陌生的城市裡迎接清晨，原本開始變軟的後腳跟日益變得硬實，這讓流離感到一股莫名的喜悅。不只搔癢症變好了，在風中奔跑的時候，原本解體的身體各個器官就好像迅速地回到自己的故鄉。徹夜奔跑之後的某個清晨，他在一個陌生的城市的山崗上仰望日出時，終於如此喃喃自道：

「我是 Mr. 流離，自由啊！」

隔年流離飛往台北，因為他接到沙恩懷孕的消息，懷孕？沙恩只不過是個大三在學學生，來機場接流離的沙恩腹部已經微微隆起。「這是怎麼回事？」流離問道。「我太喜歡吃蚵仔煎了！」沙恩若無其事地答道；沒有母親在身邊照顧，卻也能成長得如此開朗，流離覺得十分感恩。孩子的父親是在士林夜市裡賣蚵仔煎的同齡青年，看來似乎是高中畢業就開始經營這個攤位，現在聽說是夜市裡最有名的攤販，沙恩故意裝蒜說自己只是來吃蚵仔煎，沒想到就有了孩子。

正煎著蚵仔煎的青年穿著圍裙害羞地鞠躬致意。「你這個攤子可以養活沙恩嗎？」流離問道。「我會更努力的。」青年開朗地回答。他的臉龐俊秀、眼光明亮，原本可以上大學的，但因為希望在年輕的時候做自己喜歡的事，所以開始賣起蚵仔煎的回答讓流離十分滿意。沙恩圍上圍裙走出來，兩人看來沒有任何學歷上隔閡的問題。流離想起紅色髮帶的掌紋，沙恩的生命已經大為超越紅色髮帶掌紋的命運了，他們正是自由的青春啊！

流離的胸中一根弦「叮」地回響著，他們活在一個新世界，正如紅色髮帶的願望一樣，沙恩終於被納入一個「新世界」。「讓我吃吃看你們做的蚵仔煎！」流離故意大聲地說道。

再次回到我的外公，Mr. 流離

我和流離外公又再次登上那座岩山，雖然我再三阻攔都沒有用。洞窟原本的主人——蟒蛇爬到洞窟前面曬著太陽，我已經知道牠是外公的朋友，所以並不害怕。我的外公Mr. 流離背靠著蟒蛇，瞇著眼指著遠方，神情非常平和。

Mr. 流離說道：

「妳看，那裡，那個彎彎江河的轉折處，江的那邊，遠處的那個地方就是雲至山！一年當中從這裡可以看到雲至山的日子不到幾天，今天的天氣真是太好了，大地好像已經做好迎接春天的準備了，雲至山的山櫻開始綻放的時候，就會變成巨大的白色花海，山和海哪有什麼區別呢？」

陽光耀眼，外公如同化石的臉孔難得地像似競相綻放的山櫻，已經可以感受到春天的氣息。令我想起最終的時刻即將接近正是因為外公那如春光的表情，再也沒有機會與外公同行到這裡的預感占滿了我的心思，故意指著雲至山讓我看也是預示之一。我模糊地看到江的彼端，遙遠的虛空中有一個如同缸子口的山峰浮起，那正是外公長而又長的故事的起點——雲至山。那一瞬間，我感受到十七歲時離開那裡的外公走過迢遙遠路，終於又再次回到那個地方。

我的 Mr. 流離即將要滿百歲。

我回想起第一次見到外公的一個月前，坐在樹林草屋裡，迎接我的外公的眼珠裡看來隱約有沙丘的陰影，粗獷卻雄渾的故事正如化石一般形成網孔的沙漠。那時我甚至不知道會聽外公訴說如此長遠的故事，教導我故事就是一條路的人也是我的外公——Mr. 流離。外公當時如此開始訴說自己的故事：

「三歲的時候，我就已經能讀會寫；五歲的時候，當我聽到各種樂器的聲音，我就能夠用全身心去領會其柔美和悲愁。七歲的時候，我的枕邊置放著十段的書架，我能夠完全正確地讀出並寫下書架上的書名；十三歲的時候，我的書架增加了數倍之多，我可以自由自在地以我的口才讓人們哭或笑，大家都說我的舌頭特別長。十七歲的時候，我終於清晰地看見，我看見的，正是我的死亡。」

母親去世之前，我經歷的苦痛正是看不清我的路。「去找流離外公吧！妳見到他的話，就會看到妳未來的路，他在水路國。」母親臨死之前如此說道。「路」這個字吸引了我，只要能找到路，無論是多麼遙遠的地方我都無所謂，我還年輕，正因為年輕而充滿渴望。離開台北，經過許多曲折後，和我的外公——Mr. 流離初次相見之時，我的心情正是如此，如果因為找不到出路，而必須永無止境地追尋才叫人生的話，那我乾脆立刻死掉算了。

外公當日如此說道：「我在一個月後就會死掉，春天到來的時候，那個時候我會死去。至於我會怎麼死，雖然我在很久以前就已經知道，但我不想告訴妳，因為在死亡到來之前都應該是祕密，妳如果想知道關於我死亡的祕密，在我身邊守著一個月就行了，雖然我不知道妳的耐性有多大。」當我給外公看我因為找不到出路的痛苦，把自己關在房間裡，每天找出掉落的頭髮，按照每天的分量加以記錄的日記時，「哦！那麼妳有資格和我訂契約。」外公喜出望外地說道。「如果 Mr. 流離的故事能夠有趣到讓我停留一個小時，那我就留下來。」我提出了條件，就此我和外公訂立了契約。那是想說故事的人和想聽故事的人、舌頭和耳朵的水平契約，可是現在想來，那也正是永遠離別的契約。

我的外公——Mr. 流離再次說道：

「沙恩生了女兒，我為了等待那個孩子的誕生，一直停留在台北，於是耳病又再次復發，我心想又到了離開的時候了。我回顧起朝向金錢地獄奔跑的仁川生活就覺得可怖，我在水路國該失去的東西已經都失去了，而在台北，我已經看到沙恩全家的新生活，也無事可做，我認為我終於自由了。我在台灣各處住了三年左右，我曾在農場裡幹過粗活，也曾上漁船工作，還曾進入深山裡露了幾個月的營。台灣真是風之島嶼，四季的自然風清洗我的耳朵，耳病再也沒有復發過。問題是土地太小了，我開始感到煩悶，於是偷渡到大陸，那時正是文革方興未艾之際，名義上雖是打破前近代資本主義文化，但實際上是肇因於共產黨內部的權力鬥爭。學校關門、知識分子被處決，各處的文化遺跡被紅衛兵破壞，到處都是被餓死的人、被處決的人和被趕到路邊的人，那根本就是所有政派的集團創造出的瘋狂遊戲。」

「我在敦煌停留了一年，也去找過大夫人的流沙縣，曾經形成村落的盆地已經被層層黃沙所覆蓋，只剩下沙丘而已，根本沒有人記得那個地方曾經存在過村落。那個地方根本就成了流沙縣村民、國民黨軍隊和共產黨軍隊的公墓，但是我能看到並感覺到大夫人正躺在黃沙底下看著我，她好像如此說道，叫你往東邊去是我的錯，兒子，你應該去西邊的，所以我那次往西，一直往西走去。」

我的外公——Mr. 流離用力說道：

「我越過戈壁沙漠和天山山脈，也去了西藏；越過帕米爾高原和興都庫什山脈後，走過阿富汗、高加索、喬治亞、亞美尼亞、土耳其後，再走到阿拉伯高原，我經歷過太多次瀕死的瞬間，也被國境守備隊逮捕過上百次，還曾在陌生國度的監獄裡待過，但我沒死，也因為我不認為我會死，所以從未感覺到畏懼。我只是一個侏儒乞丐，根本得不到作為人的待遇，但無論在何處，那個理由反而讓我自由地被釋放出來。集團主義的殺傷雖到處存在，但不分人種和國籍，以個人而言，幾乎大部分的人都覺得我很可憐而幫助我，那就是人的本心。超過十年的歲月就如此流逝，只要我在路上，時間就會停滯，一年就如同一天，一天也如同一年的歲月。」

「啊，想到那件事就讓我覺得心碎，沙恩的死亡。我一直不知道她死了，我如果在她身邊，是不是能夠救活她呢？好像是生第二個孩子的時候難產，孩子、沙恩都無法救活，聽說是在一個暴風吹襲的深夜，她呼喊著我的名字嚥下最後一口氣。後來推敲起來，她呼喊我的時候，正是我在塔克拉瑪干沙漠裡遇見沙暴而迷失的時候。沙暴經過後，我看到無數的流星墜落，是啊，現在想來，其中一顆是沙恩，另一顆是與沙恩一起離開的孩子。也許沙暴將沙恩帶走也未可知，我想她死了以後變成沙子，就如同她母親一樣，不，她自己正是因為沙子的恩惠誕生，最終也回歸沙子了吧！她的死亡對我來說雖是殘忍的刑罰，但我並無絲毫的怨恨。大夫人臨死之前不是說過嗎？身體只不過是一副臭皮囊，這裡，我的內心深處，有著紅色髮帶的墳墓和沙恩的墳墓。」

外公和我一直坐了許久。

從岩山下來的路上，我看到銀蓮花已然綻放，那是春天降臨的預兆，蟒蛇穿過銀蓮花叢之間，望著外公和我。外公的腳步極度緩慢，背影已不足一拃，每一步都好像陷入地底下一樣。一陣風刷地進入松樹林間，外公弱小的身軀就好像浮現在虛空中。

「今天晚餐……我……來準備吧！」外公找出圍巾穿上後說道。我把額頭埋進膝蓋間，無限的悔恨圍繞著我，如今所有的一切都很清楚了，沙恩是我的外婆，紅色髮帶是我的外曾祖母，對於所有的一切都太晚醒悟的愚昧，我感到極度自責。在說出卷髮的話語之前，我作夢也沒想過紅色髮帶是我的外曾祖母，那簡直不是愚鈍，而是罪惡，流離外公圍上圍巾走出來時，我之所以無法抬起頭來正是這個原因。

外公做的菜有兩種，一個是台北式蚵仔煎，另一種是水路國式的綠豆煎餅。我在士林夜市也經常吃過蚵仔煎，只要去士林夜市，在密集的攤販區都可以吃到蚵仔煎，讓沙恩外婆陷入愛情的正是蚵仔煎。

我的外公，Mr. 流離緩緩說道：

「我畢生……無法忘記兩種食物！一個是……很久很久以前，每當我去雲至山桃源洞的時候，紅色髮帶和村人們都會煎的這個綠豆煎餅……另一個是在台北夜市……沙恩和那個青年煎的這個……蚵仔煎。村裡所有人圍坐在一起煎來吃的雲至山……桃源洞的人也是一樣……穿上一樣的圍巾……彼此打打鬧鬧地……做蚵仔煎給我吃的台北士林夜市的一對年輕人的樣子是如此美麗，他們本身……就是新世界。」

我吃了一口外公做的蚵仔煎，又吃了一口綠豆煎餅，外公用緊張的眼神看著我，「味道……怎麼樣？」外公問道。「很好啊，Mr. 流離！」我死命地壓抑住悲傷和悔恨，故作明朗地回答道，「好吃啊，真的！」「我也能被你……稱讚啊！」外公的神情變得十分愉悅。「沙恩……和那位青年做的蚵仔煎味道怎麼樣？」「說實在話，比不上在桃源洞吃的綠豆煎餅啊！」外公呵呵笑道。

艱辛壓抑住的悲傷終於爆發出來，無論再怎麼把蚵仔煎和綠豆煎餅塞入嘴裡，也無法壓制住悲傷；不，其實從我的肋骨下方、橫膈膜下方、我身體裡九重宮闕的最深處如破竹之勢爆發而出的並不是悲傷，正是那句「我愛您！」而已。「我愛您！」「我愛您！」「我愛您！」我真想大聲喊叫，一份愛是給外公，另一份愛是給沙恩外婆，還有一份是給我的外曾祖母——紅色髮帶。

「妳的耐性真令人驚訝……妳竟然聽完了我的故事，妳的耐性值得嘉許。妳的耳朵……真像大夫人啊！」外公說道。「不是紅色髮帶嗎？」為了壓抑我內心的悲傷，我故意沒好氣地回嘴。「呵呵，妳也像紅色髮帶啊，也像……沙恩，所以現在妳可以叫我……外公了，這是獎賞啊！」「是，外公！」忍耐已久的眼淚瞬間奪眶而出，正如暴風雨一般，「外……外公！」我哭喊著，對不起，外公，我領悟得太晚了，可是我還是說不出口。「外公您做的……蚵仔煎……」才說到這裡，嘴裡咬著的蚵仔煎全部掉在外公的膝蓋上，身體倒在外公的懷裡，外公枯乾的手輕柔地撫摸著我的頭髮——如同沙恩外婆和紅色髮帶外曾祖母的卷髮。「我……愛您，外公！」我大聲叫了出來，我愛您，我愛您，我愛您，真的，在那一瞬間，我最想說的只有那句話而已。

整理好桌子以後，外公和我並排躺下。

「您什麼時候再回到水路國的呢？」我問道。「在台灣見到妳母親之後吧，大概。」外公的記憶已經很模糊的樣子，我很快地發現越是最近發生的事，外公就記得越不清楚。外公再次回到水路國是在文明政府建立之後。「登上那座岩山的話，可以看到雲至山。」外公非常喜歡這個能遠遠眺望雲至山的岩山下方的村子，因為是歷史悠久的偏遠村落，所以所有人都和睦地聚居。外公把廢棄的草屋再次修整後，開始他新的生命，耳病沒有再發作，因為停留和遠離已經沒有任何區別。

外公有時看來已經百歲左右，有時看起來又像似不滿五十，如果有人問起他的年齡，他總是回答：「不知道，都忘了！」人們叫他「拾荒老爺爺」，有人整理好舊衣服給他，有人送給他食物，又有的人整整齊齊地將紙箱整理好之後，直接裝到外公的推車上，外公連雲至食品的紙箱也欣然接受。還有人問他故鄉在哪裡？「不知道，想不起來。」外公笑著搖頭。很多人相信他從出生開始就是撿破爛的。「對撿破爛的人來說，空瓶子、空箱子是最好的，雲至食品空瓶、雲至食品空箱子，嘻嘻，都是最多的。」外公就像頑皮的孩子一樣嘻嘻笑著。

我的外公——Mr. 流離繼續說道：

「不要問我流浪是為了尋找什麼，我找不到……任何東西，在天山山脈、西藏、阿拉伯高原，我年輕的時候……我感覺到我都已經擁有了。不屬於任何地方的……歲月，我只是走了又走，我只屬於……清洗我耳朵的風。我也不屬於任何命運……我也不受任何偶然所束縛。明天凌晨我就滿一百歲了，你問我怎麼會活這麼久？因為我自由，所以我才會變得賢明，生命嘛……不就是如此嗎？」

那是個寂靜的夜。「我實在無法接受外公和我沒有一點血緣關係的事實。」我說出了原本可以不說的話。外公立刻咋舌說道：「如果盲目地臣服於血統主義，那妳就不是一個年輕人了，集團的家族主義也相當危險，最重要的是因為愛而連接在一起這件事，妳毫無疑問地是我孫女！」我把頭深深埋進外公的懷裡，哭泣了一整夜。「鳥好像睡不著吧？」「有的睡覺，有的玩耍吧！」外公輕輕地撫摸著我的頭髮。「妳……找到妳的路了嗎？」「我想讀……歷史！」「哦？歷史！」外公的嗓音溫柔地提高，「妳不是……覺得歷史太沉重？」「我不會沉重地研讀的，我們啊，在咖啡廳聽著音樂，寫著推特讀書呢！我要成為世界上最輕巧的歷史學者。」「太好了！」外公噗的一聲笑出來，又繼續說了什麼，可是我已經聽不清楚，因為睡意已經將我拉進朦朧的隧道之中。

我睡在外公的懷裡，我無時不能感受到外公的手間歇地撫摸著我的卷髮，外公的懷裡傳出清香的氣味，非常輕柔，似風的味道。

在感覺到外公的手從我頭上輕輕抽出的時候，我立刻知曉離別的時間已經到來，外公的嘴唇輕吻我的額頭後靜靜離開，他已經說了他的心裡有著沙恩和紅色髮帶的墳墓，因此他的離開也意味著他和沙恩外婆、紅色髮帶外曾祖母一起離開。我在外公打開草屋的門走出去後，靜靜地起身看著窗外，當時即將破曉，就如同青年的背部一般，外公穿著白色的衣服有力地走在連綿曲折的松樹林間平整的道路上，十分強健有力的步伐、赤腳、反射出白光；我以為他在脖子上掛著一條金黃色的帶子，再仔細一看，外公脖子上掛的並不是圍巾，而是蟒蛇。我輕輕地將手舉起後又放下說道：

「再見，Mr. 流離，我的外公！」

外公留給我幾樣遺物，其中有兩個是紅色髮帶外曾祖母留下的，一個是已經褪色的髮帶，另一個是外曾祖母親手畫的她死亡意象的圖畫。從炮彈落下的流沙縣洞窟裡逃出的時候，那條褪色的髮帶綁在沙恩的手上；畫裡的紅色髮帶外曾祖母被流沙縣村民戴著的五種顏色的帽子——風的綠色、天空的白色、土地的黃色、火焰的紅色和水的藍色組合而成的西藏「經幡」所圍繞。

外公另外留下的遺物也是兩種，一個是地圖，另一個是他最近畫的自己的死亡。在很久以前，經由紅色髮帶外曾祖母的引導而進入的洞窟水池中，他看到自己死去的模樣，我在那幅畫中具體地看到。臉上交織諸多深淺皺紋的外公，在洞窟裡盤腿打坐著的圖畫。吞吐著比外公更長舌信的大蟒蛇盤在外公的膝上，眼睛像似睜開，又好像閉著，表情如同佛祖，我想外公終於成為佛祖了。我把紅色髮帶外曾祖母的畫和外公的畫並掛在牆上，兩張畫好像含有不同的意味，又好像擁有一樣的意義。

外公留下的另一樣東西是他親手畫的地圖，地點是在延吉市外圍，從標示的地方到其他標示地點的距離用腳步一一地加以記載。例如從古樹到碑石十二步，如此的方式。地圖背面則是我的外公——Mr. 流離寫給我的最後一封信。

「還好妳說妳找到自己的路了，如果妳找到了，而且想將那條路走到底的話，妳就算是看到自己的死亡了，因此妳也不會對未來感到恐懼的。妳不需要為了我而傷心，我想繼續走我自己的路，對我來說，剩下的自由就是超越存在本身。如今想來，也許我畢生獨自活在虛無縹緲的自我當中也未可知，雖然沒有後悔，但我不認為那是最好的路。雖然我在現象裡如此活過，但我無時無刻不在夢想成為革命家，總想成為破壞之神——濕婆。所以孩子啊，不要認為我的生命已經結束，為了無限地擴張真正的自由，我赤腳走進的入口既然是死亡，那麼死亡又怎會是生命的終結呢？」

流離乞食團在被炸坍之前的最後一次舉事正是搶奪將延邊一帶的金塊加以聚合後送往滿洲國首都——長春中央銀行的運送車輛，為了完成此事，召喚炸彈專家——禿頭的決定是流離乞食團最終悲劇的開端。舉事成功後，隊員為了掩蔽行跡，在各自的背囊中分裝金塊，偽裝成採藥工，分別潛入延吉市內。流離乞食團的終結是發生在這些隊員分別回到隱居地會合之後，隱居地被悽慘地炸平之時，外公為了整理後續事宜，獨自留在延吉市內，他讓我想起這件事，於是在信的末尾如此附帶說明。

信中，我的外公——Mr. 流離說道：

「那時裝在我背囊裡的是五個一公斤的金塊，為了拯救流離乞食團，奔往隱居地之前，我把金塊埋在地下，地圖裡已經標示出埋藏位置，那個地方因為是鐵器時代重要遺址之一，所以不能任意開發，妳有了這筆錢之後，研讀歷史時就沒有障礙了。妳遺傳妳的外婆，非常聰明，所以我相信妳能夠處理好這件事。我從妳那裡學到了沉重地理解歷史是陳腐的習慣，這是我給妳這個將來要積極正面地、以端端正正的向陽性學習歷史的『世界上最輕巧的歷史學者』——我的孫女的禮物！」

在日出的時候，我聽到我的外公——Mr. 流離找到真正的自由、毅然離開世界的聲音，那是在外公命名為「我的路」的洞窟入口爆炸的聲音，他在入口鑽洞，事先埋設了炸藥；我的腦海裡清楚地浮現他點燃導火線後，端坐在洞窟內部的外公圖畫，我看到外公的眼裡隱約含有沙丘的陰影，空明臉孔無相無我。

很久很久以前，我的外公——Mr. 流離又再度赤腳走向天涯。

作家的話

去年我從西班牙越過地中海，進入摩洛哥的時候，看到一艘滿載著人群的小艇在地中海上萬分危險地浮沉著，他們是因為想活得更好的人類普遍價值而離鄉背井的難民，那一瞬間，我想起為了搭乘前往首爾的慢車，站立在江景站月台上的我二十歲時的模樣。「你要特別小心，就算你睜著眼睛，鼻子還是會被割掉的地方就是首爾啊！」為了送我來到月台上的母親把蒸好的雞蛋塞進我的口袋裡說道，當時我還記得自己太過畏懼而頻頻發抖。「啊，我也是難民啊！」我喃喃自語。小說《流離》的構想就是源於此自覺，我的腦裡立即如同「傑克的碗豆」一般，開始茂盛成長。

我經常憧憬無政府主義者，最重要的是我不想寫得過於沉重。我的書桌前貼著一張亞洲全圖，即便是數萬里路，對我的「流離」而言也並非遠路；安東尼・德・聖—埃克蘇佩里的話「我們被路騙了好幾個世紀」一直縈繞在我心裡。我為了不要被「之前走過的人在那裡修建了道路」或者「從太初就已經有路」的箴言所欺騙，一直極為小心。我也曾經陷入記錄著我的前生或接受某人的啟示，事先記錄在後生中我必須經歷的流浪的錯覺中。如果說因為渴望，我苦痛地寫下《銀嬌》和《古山子》，為了抒發我內心深處堆積的批判性發言，我痛苦地寫下《鹽》的話，則《流離》是借用故事的張力，無止境地鋪陳開來。對我而言，從未有如此幸福的寫作經驗，我也從未有過被囚禁於論理的網中而掙扎的瞬間；正如同傑出的說故事之人一樣，我成為「流離」，在路上始終一貫地自由放歌，我感受到即將靠近畢生追求的自由之門。

一直到即將完稿的此刻，我仍不覺得「禽獸的時代」已然結束；對於幸福、不停地書寫《流離》的事實感到「犯罪意識」是在脫稿後進行原稿校對的時候。我聽到我的化身「流離」向我說話的聲音：「也許我畢生獨自活在虛無縹緲的自我當中也未可知，雖然沒有後悔，但我不認為那是最好的路。」那是痛苦的自覺。當時我的故鄉論山市民豎立慰安婦少女像，要我在那裡寫幾句話，我懷念起懷抱著滿滿的希望，最終無法回到故鄉，在沙漠的彼端結束一生的小說中的「紅色髮帶」，我這才對她感到萬分的羞愧，當晚我望著月光蕩漾、無限柔和的湖水，寫下附陳於「少女像」旁的一些文字。

當年五月，聽說妳為了臥病在床的父親到紡織工廠賺錢，走過青色山路的妳的紅色髮帶從未被遺忘。十五歲，像似春花的順啊！紡織工廠只不過是騙局，知道妳要去的地方的人只有造成「禽獸的歷史」的鄰國人們而已。只聽聞遙遠的南十字星下，在血跡斑斑的戰場上看到妳的傳言，歲歲年年，春花開謝，妳終究沒能回來。現在距離解放已經過了七十一年，妳仍然以清朗春花的姿態留存，而我們仍在等待妳的歸鄉。即便歷史被抹去，我們永不會忘記妳的紅色髮帶。順啊，妳看，在祖國純潔的陽光下，妳正如不滅的五色蝴蝶一樣翩翩飛舞！

雖然覺得羞愧，我想把這本小說獻給在如花似玉的年歲必須成為慰安婦的論山「宋信道奶奶」和為數眾多的「紅色髮帶」們，因為「流離」的悲歡還熾烈的存在於她們活著的時間中。

二〇一六年十月，朴範信

LINK 23

流離（유리）
路上之歌

作　者	朴範信
譯　者	盧鴻金
總編輯	初安民
責任編輯	陳健瑜
美術編輯	陳淑美
校　對	吳美滿　陳健瑜
發行人	張書銘
出　版	INK 印刻文學生活雜誌出版有限公司 新北市中和區建一路 249 號 8 樓 電話：02-22281626 傳真：02-22281598 e-mail : ink.book@msa.hinet.net
網　址	舒讀網 http://www.sudu.cc
法律顧問	巨鼎博達法律事務所 施竣中律師
總代理	成陽出版股份有限公司 電話：03-2717085（代表號） 傳真：03-3556521
郵政劃撥	19785090 印刻文學生活雜誌出版有限公司
印　刷	海王印刷事業股份有限公司
港澳總經銷	泛華發行代理有限公司
地　址	香港新界將軍澳工業邨駿昌街 7 號 2 樓
電　話	(852) 2798 2220
傳　真	(852) 2796 5471
網　址	www.gccd.com.hk
出版日期	2017 年 6 月　初版
ISBN	978-986-387-166-8

定價　　300 元

國家圖書館出版品預行編目資料

流離：路上之歌 / 朴範信著 ; 盧鴻金譯 .
-- 初版 . -- 新北市 : INK 印刻文學 , 2017.06
面 ; 14.8x21 公分 . -- (Link ; 23)
譯自 : 유리
ISBN 978-986-387-166-8 (平裝)

862.57　　106006398